Katharina Sabetzer
c/o Autorenservice Gorischek
Am Rinnergrund 14/5, A-8101 Gratkorn
Mail: schreibtisch@katrinaverde.at
Web: www.katrinaverde.at
Lektorat: Renate Rosner
Covergestaltung: Sibylle Exel-Rauth

ISBN: 9783757964832

Herstellung und Druck über tolino media GmbH & Co. KG, Albrechtstr. 14, 80636 München. Printed in Germany. Fragen zu Produktsicherheit an: gpsr@tolino.media.

ZIMTLIEBEN

Ein Weihnachtsroman mit zuckersüßer Romantik

Landlieben

Buch 4

KATRINA VERDE

Was bisher geschah

Es weihnachtet in der Steiermark! Im vierten Teil der „Landlieben"-Serie kehren wir kurz vor Weihnachten zurück in die fiktive steirische Kleinstadt Frischthal. Vielen Dank, dass Du Dich mit uns auf die Reise machst!

Du musst die ersten drei Teile der Serie nicht gelesen haben, um Dich hier zurecht finden zu können. Damit Du in jedem Fall unkompliziert einsteigen kannst (oder damit Du Dich an die bisherigen Geschichten erinnern kannst, falls Du die ersten drei Teile schon vor Längerem gelesen hast), hier ein kurzer Abriss der wichtigsten Personen und Geschehnisse, die seither aufgetreten sind:

Im ersten Teil der „Landlieben"-Serie steht Irene von einer Sekunde auf die andere vor den Scherben ihres privaten wie beruflichen Lebens und sucht einen dringenden Ausweg. Obwohl sie niemals dorthin zurückkehren wollte, reist sie schließlich Hals über Kopf in ihre frühere Heimat und landet in ihrem alten Zimmer bei Nana. Nana ist eine Freundin von Irenes Mutter, die Irene im Teenageralter bei sich aufgenommen hatte, als Irenes Mutter als Entwicklungshelferin auf Reisen ging. Nach einem Streit zwischen Irene und Nana war Irene für fünfzehn Jahre nicht mehr in die Kleinstadt zurückgekehrt.

Irene freundet sich (unter anderem auf ihren morgendlichen Laufrunden) mit Nanas Nachbar Tom und dessen 15-jähriger Nichte Bobby an. Und so nach und nach kommen sich Irene und Tom näher.

Bobby überwindet ihre Teenager-Probleme mit Irenes Hilfe, aber auch mit einer neuen Freundschaft zu Felix.

Toms bester Freund Hans steht im zweiten Band der Serie, „Herbstlieben", im Mittelpunkt. Der geschiedene Vater von Felix (und einer Tochter namens Doris) nimmt die in Frischthal im Brautkleid gestrandete Influencerin Lucy in sein Gästehaus auf, wo Lucy nicht nur zur Ruhe findet, sondern auch zu ihrer großen Liebe.

Im dritten Teil der Serie, „Naturlieben", kämpft der Schriftsteller Luis Kramer mit einer Schreibblockade und wird deshalb von seinem Agenten zur Erholung aufs Land geschickt. Wo er prompt im letzten Schneefall des Winters vor der Eingangstür der lokalen Buchhandlung „Seitenweise" ausrutscht und vor den Füßen der Inhaberin Amina landet. Mitsamt zart aufblühenden Frühlingsgefühlen.

In allen Büchern spielen auch Bella und Otto eine große Rolle. Otto ist der Bürgermeister von Frischthal und ein ehemaliger Schulkollege von Irene. Seine Partnerin Bella führt das erfolgreiche Café „Kaffeekränzchen".

Und nun, im vierten Teil der Serie, kehrt Bellas Schwester Julia nach Frischthal zurück, wo sie auf den Lehrer Alex trifft. Beide hatten bisher noch keinen Auftritt in der Serie.

Dieses Buch startet im November, etwa ein halbes Jahr nach dem Epilog aus „Naturlieben".

Viel Freude beim Lesen!

Katrina Verde | Wien, im Advent 2023

1. Kapitel

D a waren sie wieder, jene Takte Musik, die Julia jedes Jahr aufs Neue die Haare im Nacken zu Berge stehen ließen. Diese soften 80er-Jahre-Keyboard-klänge, die auf der ganzen Welt die gleiche Drohung verlautbarten – ähnlich wie die berühmten Takte, die die Annäherung des weißen Hais begleiteten. Nur dass diese Schneefall symbolisierenden 80er-Jahre-Töne keine körperliche Bedrohung verkündeten, sondern „bloß" die Ankunft der kaufrauschigsten Zeit des Jahres: Weih-nachten.

Und Julia hatte Mitte November schon genug davon.

Es waren noch nicht einmal alle Blätter von den Bäumen gefallen und die Temperaturen ließen ebenso noch nicht wirklich an Winter glauben, aber aus jedem Winkel der Stadt roch es nach Waffeln und Mandeln und Zimt, begleitet von Glockengeläut, fröhlichem Kinderlachen und natürlich dem 80er-Jahre-„Ba bada dam" und

George Michaels „Uuuh ooaah", bevor wir uns ein weiteres Mal an „Last Christmas" erinnern mussten.

Julia war kein Weihnachtsmuffel, wie man sie üblicherweise in Filmen oder Büchern fand. Sie mochte die Feiertage, den Geruch nach Tannennadeln und warmer Schokolade, die Stille der Zeit. An manchen Tagen mochte sie sogar auch „Last Christmas" hören.

Aber es war doch noch November! Es waren noch Wochen bis Weihnachten! Und diese Wochen benötigte Julia auch dringend angesichts der To-do-List, die an ihrem Arbeitsplatz in der Bank Tag für Tag auf sie wartete. Julia war noch überhaupt nicht in Weihnachtsstimmung! Sie hatte *keine Zeit* für Weihnachtsstimmung!

Julia sah sich in der Buchhandlung, in die sie es gerade noch vor Ladenschluss geschafft hatte, um. Woher nahmen all diese Leute die Zeit für dieses ausdauernde Vorweihnachtsprogramm?

Eine ältere Dame rempelte Julia an und sie konnte nur mit Mühe den Zusammenprall mit dem Krimi-Tisch vermeiden. Irgendein alter Roman von Henning Mankell wackelte bedrohlich und während Julia versuchte, die Krimi-Pyramide nicht zum Einsturz zu bringen, lächelte ihr eine der Buchverkäuferinnen auf der anderen Seite des Büchertisches freundlich zu. Sie trug eine Brille, an deren Rändern Zuckerstangen drapiert waren, und summte leise zum Refrain mit, während sie einen Stapel Bücher, auf deren Titel ein vor Blut triefendes Küchenmesser bedrohlich in Szene gesetzt war, von einem Eck ins nächste schob.

Nun gut, um im Buchhandel arbeiten zu können, musste man wohl besonders dicke Weihnachtshaut aufweisen oder sich einfach zu hundert Prozent auf den Wahnsinn einlassen. Die Filiale der riesigen Kette, in der sich Julia gerade umsah, ging jeden Herbst nahtlos vom Schulanfang in die Vorweihnachtszeit über und auch hier schien es, gemessen an der Geschäftigkeit und Panik der einkaufenden Personen um sie herum, als würde sich die Welt nicht mehr weiterdrehen, wenn man nicht sofort sämtliche Weihnachtsgeschenke der Welt auf einmal besorgte.

Im November!

Julia schüttelte über die anderen Personen im Geschäft den Kopf, aber genauso über sich selbst. Es war fast naiv von ihr gewesen zu glauben, dass sie nach ihrem höllisch anstrengenden Arbeitstag hier, umringt von Büchern und dem Vorweihnachtsrubel, Ruhe und Entspannung und einen geistreichen Krimi finden würde.

Ihre Finger kribbelten bereits leicht, wie immer, wenn Julia mit all diesen Reizen völlig überflutet wurde.

„Kann ich Ihnen helfen?", fragte nun auch die Zuckerstangenbrillen-Verkäuferin über die mörderischen Werke zwischen ihnen hinweg.

Ich hasse „Last Christmas", ich finde es unanständig, vor dem 30. November an einen Adventkalender zu denken und ich frage mich, warum man in einer Buchhandlung angerempelt werden konnte, wo hier doch der einzige Ort der Entschleunigung … –

„Ich fürchte nicht", antwortete Julia und riss sich selbst aus den zunehmend panischen Gedanken, gerade als sich die zweitschlimmste Tonfolge der Vorweihnachtszeit über das Stimmengewirr der Buchkäufer hinwegsetzte.

Und wie jedes Jahr spätestens im November fing Julias linkes Auge an zu zucken, wenn das berühmte fröhliche Glockengeläut von Maria Careys unverwechselbarer Stimme abgelöst wurde.

Julia seufzte.

„Ich suche nach einem Krimi, nichts Blutrünstiges, eher etwas zum Nachdenken", begann sie schließlich doch der Zuckerstangenbrillen-Verkäuferin zu erklären, wurde aber vom ganzjährig schlimmsten Geläut – dem ihres Handys – unterbrochen.

Sie entschuldigte sich bei der Verkäuferin und nahm das Gespräch an, ohne aufs Display zu schauen. Sie wusste bereits, wer sich meldete.

„Wo ist dein Report?", keifte Kalle, der Chef jener Bank, in der Julia arbeitete, in den Hörer.

Julia atmete tief durch.

„Ich habe ihn dir vor zwei Stunden geschickt", sagte sie.

„Wie bitte?"

„Ich habe ihn … –"

„Wo bist du? Bist du nicht mehr im Büro?"

„Es ist bereits … –"

„Ich kann selbst die Uhr lesen", keifte Kalle weiter.

Aber deine E-Mails offenbar nicht, dachte Julia, behielt den Gedanken aber für sich.

„Du weißt, dass wir alle unsere Jobs los sind, wenn die Zahlen nicht passen!", behauptete Kalle und Julia verdrehte die Augen. Die Zuckerstangenbrillen-Verkäuferin grinste ihr verschwörerisch zu, als könnte sie Kalles Geschrei hören und Julias Gedanken lesen.

Julia blendete Kalles Geschimpfe aus, so gut es ging, und drückte sich in ein eher ungestörtes Eck des Geschäfts, wo man Teehäferln und Lesepölster mit aufgedruckten Mäusen und Küken kaufen konnte.

Oder waren das etwa Hamster?

„Wenn du deinen Report heute nicht mehr schickst, brauchst du morgen gar nicht mehr wiederzukommen", sagte Kalle nun und über Julias Nacken lief eine Gänsehaut, obwohl ihr in diesem überhitzten Buchladen gerade noch der Schweiß auf der Stirn gestanden war.

„Wie bitte?"

„Du hast mich schon verstanden", brüllte Kalle und legte einfach auf.

Julias gesamter Körper war mittlerweile von Gänsehaut überzogen, während es in ihrem Bauch kochte und brodelte.

Dieser hirnrissige, alte, inkompetente … –

Sie atmete tief durch.

Bewegte langsam ihre Fingerspitzen.

Noch einmal durchatmen.

Sie ließ ihre Schultern fallen.

Dann suchte Julia auf ihrem Telefon nach dem bereits versandten E-Mail. Sie überprüfte den Anhang, tippte Kalles E-Mail-Adresse ins richtige Feld, kontrollierte diese dreimal und sandte dann die E-Mail ab. Danach öffnete sie den Ordner mit den gesendeten E-Mails und wartete, bis das gerade versandte Mail an Kalle darin auftauchte.

Schließlich suchte Julia nach der Zuckerstangenbrillen-Verkäuferin und bemühte sich um ein Lächeln. Sie würde heute fünf Krimis brauchen, um ihr Nervenkostüm wieder halbwegs ins Gleichgewicht zu bringen.

Ein kalter Wind blies Julia ins Gesicht, als sie aus der U-Bahn-Station hinaus ins Freie trat. Sie zog ihre Haube tiefer in die Stirn und kramte nach ihren Handschuhen, als ihr Telefon in ihrer Tasche aufleuchtete, diesmal mit einer Nachricht.

„Danke. Warum nicht gleich so", hatte Kalle geschrieben und am Ende jenes Bussi-Emoji gesetzt, das ein Herz auf den Lippen trug.

Julias Gänsehaut – die, die vom kalten Wind ausgelöst worden war – wurde von jener, die sie vor lauter Abscheu vor Kalle regelmäßig über ihren Körper laufen spürte, verstärkt. Von all dem unpassenden Verhalten, das ihr

Chef fast minütlich an den Tag legte, waren die Herz-bussi-Emojis wirklich die allerschlimmsten.

Julia war so abgelenkt von ihrem Ekel und ihrer Wut auf ihren Chef, dass sie im ersten Moment das Blaulicht vor ihrem Wohnhaus gar nicht bemerkte. Und im zweiten Moment dachte, das Problem musste woanders liegen.

Erst dann sah sie die sperrangelweit geöffneten Fenster jener Wohnung, die direkt über ihrer lag. Und sie bemerkte den verkohlten Geruch, der sich über die gesamte Gasse gelegt hatte. Eine Gruppe Schaulustiger stand mitten auf der Straße und starrte nach oben. Julia erkannte die ältere Pensionistin aus dem ersten Stock unter ihnen und ging langsam auf sie zu.

„Was ist denn passiert?", fragte sie ohne Umschweife.

„Gar nicht viel", sagte die Pensionistin, „die Kinder aus dem 4. Stock sind mit dem Schrecken davongekommen." Sie lächelte Julia zu. „Wussten Sie, dass Pudding anbrennen kann? Ich wusste das nicht." Julia schüttelte den Kopf.

„Wann darf man denn wieder ins Haus?", fragte Julia, aber die Pensionistin zuckte bloß mit den Schultern und deutete auf ein paar Personen ein Stück weit weg, die Feuerwehr- und Polizei-Uniformen trugen.

„Kann man bereits wieder ins Haus?", fragte Julia gleich ohne Umschweife, als der erste Feuerwehrmann zu ihr aufblickte. Ihr Telefon begann zu läuten, aber sie drückte Kalle ohne zu zögern weg.

„Selbstverständlich", lächelte der Feuerwehrmann. „In welches Stockwerk müssen Sie denn?"

Ihr Telefon läutete erneut. Julia entschuldigte sich und drückte Kalle ein weiteres Mal weg.

„In den dritten Stock", sagte sie abgelenkt. Ihr Handy piepste zweimal hintereinander, einmal der Ton für eine neue E-Mail, einmal der Ton für eine neue Whatsapp-Nachricht.

„Oh …", sagte der Feuerwehrmann und bat sie, einen Moment zu warten. Er drehte sich nach einem Kollegen um, gerade als Kalle schon wieder anrief.

Konnte er plötzlich keine Attachments mehr öffnen oder was war ihm jetzt schon wieder über die Leber gelaufen?

Julia lehnte den Anruf ein weiteres Mal ab, gleichzeitig piepste ihr Handy mit weiteren Nachrichten.

Der zweite Feuerwehrmann sprach sie mit ihrem Namen an: „Sie können leider fürs Erste nicht in Ihre Wohnung", sagte er mit ruhiger Stimme. „Es war zwar nur ein kleiner Küchenbrand, aber wir haben mit Löschwasser gearbeitet und das ist von oben nach unten durch … –"

Für einen Moment setzte Julias Gehör aus.

Sie hatte für diesen Abend wirklich nur einen einzigen Wunsch gehabt: Eine Backofen-Lasagne aufzuwärmen, ein Bad einzulassen und – ohne Musik im Hintergrund – ihren neu gekauften Krimi zu lesen.

War das wirklich zu viel verlangt?

Und als hätte ihr Leben ein besonders zynisches Drehbuch vorgesehen, fuhr genau in diesem Moment ein Auto vorbei, aus dem in voller Lautstärke „Last Christmas" schallte.

Ihr Handy piepste erneut und Julia sah reflexhaft darauf.

Sie hatte zehn Nachrichten und ebenso viele E-Mails erhalten, dazwischen standen die vielen Anrufe von Kalle.

Verwirrt scannte sie über die Nachrichten-Bruchstücke, die sie im ersten Moment erfasste:

„Wir werden diese Kündigung anfechten", schrieb eine Kollegin.

„Die können das doch nicht ohne uns …", meinte ein anderer Kollege.

„Das hat uns sicher Kalle eingebrockt", kam von der Praktikantin.

Julia öffnete ihre E-Mails und scrollte zu einem der neu eingetroffenen Mails, das als Absenderadresse HQ im Namen hatte, wie alle Nachrichten der deutschen Konzernmutter ihrer Bank.

Sie las dreimal über den Text, aber mehr als „nach reiflicher Überlegung" und „Ihre Abteilung in die Geschäfte der Konzernmutter einzugliedern", weil man damit „ungeahnte Synergien und Push-Effekte" erzielen wollte. Dann stand noch eine Anzahl an Urlaubstagen, die gegengerechnet mit der Kündigungsfrist bedeuteten, dass

Julia ab kommendem Montag nicht mehr in der Bank erscheinen würde müssen.

„Bitte geben Sie bis Freitagnachmittag, 16:00 Uhr, Ihre Zugangskarten und Ihr Firmentelefon ab. Wenden Sie sich an …"

An wen sich Julia wenden würde müssen, erfuhr sie im Moment nicht, weil sich genau in diesem Moment das Foto ihrer Schwester über dem Handydisplay ausbreitete. Dazu die gespielt säuselnde Stimme von Bella: „Miss Julsey, heben Sie hab! Miss Julsey, heben Sie ab!"

Normalerweise musste Julia darüber (und über das Foto von Bella, auf dem sie gerade mit Hingabe in einen Muffin biss) immer schmunzeln, aber diesmal war sie eher den Tränen nahe.

„Kennst du diese Szenen in Filmen", begann sie, ohne Bella zu begrüßen, „kennst du diese Szenen, in denen den Helden des Films alles gleichzeitig passiert und sie vor den Scherben *ihres gesamten Lebens* stehen und sie eigentlich nur mehr hoffen können, dass sich die Erde unter ihnen auftat und sie verschluckte?"

„Also, bei mir ist es gerade so, dass meine eifrigste Bäckerin seit heute ärztlich verordnete Bettruhe hat, weil ihr Kind sonst zu früh auf die Welt kommt, und ich ab dem Wochenende jemanden brauche, der Zimtschnecken wie im Schlaf zubereiten kann, sonst enttäusche ich Otto und die gesamte Stadt. Mama und Papa sind auf Urlaub und Otto hat keine Zeit, mir zu helfen", erklärte Bella und klang trotzdem fröhlich und zuversichtlich wie immer. „Und bei dir?"

„Nun ja … *ähnlich*", sagte Julia. „Fast." Sie schluckte. „Meine Wohnung ist voller Löschwasser und ich habe ab Montag keinen Job mehr. Und überall spielt es ‚Last Christmas'. Ich werde verfolgt von Wham! und Mariah Carey." Julia schluchzte leise auf.

„Aber das ist doch hervorragend!", rief Bella aus. „Das ist sogar perfekt!"

„Nichts ist perfekt an Weihnachtsmusik im November!", hielt Julia dagegen.

„Ach, daran gewöhnst du dich auch noch", lachte Bella ins Telefon. „Aber jetzt muss ich dich gar nicht davon überzeugen, dass du mir mit den Zimtschnecken hilfst. Dabei hatte ich mir sogar fünf Argumente aufge- schrieben!"

„Ich habe doch seit Jahren keine Zimtschnecken mehr gebacken!"

„Das verlernt man doch nicht", hielt Bella dagegen. Irgendetwas raschelte im Hörer und dann hörte Julia, wie Bella offenkundig ihrem Mann zurief: „Otto, stell dir das vor! Julia hat keine Wohnung und keinen Job mehr und jetzt kann sie mir sofort mit der Weihnachtsbäckerei helfen!"

„Du klingst richtig glücklich, wenn du mein Elend durch die Welt brüllst", seufzte Julia und Bella lachte fröhlich auf.

„Natürlich!", rief sie ins Telefon. „Wir verbringen endlich wieder einmal den Advent gemeinsam!"

„Es ist November!", ereiferte sich Julia. „Warum sind alle schon so früh in Weihnachtsstimmung."

Einer der Feuerwehrleute vor Julia drehte sich um: „Weil es einfach die schönste Zeit im Jahr ist", sagte er und zuckte mit den Schultern. „Das kann gar nicht lange genug dauern!"

Und in diesem Moment ging Julia die Luft aus.

„Was mache ich denn jetzt bloß?", fragte sie die Welt um sich herum, aber Bella antwortete als erste: „Für heute nimmst du dir ein Hotel und in den kommenden Tagen bringst du deine Sachen in Ordnung. Dann steigst du in den Zug und kommst nach Hause."

Nach Hause.

Julia sah an der Hausfassade nach oben, die sie bisher eigentlich als „Zuhause" bezeichnet hätte, wenn man sie gefragt hätte.

„Wir freuen uns auf dich", ergänzte Bella und klang gleichzeitig so zärtlich und fest, wie ihre Umarmungen immer waren.

2. Kapitel

„Lass sie atmen", sagte Bellas Mann Otto irgendwo im Hintergrund. Aber Julia nahm den Sauerstoffmangel durch Bellas wiedersehensfreudige Umarmung gerne hin.

Nach zwei Horrornächten im Hotel ums Eck ihrer teilweise zerstörten Wohnung und ähnlich vielen Horrortagen im Büro zwischen heulenden Kolleginnen und einem latent hysterischen Kalle war Julia froh, endlich von vertrauten Menschen mit ausbalancierter Stimmungslage umgeben zu sein. Kalles Gesicht hatte seit Tagen kein gesundes Rot mehr gezeigt und er war einmal sogar so weit gegangen, Julia die Schuld an der sogenannten „Umstrukturierung", der ihr Job zum Opfer gefallen war, zu geben. „Wenn dieser Report …"

Aber Julia hatte ihn ausgeblendet, so wie sie die Versprechungen der anderen Kollegen ausgeblendet hatte, sich bald zusammenzusetzen und gegen die Kündigungen zu klagen. Sich gegenseitig mit Jobangeboten zu unterstützen. Sich bald mal auf einen Punsch zu treffen.

Julia hatte kein Interesse daran, sich an der kollektiven Empörung zu beteiligen. Die Kündigung war eine Niederlage, natürlich, aber sie war nicht persönlich. Ihre gesamte Abteilung war aufgelassen worden (*obwohl* Julia alle Reports zeitgerecht eingereicht hatte).

So war das Leben!

Außerdem war sich Julia sicher, dass sie bald ein neues Jobangebot in der Tasche haben würde.

Aber zuerst würde sie Bella mit diesen Zimtschnecken helfen.

Bella führte den erfolgreichsten Coffee Shop in Frischthal, das „Kaffeekränzchen", das aufgrund seiner räumlichen Position mitten am Hauptplatz nicht nur das Zentrum der Stadt ausmachte, sondern für die Stadtbewohner auch ein beliebter Treffpunkt wie Umschlagplatz für Neuigkeiten war.

Für die diesjährige Vorweihnachtszeit hatte sich Bella überlegt, eine weihnachtliche Außenstelle vor dem Café aufzubauen, über die sie Punsch und Zimtschnecken verkaufen wollte. Ihre Punschhütte hatte sie „Adventkränzchen" getauft und diese sollte ab der kommenden Woche in erster Linie Zimtduft über den gesamten Hauptplatz verströmen.

Deshalb auch der Zimtschnecken-Notfall.

„Ich sage schon seit Wochen, dass Irene nicht so viel herumstehen sollte", schimpfte Bella vom Beifahrersitz nach hinten auf die Rückbank, wo sich Julia neben einen riesigen Karton, auf dem ein leerer Heißgetränkespender balancierte, gezwängt hatte.

„Aber Irene wäre ja ohnehin bald in Mutterschutz gegangen", warf Julia ein, „du hättest ja sowieso bald Ersatz für sie benötigt. Was hättest du denn dann gemacht?"

In einem seltenen Moment schwieg Bella auf diese Frage und Julia riss ihren Blick von der am Autofenster vorbeifliegenden Landschaft weg, um zu sehen, woher das Schweigen kam. Sie sah aber nur, wie Otto vom Fahrersitz aus Bellas Oberschenkel berührte.

Die Geste war so zärtlich und vertraulich, dass Julia für einen Augenblick betreten zu Boden blickte und sich für einen Bruchteil einer Sekunde eingestand, dass sie neben der Verlegenheit, die sie gerade empfand, auch ein wenig Sehnsucht verspürte, etwas Ähnliches erleben zu wollen.

Wo war *ihr* Otto, der ihr in grüblerischen Momenten, ohne großes Nachfragen seine Unterstützung zum Ausdruck brachte?

Julia seufzte unwillkürlich.

„Ja", seufzte nun auch Bella, wohl nicht wissend, was Julia gerade durch den Kopf gegangen war, aber dennoch ähnlich nachdenklich. „Ich dachte einfach, ich komme schon über die paar Monate."

Es würden wohl nicht nur ein paar Monate sein, in denen Irene nicht im „Kaffeekränzchen" arbeiten würde, aber das behielt Julia im Moment für sich. Dafür klang Bella viel zu aufgewühlt und kleinlaut.

Als sie die Stadteinfahrt passierten, kehrten Bellas Lebensgeister jedoch wieder mit voller Stärke zurück. Detailliert erzählte sie von der Punschhütte, die bereits aufgebaut war, die man aber noch einrichten müsste. Sie erzählte von all den Getränken und Süßspeisen, die sie im „Adventkränzchen" anbieten wollte.

Julias Magen knurrte leicht im Gedanken an die Köstlichkeiten und sie ignorierte für einen Augenblick, dass wohl sie selbst für einen Großteil der Zubereitung dieser zuständig sein würde.

„Du kannst natürlich die Küche und den Backofen im ‚Kaffeekränzchen' verwenden", erklärte Bella gerade und bestätigte Julias Verdacht sogleich.

„Ich habe seit Jahren keine Zimtschnecken mehr gebacken", warf sie deshalb sofort ein, wie schon vor ein paar Tagen am Telefon.

„Das ist doch wie Fahrradfahren, das verlernt man nicht", winkte Bella ab und Otto kicherte.

„Und dann noch in diesen Mengen!", gab Julia zurück. „Ich kann nicht an einem Wochenende Tausende Zimtschnecken vorbereiten, nur damit du über fast zwei Monate Vorweihnachtszeit kommst!"

„Dann bleibst du halt länger hier", sagte Bella, als sei das das normalste der Welt.

Aber Julia blieb nie länger als zwei oder drei Tage in der Stadt. Ihr letzter Besuch, der mehr als drei Tage gedauert hatte, war vermutlich noch länger her als ihr letzter Versuch, Zimtschnecken zu backen.

Gerade als Julia sich ein weiteres Mal gegen Bellas Vereinnahmung wehren wollte, bemerkte sie, dass Otto nicht die Straße zu seiner und Bellas Adresse wählte, sondern eine Abzweigung, die in die andere Richtung führte.

„Wo fahren wir denn hin?", fragte Julia.

Bella drehte sich ein weiteres Mal auf dem Beifahrersitz um, diesmal euphorisch in die Hände klatschend, und strahlte Julia an.

„Das Gästehaus ist frei!", jubelte sie und Julia kramte in ihrer Erinnerung, wovon Bella sprach.

„Bei Hans und Lucy", erklärte Otto mit einem Blick in den Rückspiegel und zwinkerte ihr zu.

Julia war einige Jahre jünger als Bella und kannte somit die Freunde, mit denen Otto in die Schule gegangen war, nur flüchtig. Irene und ihr Ehemann Tom zählten dazu, ebenso Hans, der mit seinem Vater und seinen Kindern in einem riesigen Bauernhof-ähnlichen Gebäude lebte. Julia erinnerte sich daran, dass Bella ihr von einem neu renovierten Gästehaus auf diesem Hof erzählt hatte, wo vor ein paar Jahren Lucy als einer der ersten Gäste untergebracht worden war – woraufhin sie gleich in Frischthal geblieben war, sich in Hans verliebt hatte und kurz darauf zu ihm ins Haupthaus gezogen war.

Das Gästehaus wurde seither immer wieder an Gäste vermietet und erfreute sich großer Beliebtheit.

„Vielleicht verliebst du dich ja auch!", rief Bella nun aus.

Julia runzelte die Stirn. „Ich werde sicher nicht Lucy den Mann ausspannen!", schalt Julia ihre Schwester, wohlwissend, dass Bella das nicht gemeint hatte.

Bella verdrehte gleich die Augen.

„Natürlich nicht!", bestätigte sie. „Aber nachdem nach Lucy auch Luis hier in der Stadt geblieben ist … vielleicht hat dieser Ort eine magische Wirkung für einsame Städter." Auch der berühmte Schriftsteller Luis Kramer war vor etwas mehr als einem Jahr für einige Wochen hier eingemietet gewesen, während derer er Amina kennen- (und lieben) gelernt hatte.

„Ich bin nicht einsam", schmollte Julia, ließ sich aber für einen Moment davon ablenken, dass *der* Luis Kramer nun ein – wie Bella immer wieder in Telefonaten erzählte – aktives Mitglied der städtischen Community war. Und sich fast täglich auf einen Kaffee mit Otto traf, passenderweise umringt von Büchern, nämlich in der Buchhandlung „Seitenweise", die Luis' Partnerin Amina mit Hingabe führte.

Manchmal hatte Julia den Eindruck, Bella führte ein Leben wie aus einem *Hallmark Movie*. Nur mit mehr Abwechslung in ihren Gesprächen.

3. Kapitel

Am ersten Morgen im Gästehaus erwachte Julia zu Sonnenstrahlen, die durch den Nebel brachen, und Tränen, die über ihre Wangen liefen.

Die Apfelbäume vor ihrem Fenster trugen nur mehr wenige Blätter, was in dieser sonnig-nebligen Morgenstimmung ein fast mystisches Bild abgab.

Julia wusch sich das Gesicht, schneuzte sich gleich über dem Waschbecken und ignorierte ihre tränenrosigen Wangen, die ihr im Spiegel entgegenleuchteten, so gut es ging. Es war viele Jahre her, seit sie das letzte Mal im Schlaf geweint hatte, und wie schon damals fühlte sie sich deshalb gleichermaßen verlegen wie auch erleichtert. Weniges war so befreiend wie ein kurzes, intensives, tränenreiches Heulen.

Es schien, als begann der Schock der vergangenen Tage endlich nachzulassen, während ihr Kopf und ihr Geist die

Tristesse ihrer Situation bearbeiteten. Julia fühlte sich zittrig, aber ganz guter Dinge.

Nach einer stärkenden Dusche zog sie ihre liebsten Jeans an und suchte ihren bequemsten Strickpullover aus ihrem Koffer, schob die große Glastür des Gästehauses zur Seite und trat hinaus in die frische Morgenluft.

Die Sonne hatte sich mittlerweile gegen den Nebel durchgesetzt und nur die leicht feucht riechende Luft erinnerte noch an den trüben Tagesbeginn. Der Himmel war nun strahlend blau und Julia ließ ihren Blick über die hügelige Landschaft hinter dem Apfelbaumgarten streifen.

Die Luft, die Aussicht, der Geruch des verflogenen Nebels, die Temperatur der Sonnenstrahlen auf ihrem Gesicht – all das war Julia so vertraut wie kaum etwas anderes. Auch wenn sie nur mehr selten in die Steiermark reiste, waren die Umgebung, die Sprache, die gesamte Atmosphäre in sie eingraviert.

Sie war aus diesem Holz geschnitzt. Selbst wenn sie die Wurzeln schon lang zuvor gekappt hatte.

Vor dem Gästehaus fand Julia jene E-Vespa, die ihr Lucy am Vorabend bei der Schlüsselübergabe in allen Details beschrieben hatte. Es dauerte nur einige wenige wackelige Meter, bis Julia wieder einfiel, wie man eine Vespa fuhr – und wie viel Spaß ihr das immer gemacht hatte.

In wenigen Minuten landete sie so am noch recht ruhigen Hauptplatz, auf dem die ersten Geschäfte gerade ihre Rollläden hochließen. Der Uhrmacher war bereits da, während die Buchhandlung „Seitenweise" noch im

Wochenendschlaf zu sein schien. In der schläfrigen Samstagvormittagsruhe hörte man die kleine Glocke über der Tür des „Kaffeekränzchen" über den ganzen Platz schallen.

.

Bella begrüßte sie erneut mit einer festen Umarmung, mitten im Geschäft. „Du hättest doch ausschlafen können", sagte Bella und drückte gleich nochmals fest zu.

Julia zuckte mit den Schultern und sah sich um.

Der Coffee Shop ihrer Schwester war gut besucht. Die kleinen Tische waren alle besetzt und an der Theke stand eine Schlange von drei oder vier Personen an, die von Bellas langjähriger Mitarbeiterin Yvonne freundlich betreut wurden.

Julia grüßte in die Runde, ohne die meisten Gesichter direkt wahrnehmen zu können. Es waren viele bekannte Mienen, sowie einige, bei denen sie ein bisschen in ihrer Erinnerung kramen hätte müssen, damit ihr der dazugehörende Name einfiel.

Wer *sie* war, war spätestens nach Bellas Umarmung für alle klar und Julia meinte, nicht nur einmal ein gemurmeltes „Ach, ist sie also doch wieder mal da" aus einer der Ecken des Lokals gehört zu haben.

Julia ließ sich auf einen der Barhocker nieder und wartete, bis Bella und Yvonne die wartenden Gäste bedient hatten.

„Wir haben jetzt auch Porridge", sagte Bella und platzierte einen Cappuccino vor ihr auf der Theke.

„Ich habe keinen Hunger", gab Julia zurück und verrührte das Milchschaumherz in ihrer Tasse.

Bella grunzte missbilligend und es dauerte weniger als fünf Minuten, bis eine Schüssel mit Porridge und dazu ein leeres Buttercroissant vor ihr landeten.

„Iss", sagte Bella streng, lächelte dann aber sogleich die nächsten Gäste an.

Julia beobachtete das Treiben im Coffee Shop. Die meisten Leute unterhielten sich freundlich lächelnd, tranken ihre Kaffees und genossen die dazu bestellten Süßspeisen. Manche stürzten ihren Kaffee recht schnell hinunter und eilten gleich weiter, manche tranken genüsslich Schluck für Schluck aus ihren Tassen.

Jedes Mal, wenn die Tür aufging, hoben einige der Gäste ihre Köpfe und grüßten die Neuankömmlinge. Gelegentlich blieb jemand an einem der Tische stehen, man tauschte sich lachend und scherzend aus, verabredete sich für einen der folgenden Tage oder erkundigte sich nach jemandem, der nicht mit am Tisch saß.

Wieder überfiel Julia dieses lang zurückliegende, vertraute Gefühl. Sie wusste, wie man sich hier miteinander unterhielt. Alles war persönlicher und freundlicher, als es etwa in der Bank gewesen war. Hier war man miteinander bekannt, konnte in keiner anonymen Masse verschwinden. Hier kümmerte man sich umeinander. Häufig zu viel für Julias Geschmack, aber so war das Leben am Land eben.

Weniger Leute bedeuteten auch weniger Anonymität, weniger Rückzug, weniger Verstecke.

Bella blühte in einer Umgebung wie dieser auf. Es war auch kein Zufall, dass ihre Schwester just mit dem Bürgermeister liiert war, obwohl die beiden schon lang vor dem Beginn von Ottos politischer Karriere miteinander ausgegangen waren. Aber beide waren *social butterflies*, wie sie im Buche standen. Beide schienen aus dem Kontakt mit anderen Personen Energie zu schöpfen, wohingegen Julia … –

Sie unterbrach ihre Gedanken, als sie mit dem Löffel lautstark auf den Boden der Porridge-Schüssel stieß. Julia musste über sich selbst lachen. Sie war so vertieft gewesen in ihre Beobachtungen und Überlegungen, dass sie ohne bewusst darüber nachzudenken die ganze Schüssel ausgegessen hatte.

Sie schob die sinnierenden Gedanken von sich und erhob sich langsam vom Barhocker. Durch die Tür des „Kaffeekränzchen" sah sie auf der gegenüberliegenden Seite des Hauptplatzes einen Mann, der zwei Sessel und ein Tischchen vor dem Eingang zur Buchhandlung „Seitenweise" positionierte. Sie konnte ihn nur von hinten sehen, aber wusste sofort, dass dies Luis Kramer sein musste.

„Ich kann immer noch nicht fassen, dass Luis Kramer hier in der Stadt lebt und gerade das alte ‚Seitenweise' aufsperrt", sagte Julia zu Bella, als sie hinter die Theke trat und sich in Richtung Küche bewegte.

„Ach", Bella klang fast gelangweilt und folgte ihr, „Luis ist ja schon wieder *old news*." Sie kicherte. „Wir sehen ihn hier recht oft, er holt meistens vormittags den Kaffee für Amina und sich. Otto ist auch mindestens einmal am Tag im Geschäft drüben."

„Tatsächlich?", fragte Julia und suchte an der Wand neben dem Backofen nach einer Schürze.

Bella nickte eifrig. „Luis hat definitiv frischen Wind in die Stadt gebracht. Und für Otto ist er ein wichtiger Gesprächspartner, weil er die Stadt eben nicht so lange kennt wie wir. Das bringt eine andere Perspektive ein."

„Das ist interessant", meinte Julia, während sie sich – mit mittlerweile umgebundener Schürze – die Hände wusch.

„Ja", fuhr Bella unbeirrt fort. „Und ich finde ihn auch nett. Außerdem passt er zu Amina. Sie sind beide so …" Bella dachte nach.

„… so nachdenkliche Typen?", schlug Julia vor und öffnete den Kühlschrank.

„Genau!", rief Bella aus, dann wechselte sie schlagartig das Thema. Sie holte ein abgegriffenes Schulheft aus einer der Laden in der Küche und schlug es auf einer Seite auf, auf der groß „Adventkränzchen" als Überschrift geschrieben stand.

Julia überflog die Notizen.

Bella hatte in ihrer fein säuberlichen Handschrift ihre Schätzungen, wie viele Zimtschnecken und Zimtsterne sie für den Punschstand benötigen würden, für jede einzelne Woche bis Weihnachten aufgeschrieben.

Am Ende der Seite fanden sich die jeweiligen Summen.

„Ich habe mir gedacht, dass wir die Zimtschnecken vorbereiten und einfrieren und dann jeden Morgen frisch aufbacken können", erklärte Bella und deutete auf ihrer akribischen Skizze herum.

Julia nickte. „Die Zimtsterne sollten wohl ein paar Wochen halten", murmelte sie. „Da müssen wir wahrscheinlich erst zwei, drei Wochen vor Weihnachten wieder frische zubereiten."

Bella gluckste kurz erfreut, ob wegen der Zimtsterne an sich oder weil Julia davon gesprochen hatte, kurz vor Weihnachten noch einmal zu backen, war ihr nicht ganz klar.

Nur weil sie vorausplante, hieß das ja noch lang nicht, dass Julia die ganze Adventzeit hier in Frischthal bleiben würde. Sie konnte ja zurück nach Wien fahren, sich um einen neuen Job und eine neue Wohnung kümmern und dann kurz vor Weihnachten eben nochmals hierherkommen und die restlichen Backwaren vorbereiten.

„Apfel-Zimt-Muffins haben wir jetzt bereits im Programm", plauderte Bella unbeirrt weiter. „Und wir öffnen den Punschstand immer erst kurz vor Mittag, das heißt, wir haben ausreichen Zeit zum Aufbacken."

„Wer öffnet den Punschstand?", fragte Julia.

„Na, wir!", antwortete Bella.

„Bella", sagte Julia ernsthaft, „wie hattest du das denn geplant?"

Bella sah sie mit zusammengekniffenen Augen an, wie immer, wenn sie über ein Thema eigentlich nicht sprechen wollte.

„Es war doch sicher nicht gedacht, dass die schwangere Irene den halben Winter draußen in der Punschhütte

Dienst schiebt", sprach Julia weiter und Bella sah verlegen zur Seite.

„Natürlich nicht", behauptete sie und nestelte an einem Seiteneck ihres Notizhefts herum.

„Bella", wiederholte Julia, „warum hast du keinen ernstzunehmenden Ersatz für Irene organisiert?"

„Ich …", begann Bella und seufzte dann auf.

„Du hast sicher nicht damit gerechnet, dass ich alles stehen und liegen lassen kann, um nach Hause zu eilen und deine Zimtschnecken zu backen", sagte Julia. „Unter anderen Umständen hätte ich gar nicht kommen können."

„Ich weiß!", rief Bella aus und warf ihre Hände in die Luft. „Deswegen hatte ich ja auch fünf supertolle Argumente vorbereitet, um dich zu überzeugen!"

Julia grinste für einen Moment über Bellas Theatralik, dann wurde sie wieder ernst. „Es ist so untypisch für dich, dass du in diesem Moment nicht vorbereitet bist. Was ist passiert?"

Auf einmal ließ Bella ihre Schultern fallen.

„Ich weiß es doch auch nicht", murmelte sie und klang fast ein wenig traurig. „Es lief immer alles so gut. Wir hatten hier so viel Geschäft und Irene kam vor ein paar Jahren genau zum richtigen Zeitpunkt nach Hause. Sie ist so natürlich hier ins Café hineingewachsen, wir haben alles gemeinsam gemacht und jetzt … jetzt …"

Bella klang mittlerweile verlegen und traurig gleichermaßen.

„Jetzt fehlt sie dir?", fragte Julia leise.

Bella nickte.

„Ich weiß, dass es leichtsinnig war, diese Entscheidung vor mir her zu schieben, aber ich will sie einfach nicht ersetzen!", gab Bella zu. „Sie ist meine beste Freundin, sie ist meine beste Mitarbeiterin und meine beste Kritikerin. Manchmal ist sie auch meine beste Chefin, wenn es sein muss."

Julia legte den Arm um Bellas Schultern.

„Du musst jemanden suchen, der hier aushilft. Jemanden, der backen und ebenso im Verkaufsraum stehen kann, wenn es nötig ist. Und bis dahin musst du die Öffnungszeiten im ‚Adventkränzchen' anpassen", sagte Julia streng.

„Könntest nicht du …?", begann Bella, aber Julia schüttelte bereits den Kopf.

„Ich bemühe mich jetzt mal darum, einen Wochenvorrat Zimtschnecken vorzubereiten. Ich hoffe, du hast Platz in deinem Tiefkühlschrank", sagte Julia bestimmt und drehte das kleine Küchenradio auf. Irgendein 80er-Jahre-Popsong schallte durch die Küche, in den Bella ohne zu zögern nahtlos und vollkommen textsicher einstieg.

Julia lachte auf.

„Du alte Discokugel", sagte sie zärtlich zu Bella und ließ ihre Hüften aneinander stoßen, „geh zu deinem Computer und gib eine Stellenanzeige auf. Und dann überleg dir, wann wir der Mama verraten, dass du Hilfe brauchst."

„Untersteh dich!", rief Bella aus. „Du weißt, dass sie dann helfen will. Und du weißt, wie das dann endet."

„Mit der doppelten Arbeit für uns, ich weiß", seufzte Julia und lächelte beim Gedanken an ihre Mutter, die – wenn es um irgendeine Form der Nahrungszubereitung ging – völlig talentfrei war. „Sie sind beide groß und stark geworden und bewegen sich in einer Küche, als wäre es ihre natürliche Umgebung", behauptete die Mutter stets, wenn sie jemand mit ihren eigenen mangelnden Koch- und Backkenntnisse konfrontierte. „Von irgendwem müssen sie es ja haben."

„Von mir", sagte ihr Vater daraufhin immer trocken, worüber die meisten jedes Mal lachten.

Julia kramte durch die Zutatenregale in der Küche des „Kaffeekränzchen". Irgendwo musste es ja auch Vanilleextrakt geben!

Die ersten Zimtschnecken buken gerade im Ofen, quasi als Testlauf, bevor sie in die Massenproduktion startete. Sie wollte einen Teil der frischen Zimtschnecken ohne Glasur, einen Teil mit klassischer Frischkäse-Glasur und ein paar wenige auch mit Vanille-Frosting ausprobieren. Aber dafür fehlte ihr die entscheidende Zutat: Vanille!

Gerade als der Ofen-Timer piepste, sprang ihr endlich das passende Fläschchen ins Auge. Ihr war es tatsächlich relativ leicht gefallen, sich an das Zimtschnecken-Rezept, nach dem sie früher immer gebacken hatte, zu erinnern und so buk sie konzentriert und in Ruhe vor sich hin.

Bella war in der Zwischenzeit wieder draußen im Verkaufsraum gelandet und ließ sich von ihren Kunden davon abhalten, eine Stellenanzeige auszuschreiben. Julia nahm sich vor, am Sonntag vor ihrer Abreise zumindest einen Zettel in die Auslage zu hängen. In einem so kommunikativen Umfeld wie es der Hauptplatz von Frischthal war, würde es sich wohl schnell herumsprechen, dass Bella vorübergehend eine Aushilfe suchte.

Frisch aus dem Ofen rochen die dampfenden Zimtschnecken jetzt schon verführerisch und während Julia die vorbereitete Glasur ein weiteres Mal durchrührte, wechselte die Musik im Radio zu Taylor Swift. Julia kannte den Song, auch wenn ihr der Text nicht sonderlich geläufig war und sie summte leise mit.

Julia bestrich die zweite Hälfte der Zimtschnecken mit der Vanilleglasur und Taylor ging ins Finale über:

„I've found time can heal most anything

And you just might find who you're supposed to be

I didn't know who I was supposed to be

At fifteen"

Ach du meine Güte, welche Träume Julia im Alter von fünfzehn Jahren gehabt hatte! Sie wollte die Welt erobern. Wortwörtlich! Sie wollte berühmt werden, Geld verdienen, sie wollte, dass der große Blonde aus der Parallelklasse sie küsste.

Wie hieß er doch gleich?

Sie wollte ein eigenes Moped haben, sie wollte, dass ihr Mathelehrer sie weniger oft aufrief, sie wollte …

Wenn ihr Mathelehrer von damals zu hören bekam, dass sie mittlerweile in einer Branche, die auf Zahlen aufgebaut war, Karriere gemacht hatte, würde er wohl glauben, ihm bände jemand einen Bären auf.

Julias Magen zog sich kurz und schmerzhaft zusammen. Selbst das war eine Erinnerung an ihr 15-jähriges Ich, eine Erinnerung an die Übelkeit vor allem dienstags und donnerstags, wenn Mathematik bereits in der ersten Stunde auf dem Stundenplan gestanden hatte. Damals hatte das ebenso mit den Tränen im Schlaf angefangen.

Und wieder aufgehört, als … –

„Es riecht so köstlich!", Bella platzte strahlend in die Küche, bremste aber abrupt ab. „Warum siehst du aus, als hättest du in eine Zitrone gebissen?"

„Taylor Swifts Philosophien über Fünfzehnjährige", murmelte Julia und Bella stieß einen frustrierten Laut aus.

„Fünfzehn ist doch wirklich das *schrecklichste* Alter, durch das man durchmuss, oder?", seufzte sie und näherte sich den Zimtschnecken. „Zum Glück hast du damals zum Backen gefunden", setzte Bella weiter fort und Julia lächelte.

Das Backen war ein gemeinsames Wochenendritual mit ihrem Vater gewesen. Samstags wurden Bella und sie immer in die Küche gerufen und zu dritt probierten sie neue Rezepte aus. Irgendwann fühlte sich Bella zu alt (und zu cool), um weiter mitzumachen, und so Julia blieb allein mit ihrem Vater in der samstäglichen Tradition hängen. Es war eine dieser Phasen und Erlebnisse, die man als Teenager mühsam über sich ergehen ließ, aber als Erwachsene unheimlich zu schätzen lernte. Diese stillen Stunden mit dem Vater, ihre routinierten Handgriffe, das unausgesprochene Verstehen des jeweils anderen. An manchen Tagen sprachen sie tatsächlich nur das Notwendigste miteinander und an manchen Samstagen versanken sie in tiefgründigen philosophischen Gesprächen.

Kein Wunder, dass sich Julia plötzlich so roh und nachdenklich fühlte. Seit ihrer Ankunft wurde sie ständig mit längst vergessen geglaubten Gewohnheiten und Erinnerungen konfrontiert. An jedem Eck der Stadt wartete ein Geruch, eine Stimme, eine Person, ein Blick in die Vergangenheit.

Julia schüttelte sich leicht, konzentrierte sich wieder auf die Zimtschnecken vor ihr und brach eine mit Vanilleglasur in zwei Hälften. Der Teig sprang noch leicht dampfend auf und Julia riss sich ein mundgerechtes Stück ab, reichte Bella die andere Hälfte. Die Vanilleglasur klebte an Julias Fingern, war aber köstlich und ganz exakt ausbalanciert, während sie in ihrem Mund zerschmolz. Der Teig war warm und weich und schmeckte so, wie Julia es sich vorgestellt hatte.

Ja, in diesem einen Fall musste sie Bella tatsächlich recht geben.

„S'ischt wie Fahrradfahren", sagte Julia mit vollem Mund und grinste ein zufriedenes Zimtschneckenlächeln.

4. Kapitel

Am Sonntagnachmittag hingen die Wolken tief über der Landschaft und die ohnehin schon früh einsetzende Dunkelheit legte sich noch früher über den Tag. Julia hatte alle Lichter in der Küche des „Kaffeekränzchen" aufgedreht und bereitete die letzte Tranche an Zimtschnecken für die nächste Woche vor.

In Bellas Notizheft hatte sie einige Anweisungen zum Auftauen und Aufbacken der Süßspeisen notiert, ebenso das Rezept für die Vanilleglasur. Bella selbst hatte sie rund um die Mittagszeit nach Hause geschickt. Ihre Schwester hatte in den vergangenen Tagen noch deutlicher zu spüren bekommen, wie viel Arbeitskraft durch Irenes plötzliche Abwesenheit wegfiel. Arbeit, die auch Julia nicht einfach übernehmen konnte, da sie ja *zusätzliche* Dinge für die Punschhütte zu erledigen hatte. Julia war mittlerweile noch mehr der Überzeugung, dass Bella und Irene – selbst bei hundertprozentiger Fitness – irgendeine

Form von Hilfe benötigt hätten, um das „Adventkränzchen" zu betreiben.

Julia wunderte sich weiterhin, wie ihre sonst so akribisch planende Schwester die ganze Sache mit der Punschhütte und auch Irenes Schwangerschaft so sehr auf die leichte Schulter nehmen hatte können. Aber nun war es so und sie kamen ja doch halbwegs zurecht.

Nur Bella war zuvor beinahe im Stehen eingeschlafen und als sie begann, Kakaopulver statt Kaffee in den Siebträger der Kaffeemaschine zu füllen, hatte Julia sie nach Hause geschickt.

Julia selbst wollte den Nachmittag in Ruhe nutzen, um weiter zu backen. Nach dem erfolgreichen Start am Vortag hatte sie das gesamte restliche Wochenende genutzt, um zahlreiche Zimtschnecken vorzubereiten und im Tiefkühlschrank zu verstauen, die man ab nun täglich frisch aufbacken und glasieren konnte.

Außerdem hatte Julia so viele Zimtsterne gebacken, dass sie mitten in der Nacht mit einem brüllenden Ohrwurm von Coldplays „Sky full of stars" aufgewacht war, worüber sie lachen musste. Dennoch war sie an diesem Sonntagmorgen wieder tränenüberströmt im Bett gelegen, als das Tageslicht durch die großen Glasscheiben des Gästehauses gebrochen war und den neuen Tag angekündigt hatte.

Das Backen hatte Julia jedoch beruhigt. Die anfangs fast irritierende Erinnerung an das gemeinsame Backen mit ihrem Vater schlug relativ bald in die gewohnte Ruhe um, die sie schon als Teenager immer überkommen hatte, wenn sie sich aus den vielen Rezepten für ein Dessert entschieden hatte und nur kurze Zeit später das ganze Haus mit warmem Zucker- und Vanille- und Schokolade-duft durchzogen gewesen war.

Julia fotografierte die letzten Zimtschnecken, bevor sie diese verstaute, und stellte das Foto in den Familienchat. Bella reagierte binnen Sekunden mit Herzen in allen Farben.

„Geh schlafen!", schrieb Julia darunter.

„Hab schon", antwortete Bella.

Wenige Augenblicke später blinkte ein weiteres Foto im Chat auf, diesmal eines, das ihre Mutter gesandt hatte. Darauf war ihr Vater zu sehen, wie er verlegen vor einer üppigen Weihnachtsdeko Pose stehen musste.

Julia überschlug in Gedanken den Reiseplan ihrer Eltern. Sie mussten gerade in Brüssel sein, wenn sie sich nicht irrte. Seit Jahren, wenn nicht sogar Jahrzehnten, sprach ihr Vater davon, einmal bis Schottland mit dem Zug reisen zu wollen. Ihre Eltern planten daher seit Langem, wie sie den Weg absolvieren und gleichzeitig unterwegs möglichst viel vom restlichen Europa sehen konnten. Was nun dazu geführt hatte, dass sie nicht auf dem kürzest möglichen Weg nach Schottland fuhren, sondern auf der beinahe umständlichsten Route. In der vergangenen Woche hatten sie in Deutschland und Holland Halt gemacht. Nun waren sie gerade in der belgischen Hauptstadt und peilten Paris als nächste Station an. Dort würden sie einige Tage lang bleiben, bevor es unter dem Ärmelkanal durch weiter bis nach London ging

Die Backfreude ihres Vaters hätten Bella und Julia dieses Wochenende über gut gebrauchen können, aber sie hatten es ohne die Hilfe der Eltern geschafft und Julia fühlte sich eigenartig stolz. Und zufrieden.

Für einen Moment hielt sie überrascht inne. Stolz und gar Zufriedenheit waren derart ungewohnte Gefühle für sie, die sie schon so lang nicht mehr klar verspürt hatte, dass sie sogar die Anfangsmelodie von „Last Christmas", das plötzlich aus dem kleinen Küchenradio klang, beinahe überhört hatte.

Nicht einmal der beharrliche musikalische Weihnachtsfrühstart im Radio konnte ihre gute Laune trüben.

Als Julia den Laden abschloss, war es bereits stockfinster, aber immer noch Nachmittag. Der November war in diesen Breitengraden tatsächlich eine Herausforderung. Das wenige Tageslicht konnte einem auf Dauer aufs Gemüt schlagen und wenn dann noch – so wie an diesem Nachmittag – ein kühler Wind blies, brauchte man ein ausgiebiges Wohlfühlprogramm als Kontrast, um sich bei Laune zu halten.

Julia kontrollierte, ob man die Stellenanzeige, die sie heute in die Auslage gehängt hatte, im dezent beleuchteten Dekolicht des Schaufensters lesen konnte und nickte sich selbst zufrieden zu. So wie sie die Stadt kannte, würden sich bestimmt bald Leute melden. Und seien es nur hilfsbereite Freiwillige, die tageweise aushelfen konnten.

Bella musste diese dann bloß noch koordinieren und das „Adventkränzchen" konnte zum strahlenden Weihnachtsgeschäft beitragen.

Das Gästehaus erwärmte sich schnell nach ihrer Ankunft und Julia wickelte eine aus dem „Kaffeekränzchen" mitgebrachten Zimtschnecken aus dem Papier, wärmte sie in der Mikrowelle auf und goss sich währenddessen Tee auf.

Das Licht des Gästehauses fiel bis zum Rand des Obstgartens vor dem Fenster, wo sich die Apfelbäume mal mehr, mal weniger dem Wind beugen mussten und ihre Äste durchgerüttelt wurden. Gelegentlich klopften ein paar Regentropfen an die Fenster.

Es war genau so ein Wetter, bei dem man es sich auf der Couch gemütlich machen sollte.

Während ihre Zimtschnecke abkühlte und der Tee zog, las Julia über die Buchrücken der kleinen Bibliothek hier im Gästehaus. Lucy wurde nicht müde zu erzählen, wie sehr ihr die Bücher hier im Gästehaus bei ihrer Ankunft geholfen hatten, zur Ruhe zu kommen und dass sie das Angebot im Gästehaus stets erweiterte.

Julia entdeckte alte wie neue Bestseller, ein paar Klassiker, eine paar schräge Titel und sogar den einen oder anderen Urlaubsroman. Sie zog eines dieser Bücher, das Schottland im Titel trug, aus dem Regal und beschloss, es ihren

Eltern zumindest literarisch gleichzutun und in die Highlands zu reisen.

Sie musste eingeschlafen sein, denn für einen Moment wusste Julia nicht, wo sie gerade war. Der Wind vor dem Fenster hatte etwas nachgelassen und das kleine Teelicht, das sie auf dem Couchtisch entzündet hatte, war gerade erloschen.

Julia fischte nach ihrem Telefon und sah nach der Uhrzeit. Ihre Eltern hatten noch ein paar Fotos geschickt, Bella hatte einige Herzen dazu ergänzt und Silvia, eine von Julias ehemaligen Arbeitskolleginnen, bat per Whatsapp um ein Telefonat. Es sei dringend.

Den Gruppenchat mit gekündigten und nicht gekündigten Arbeitskollegen hatte Julia vor ein paar Tagen vorübergehend stummgeschaltet und somit die meisten Ideen und Pläne, wie man gegen diese Entlassungswelle der vergangenen Woche rebellieren konnte, verpasst und gerne ignoriert.

Sie war eine der ersten, die das Büro für immer verlassen hatte, nachdem sie wohl den meisten Urlaub aufzubrauchen hatte. Und nach dem Schock mit ihrer teilzerstörten Wohnung war sogar der Schock über die Kündigung ein wenig in den Hintergrund gerutscht. Vor allem Bellas Zimtschneckenstress war in den vergangenen Tagen eine willkommene Ablenkung gewesen. Julia hatte etwas zu tun gehabt, was ihr noch dazu leicht gefallen war, und sie hatte dadurch wenig Zeit dafür verwendet, um über die diversen Baustellen ihres Wiener Lebens nachdenken zu müssen.

Aber nun klopfte dieses Leben wieder an.

Bevor sie Silvia zurückrief, öffnete Julia den Gruppenchat der ehemaligen Arbeitskollegen. Whatsapp spuckte Hunderte neue und ungelesene Nachrichten aus, ein Sammelsurium an Ideen und wütenden Aussagen, Zustimmung und Ablehnung und Millionen Emojis immer dicht gefolgt darunter.

In ihrem verschlafenen Zustand fühlte sich Julia gleich noch müder.

Dennoch suchte sie Silvias Kontakt auf ihrem Telefon und drückte schließlich auf das Hörer-Symbol neben ihrem Namen.

„Na, endlich!", begrüßte sie Julia und klang fast ein wenig verärgert.

„Hallo", antwortete Julia so geduldig wie möglich und schüttelte sich leicht, um den Schlaf aus ihrem Kopf zu vertreiben.

„Du kannst doch nicht einfach abtauchen!", warf ihr Silvia vor und Julia setzte sich verwirrt auf der Couch auf. „Du hast doch eine Verantwortung!", setzte Silvia fort, ohne Julia zu Wort kommen zu lassen.

Sofort nagte schlechtes Gewissen an Julia und sie setzte gerade an, um sich zu entschuldigen, als Silvia noch weiter nachlegte: „Wir sind ja ein Team und wir brauchen auch deine Stimme, sonst geht nichts weiter. Du ziehst dich immer sofort zurück, sobald es etwas zu entscheiden gibt!"

Julia runzelte ihre Stirn. Silvia war immer schon eine sehr meinungsstarke Kollegin gewesen und hatte sich mit Ideen und Anweisungen nicht zurückgehalten, selbst wenn sie Julia nie direkt vorgesetzt gewesen war. Aber der Tonfall, den sie gerade an den Tag legte, war doch etwas … unpassend, fand Julia.

„Es tut mir wirklich leid", entschuldigte sich Julia schließlich. „Ich habe übers Wochenende meiner Schwester ausgeholfen … –"

„War das wirklich wichtiger?", fragte Silvia und Julia hörte richtiggehend, wie sie die Augen verdrehte.

„Nun ja …"

„Willst du deinen Job nicht wieder zurück?", keifte Silvia ins Telefon.

Julia schnaufte auf.

Sie hatte sich zwar wirklich sehr wenig Zeit genommen, um die Ideen und Rebellionsfantasien ihres ehemaligen Teams durchzudenken und vor allem ernst zu nehmen, aber zu glauben, dass sie alle ihre Jobs wiederbekommen würden, erschien ihr dennoch etwas naiv.

„Natürlich unterstütze ich euch", sagte Julia schließlich beschwichtigend, um Silvias viele Fragen in einem Aufwasch zu beantworten.

„Wir setzen uns nächste Woche mal zusammen und schmieden einen konkreten Plan", sagte Silvia. „Wann bist du wieder zurück?"

Morgen, dachte sich Julia, behielt das aber für sich. „Demnächst", sagte sie unverbindlich und kurz darauf beendete Silvia das Gespräch.

Julia ließ sich auf der Couch zurückfallen und lagerte ihre Beine hoch. Mit ihren Fingern massierte sie ihre Kopfhaut, aber das ungute Gefühl, das dieses Telefonat in ihr ausgelöst hatte, wurde sie dadurch auch nicht los.

Es fühlte sich eigenartig an, dass von ihr verlangt wurde, bei jedweder Aktion dabei zu sein. Es fühlte sich genauso eigenartig an, dass ihr Silvia so viele Vorwürfe gemacht hatte. Hatte sie immer schon so mit Julia gesprochen? Warum war ihr das vorher nie aufgefallen?

Und es fühlte sich – bei näherer Betrachtung – wirklich nicht richtig an, um diesen Job zu kämpfen, sei es um ihren eigenen als auch um den der anderen. Dass ganze Abteilungen eingestampft wurden, kam doch immer wieder mal vor. So war das Berufsleben!

Die Kränkung jedoch, die diese Kündigung mit sich brachte, war etwas, das sie weder mit Aktionismus noch mit Hunderten von Zimtschnecken heilen konnte. Julia hatte derart viel Zeit und Energie in diesen Job investiert, sie hatte so viel Kraft aufgewandt, um mit Kalle und seinen Launen arbeiten zu können, da fühlte es sich wirklich ... *eigenartig* an, dass sie einfach von einem Tag auf den anderen von irgendeiner Person, der sie noch nie begegnet war, wegrationalisiert worden war.

Das und ihre vorübergehend unbewohnbare Wohnung hatten ihre Motivation irgendwie gedämpft, um es milde zu formulieren. Julia fühlte sich ein wenig, als hätte man ihr den Stecker herausgezogen. Und eigentlich fühlte sie sich auch etwas trotzig: Wenn man nicht mehr wollte, dass sie für die Bank arbeitete, dann würde sie sich eben nicht mehr um diesen Job bemühen.

Der nächste Karriereschritt war nach Julias Ansicht ohnehin überfällig gewesen, auch weil Kalle diesbezüglich überhaupt nicht gesprächsbereit gewesen war. Eigentlich hätte sich Julia schon seit Jahren nach einem neuen Job umsehen können!

Für einen Augenblick flackerte etwas Motivation in ihr auf und sie griff nach ihrem Telefon, um die populärsten Karriere-Seiten aufzurufen und nach neuen, besseren Jobs für sie zu suchen. Aber auf ihrem Display wartete bloß eine weitere Nachricht von Silvia auf sie, die sie auf ein wichtiges Treffen am Donnerstagabend hinwies. „VERPFLICHTEND!", schloss die Nachricht sozusagen brüllend – und dämpfte das kleine Motivationsflackern in ihr wieder ab.

Julia wünschte sich zurück in die Kokon-gleiche Back-stube im „Kaffeekränzchen", umringt von ihren Zimt-schnecken, während im Hintergrund Bellas Stimme und jene der Gäste aus dem Café zu ihr hereindrangen. Dort war die Welt noch in Ordnung, dorthin hatte die Realität mit all ihren *Verpflichtungen* noch nicht gefunden.

Und zum ersten Mal seit vielen, vielen Jahren zog es Julia nicht unmittelbar und sofort wieder nach Wien zurück. Die Aussicht auf weitere Nächte in einem billigen Hotel, Tage ohne Arbeit und mit nur einem einzigen Termin im Kalender, nämlich jenem *verpflichtenden* Treffen mit Silvia und dem Rest der gekündigten Kollegschaft ließen Julias Augen ein weiteres Mal müde werden.

Vielleicht sollte sie doch noch ein paar Tage hier in Frischthal anhängen und Bella mit dem „Adventkränzchen" helfen, zumindest bis sie das erste Vorstellungsgespräch für einen neuen Job vereinbart hatte. Bella würde sich freuen.

Und Julia hätte etwas Ablenkung von ihrer eigenartigen Situation.

5. Kapitel

„Ich bin wegen des Jobs hier", sagte das Mädchen und sah Julia herausfordernd an. Julia nippte gerade an ihrem fünften Kinderpunsch, um sich an diesem verregneten Nachmittag warm zu halten. Das Mädchen, das sich vor dem „Adventkränzchen" aufgebaut hatte und sie kampflustig ansah, trug eine riesige Wollmütze mit einem LA-Lakers-Logo auf der Stirn. Sie hatte keinen Schal um den Hals und ihre Jacke, die ein etwas wärmeres Blouson zu sein schien, sah nicht sonderlich warm gefüttert aus. Dafür waren ihre selbstgestrickten Fäustlinge aus so dicker Wolle, dass das Mädchen in ihren Proportionen fast ein wenig komisch wirkte.

„Wegen welchen Jobs?", fragte Julia und bemühte sich um ein Lächeln.

Der erste Tag im „Adventkränzchen" war – gelinde gesagt – etwas mühsam gewesen. Julia hatte im Laufe des Vormittags in der Backstube wie geplant mit dem

Aufbacken der Zimtschnecken begonnen und währenddessen die Punschhütte weiter eingerichtet. Bella hatte ihr geholfen und dabei unablässig fröhlich geschnattert. Sie hatte von Paris gesprochen, als wäre sie gerade selbst dort und nicht ihre Eltern, und Julia wusste, das war Bellas Art, ihre Freude darüber auszudrücken, dass Julia noch ein paar weitere Tage in Frischthal anhängte und ihre Rückreise nach Wien verschoben hatte.

Kurz vor Mittag hatten sie schließlich die Hütte offiziell geöffnet, gerade als ein lästiger Novemberregen eingesetzt hatte. Diese Mischung aus feuchten Nebelschwaden und immer größer werdenden, beständig fallenden Tropfen hatten die meisten Gäste an der Punschhütte vorbeieilen lassen, direkt hinein ins warme, vertraute „Kaffeekränzchen".

Einige neugierige Personen waren stehengeblieben, hatten sich aber mehr nach Julia und ihren Eltern erkundigt, anstatt Zimtschnecken zu kaufen oder vom Apfelzimtpunsch zu kosten.

Julia fror, weil sie sich in der Hütte nicht ausreichend bewegen konnte (und musste), und hatte gerade die wieder viel zu früh einfallende Dämmerung verflucht, als plötzlich das Mädchen vor ihr stand und sich nach einem Job erkundigte.

„Der Job, der in der Auslage hängt", sagte das Mädchen und Julia kniff ihre Augen zusammen, um das Alter des Mädchens besser schätzen zu können. Ihr Gesicht wirkte so jung, aber ihre Augen erzählten eine Geschichte, die bereits Jahrzehnte alt sein konnte.

Julia legte ihren Kopf schief. „Wie alt bist du?"

Das Mädchen verdrehte die Augen. „Beginnt man so ein Bewerbungsgespräch?"

Julia richtete sich erschrocken auf. Natürlich nicht! Wie unhöflich von ihr!

„Entschuldige bitte", sagte sie und das Mädchen verdrehte erneut die Augen.

„Was wäre denn zu tun?", fragte das Mädchen nun.

„Hm?", gab Julia zurück.

„Bei dem Job!", schnaufte das Mädchen empört auf. „Ist dir das Hirn eingefroren?"

„Ich glaube schon", antwortete Julia wahrheitsgemäß. „Wir brauchen jemanden, der backen kann."

„Das kann ich lernen", behauptete das Mädchen.

„Und es müsste jemand jeden Nachmittag hier in der Hütte stehen und die Leute bedienen", setzte Julia fort.

„Mit dir gemeinsam?"

Julia schüttelte den Kopf. „Ich bin bald weg."

„Gut", nickte das Mädchen, „dann braucht ihr mich eh bald."

„Aber …", Julia zögerte, „das entscheidet eigentlich Bella …"

Wieder verdrehte das Mädchen die Augen. „Ist das die Frau des Bürgermeisters?"

Julia nickte. „Die Inhaberin des Geschäfts", sagte sie und deutete zum Coffee Shop.

Das Mädchen schürzte nachdenklich seine Lippen und legte seinen Kopf schief.

„Die mag mich nicht", murmelte sie schließlich.

„Warum nicht?"

„Wir hatten da mal ein Missverständnis", erklärte das Mädchen.

„Missverständnisse lassen sich aufklären", behauptete Julia und wusste, dass es gerade für Bella stets ein Anliegen war, allfällige Wirrungen möglichst schnell zu bereinigen. Niemand war friedliebender als ihre Schwester, wusste Julia.

„Joo", antwortete das Mädchen kurz angebunden und studierte die dargebotenen Zimtschnecken.

„Hast du einen Lebenslauf oder etwas Ähnliches mit?", fragte Julia.

Das Mädchen schüttelte den Kopf.

„Wie heißt du?" Julia bemerkte, dass das Mädchen zögerte und stellte daher zuerst sich selbst vor. „Ich bin Julia."

„Emily", murmelte das Mädchen und Julia lächelte ihr zu.

„Was hältst du davon, Emily, wenn du morgen wiederkommst und einen Lebenslauf mitbringst, dann sprechen wir mit Bella", schlug Julia vor.

Emily verdrehte die Augen – natürlich.

„Mein Drucker ist kaputt", sagte sie, dann stieß sie ein unzufriedenes Grunzen aus. „Der Job hier ist ja nicht so schwer! Bekommt man den nur mit Lebenslauf?"

„Nun ja … die meisten Jobs bekommt man nur mit Lebenslauf", erklärte Julia.

„Hast *du* hier deinen Lebenslauf hergezeigt?", gab das Mädchen zurück.

Darüber musste Julia lachen. Sie beugte sich nach vorn über die Theke der Punschhütte, über die darunter liegenden Zimtschnecken. „Ich sollte eigentlich gar nicht hier sein", flüsterte sie Emily verschwörerisch zu.

„Und dennoch bist du's", hielt Emily nüchtern, aber auch mit einer Spur Wut in den Augen fest.

Ein kräftiger Windstoß blies Julia, die immer noch leicht vorgebeugt stand, einen Schwall Regentropfen ins Gesicht und so hätte sie beinahe verpasst, wie Emily leicht zitterte.

„Hast du irgendwelche Allergien?", fragte Julia und suchte nach einer leeren Tasse.

Emily sah sie wütend an, schüttelte dann aber den Kopf.

Julia goss dampfenden alkoholfreien Apfelzimtpunsch in die Tasse und reichte diese über die Theke zu Emily. Dann packte sie eine der Zimtschnecken in eine Serviette und legte diese daneben.

„Wenn du möchtest, kannst du dich hier unterstellen", bot ihr Julia an und ging zur Seite der Hütte, an der eine kleine Tür angebracht war. „Es ist hier zwar nicht viel wärmer, aber wenigstens trocken und weniger windig."

Emily stand schockstarr da, einzig ihr Blick wechselte wie manisch zwischen Julia, dem Punschhäferl und der Seitentür hin und her. Julia hielt vor Spannung die Luft an. Sie hatte keine Ahnung, wer dieses Mädchen war, warum es diesen Job wollte und warum es bei diesem Wetter überhaupt draußen unterwegs war. Aber irgendetwas an Emily forderte Julia heraus.

Schlussendlich dürfte eine weitere kräftige Windbö Emilys Entscheidung, Julias Angebot anzunehmen, beflügelt haben. Denn nach einem heftigen feuchten Windstoß, schien sie leicht zu nicken und sich dann durch die Hintertür in die kleine Punschhütte zu drängen.

Julia hielt ihr die Tasse und die Zimtschnecke hin. „Aufs Haus", sagte sie, einer spontanen Idee folgend, „weil ich dich wegen des Lebenslaufs so genervt habe."

Emily nippte am Punsch und schloss für einen Moment die Augen. Danach richtete sie ihren Blick über den Tassenrand wieder auf Julia.

„Nervst du immer so?", fragte sie, aber anstatt Wut erkannte Julia nun eher den Schalk in Emilys Augen aufblitzen.

Julia lachte auf.

Kurze Zeit später stand Amina, die Inhaberin der Buchhandlung „Seitenweise", bibbernd vor ihr und bestellte mehrere Zimtschnecken und Punsche zum Mitnehmen. Sie fluchte, weil sie ohne Jacke aus dem Geschäft geeilt war.

„Der Zimtschneckenhunger hat mich plötzlich über-
mannt", erklärte sie und Julia hörte Emily hinter sich
schnaubend auflachen.

„Hallo Emily", grüßte Amina freundlich und erntete ein
Augenrollen als Antwort, worüber sie grinste. „Schmeckt
der Punsch?", Amina wechselte unbeirrt in den Small-
Talk-Modus und Julia versuchte, sich unsichtbar zu
machen, um Emilys Reaktion auf eine ihr offenbar
bekannte Person besser beobachten zu können.

Emily summte zustimmend. „Einem geschenkten Gaul
schaut man nicht ins Maul", sagte sie dann spitzbübisch
und Amina und Julia lachten beide auf.

Es war noch nicht einmal 19:00 Uhr, als Julia hundemüde
auf die Couch des Gästehauses fiel und all ihre Lebens-
entscheidungen hinterfragte.

Kurz nachdem Amina mit ihrer Bestellung gegangen war,
hatte Julia beschlossen, das „Adventkränzchen" etwas
früher zu schließen. Der Hauptplatz war mittlerweile so
gut wie menschenleer gewesen und der Wind hatte noch
weiter aufgefrischt.

Dankbar hatte sie Emilys Hilfe angenommen, die restlichen Zimtschnecken und den halbleeren Heißgetränke-
kessel im „Kaffeekränzchen" zu verstauen. Emily wirkte
etwas aufgewärmter, als sie sich voneinander verabschiedet hatten.

Die wenigen Minuten Fahrt bis zum Gästehaus hatten
Julia noch weiter runtergekühlt, sodass sie mit ihren

klammen Fingern fast Schwierigkeiten hatte, das Schloss der Eingangstür aufzusperren.

Aber nun, eine heiße Dusche und einen Teller Suppe später, lag sie eingewickelt – und hundemüde – auf der Couch. Ihr war zwar nicht mehr kalt, aber sie zweifelte dennoch leicht an ihrem Verstand.

Ihren Entschluss vom Vorabend, einige Tage länger hierzubleiben, um bei Eiseskälte eine Punschhütte zu betreiben, hatte nur von der Couch des Gästehauses aus als idyllische Idee gewirkt. Einen Realitätscheck und vierundzwanzig Stunden später fragte sich Julia, wie sie hier gelandet war.

Eine Rückreise nach Wien war zwar immer noch nicht erstrebenswerter, aber ein weiterer Nachmittag mit Novemberwetter wie aus dem Lehrbuch konnte ihr ebenso wenig motiviertes Knistern entlocken.

Julia sah auf das benützte Geschirr vor ihr auf dem Couchtisch. Sie hatte einige Süßigkeiten in der Küche gefunden, unter anderem einen Mix aus kleinen, separat verpackten Schokoladen, die alle unterschiedlich gefüllt waren. Julia fischte ein Stück mit Marzipanfüllung heraus und steckte sich die Schokolade in den Mund.

Julia seufzte glücklich auf und schloss ihre Augen. Es gab kaum etwas Tröstenderes als Marzipanschokolade.

Der Wind hatte im Laufe des Abends Fahrt aufgenommen und sie hörte, wie immer wieder Regentropfen und lose Blätter gegen die Scheiben des Gästehauses peitschten. Es war eine mystische, durchaus romantische Stimmung, aber auch ein wenig unheimlich.

Julia öffnete ihre Augen wieder und klickte sich durch ihr Telefon. Sie ignorierte alle Nachrichten, die mit der Bank zu tun hatten, und suchte dann durch das Filmangebot in diversen Apps, bis sie bei einer neuen romantischen Komödie hängen blieb. Es war zwar ein Weihnachtsfilm und all der Punsch- und Zimtgeruch der vergangenen Tage war für Julia zwar immer noch eine Spur zu früh im Jahr dran, aber sie brauchte jetzt in erster Linie einen Film mit garantiertem Happy End. Dafür nahm sie gerne ein bisschen Weihnachtsglöckchengeläute in Kauf sowie eine Winterlandschaft, in der die Hauptdarsteller mit offenen Jacken und ohne Hauben durch künstlichen Schnee, der eher wie Schaum aussah, wanderten.

6. Kapitel

„Dieses verflixte Wetter!" Julia schrak auf der Couch hoch. Hatte gerade jemand etwas gerufen? Ihr Herz pochte laut, sogar in ihren Ohren, aber nicht so laut, dass sie das Zuknallen der Eingangstür zum Gästehaus sowie zahlreiche weitere Schimpfwörter, mit denen wohl das Wetter adressiert wurde, überhört hätte.

„Hallo?", fragte sie zaghaft.

Alles Rascheln und Schimpfen verstummten von einem Moment auf den anderen.

Julia schlug die Decke zurück, die sich jedoch hinderlich um ihre Wollsocken gewickelte hatte und es gelang ihr nur mit wildem Strampeln (und Fluchen auf ihrer Seite), sich daraus zu befreien.

Als sie endlich von der Couch hochgekommen war, entdeckte sie am anderen Ende des Raums einen Mann stehen, den sie noch nie zuvor gesehen hatte. Er trug eine triefend nasse Daunenjacke, aus seinen Haaren schien ein Teil des Novemberregens herauszutropfen und auch seine Jeans sahen bedauerlich klamm und feucht aus.

Aus seinen Augen blitzte ungehindert Wut.

So schöne blaue Augen!

„Wer sind Sie?", knurrte sie der Mann an.

„Ähm", antwortete Julia. *Sollte nicht eigentlich sie diese Frage stellen?*

„Warum sind Sie hier in meinem Gästehaus?", fragte der Unbekannte weiter.

Julia durchzog ein Blitz aus Schock und Scham. Ach du meine Güte! Sie hatte weder Lucy noch Hans Bescheid gegeben, dass sie länger bleiben würde! In all der Aufregung über den ersten Tag im „Adventkränzchen" hatte sie einfach darauf vergessen!

„Es tut mir ja *so* leid!", rief sie aus und begann hektisch damit, die Decke zusammenzufalten. „Haben Sie das Gästehaus gebucht?" Julia schluckte nervös. „Aber es war niemand hier! Das Bett ist nicht frisch bezogen. Und es gibt keine Einkäufe! Sind Sie früher gekommen als erwartet?"

Julia sammelte ihre Suppenschüssel, den Snackteller und ihre leere Teetasse ein und eilte damit in die Küche, redete dabei unbeirrt weiter.

„Ich weiß gar nicht, wie ich mich entschuldigen soll!", setzte sie fort, während ihr der regennasse Unbekannte mit seinen Augen folgte. „Hinterlassen Sie jetzt ja keine schlechte Bewertung auf Google oder Tripadvisor oder wo auch immer. Das ist völlig meine Schuld!"

Julia stellte das benützte Geschirr in die Spüle und ließ ihre Schultern hängen. „Ich weiß jetzt gar nicht, wohin ich gehen soll", sagte sie und klang ernsthaft traurig.

„So können Sie hier eh nicht raus", antwortete der Unbekannte und nickte in Richtung ihrer nackten Beine.

In der Annahme, einen Abend völlig für sich zu haben, hatte Julia nur ihre hauchzarten Schlafshorts mit Wollsocken und einem riesigen Kapuzenpulli kombiniert. Letzteren zog sie nun so weit wie möglich über ihre Oberschenkel, während sie eine weitere Schockwelle aus Scham durchlief.

Konnte denn nicht einmal etwas gut gehen?

Der Mann seufzte und ließ seinen Kopf genervt nach hinten fallen. Dann kramte er in seinen Jackentaschen, bis er ein Telefon in Händen hielt und wild darauf herumdrückte. Julia hörte das Läuten in der Leitung durch den ganzen Raum.

„Ja, ich bin's", sagte der Unbekannte. „Ich stehe grad tropfnass im Gästehaus, aber ihr habt es offenbar gerade vermietet."

Die Stimme am anderen Ende der Leitung sagte etwas und der Mann richtete seinen Blick auf Julia.

„Bist du Julia?", fragte er und Julia nickte langsam.

„Ja, das ist sie", sagte er in den Hörer. „Ihr hättet mir sagen können, dass das Gästehaus weitervermietet ist …"

Die andere Stimme unterbrach den Unbekannten, der ab und zu den Kopf schüttelte, dann wieder nickte.

„Nein, ich weiß", sagte er. „Nein, das ist nicht nötig", dann etwas später.

„Ich erwische jetzt halt keinen Bus mehr", sagte er schließlich. „Wir finden schon eine Lösung."

Danach legte er auf. Und Julia bemerkte, dass sie sich keinen Millimeter bewegt hatte.

Wieder legte der Unbekannte seinen Kopf in den Nacken – eine außergewöhnlich genervte Geste, die Julia nur noch mehr verunsicherte.

Dann legte er endlich seine Daunenjacke ab und schritt mit ausgestreckter Hand auf Julia zu.

„Hi", sagte er, „ich bin Alex."

Julia nahm seine Hand. Aus der Nähe sahen seine Augen noch blauer aus, fast wie … wie … meeresblau? Nein, das war zu abgedroschen. Es war eher ein Mittelblau, als hätte man ins Blau des Ozeans ein wenig Türkis dazu-gemischt.

Nun gut, bleiben wir also doch bei den maritimen Metaphern.

Alex' Gesicht verzog sich ein wenig und rund um die türkisozeanblauen Augen zeigten sich kleine Fältchen, die von einem Leben mit viel Gelächter und noch mehr Sonne und frischer Luft erzählten.

Aber im Moment sah sein Versuch zu lächeln eher nach einer Grimasse aus.

„Ich bin Julia", sagte Julia, als ihr die Sprechpause dann doch zu lang erschien. Sie hielt immer noch seine Hand, die sich trotz der Kälte draußen irgendwie warm und … und … *stabil* anfühlte.

Welche eigentümlichen Adjektive ihr Kopf heute ausspuckte! Das musste am kurzen Nickerchen gelegen sein.

„Entschuldige bitte, ich habe geschlafen", sagte Julia und als Alex seine Stirn runzelte, ergänzte sie: „Ich bin noch ein wenig langsam. Verschlafen."

„Eigentlich sollte ich mich entschuldigen", sagte Alex und ließ wieder den Kopf genervt in den Nacken fallen. „Ich darf manchmal, wenn es spät wird und das Wetter schlecht ist, im Gästehaus übernachten. Es ist hier ja nicht immer belegt, vor allem während der Woche. Und schon gar nicht bei schlechtem Wetter."

„Ich bin länger geblieben als ursprünglich gedacht", sagte Julia.

„Ich muss nicht immer fragen, ob ich herkommen darf", sprach Alex unbeirrt weiter. „Mit Hans und Lucy gibt es da ein Arrangement."

Julia nickte und warf einen Blick auf ihre immer noch miteinander verschränkten Hände, zog ihre Hand dann langsam aus der viel zu langen Begrüßung. Ihre Finger kibbelten leicht.

· · ·

Julias Handy blinkte auf und zog ihre Aufmerksamkeit auf sich. Mit einigen schnell hintereinander eintreffenden Nachrichten entschuldigte sich Lucy bei ihr, weil sie Alex nicht Bescheid gegeben hatte, dass das Gästehaus belegt war.

„Aber ich hatte euch gar nicht gesagt, dass ich länger bleibe", schrieb Julia, etwas peinlich berührt, zurück.

„Bella hatte sich schon bei mir gemeldet", antwortete Lucy und setzte dann fort: „Alex ist jedenfalls *safe*, wenn ich das so plump formulieren kann. Wir kennen ihn gut, er ist Lehrer und nett."

„Du bist Lehrer?", fragte Julia und hob ihren Blick vom Telefon.

Alex hob seine Augenbrauen überrascht hoch und sah schnell zu ihrem Handy.

Julia legte es zur Seite und machte eine wegwerfende Handbewegung. „Lucy hat mich gerade informiert, wer du bist", erklärte sie und lächelte.

Auf Alex' Gesicht zeichnete sich Verständnis ab. Und Neugier. „Und?", fragte er. „Was sagt sie sonst noch?"

„Du seist Lehrer. Und nett", antwortete Julia mit einem Schulterzucken.

Alex lachte auf, als hätte sie einen Witz gemacht und seine blauen Augen blitzten dazu, sodass Julias Bauch leicht kribbelte.

Oh, nein! Dieses Kribbeln war wirklich das letzte, was sie jetzt noch gebrauchen konnte!

Julia schüttelte sich leicht, um diesen Hauch an Anziehung, den sie gerade verspürt hatte, so schnell wie möglich zu vertreiben. Ohne Job, ohne Wohnung, durchfroren und voller Zimt und Zucker würde ihr ein überfallsartiger *Crush* auf einen wildfremden Typen – noch dazu auf einen *Lehrer*! – überhaupt nicht helfen.

Konnte er nicht weiter grantig sein?

Aber Alex grinste ihr zu und diese erbarmungslosen Schmetterlinge machten sich erneut bemerkbar. Julia verdrehte innerlich über sich selbst die Augen.

„Ja, ich bin Lehrer", bestätigte Alex. „Ich bleibe manchmal hier im Gästehaus, wenn ich zu einem Elternabend muss oder irgendeine andere Schulveranstaltung abends stattfindet."

„Wo wohnst du normalerweise?", fragte Julia und bewegte sich in die Küche. Sie füllte den Wasserkocher mit frischem Wasser und holte Tassen aus dem Küchenschrank.

Alex erzählte von einem Ort, der zwar in der Nähe, aber dennoch eine gute Stunde mit dem Auto entfernt lag. „Ich fahre häufig mit dem Bus, aber der fährt so spät am Abend nicht mehr." Er zuckte mit den Schultern. „Lucy und Hans hatten irgendwann einmal mitbekommen, mit welchem Stress ich abends aufgebrochen bin, damit ich die Stunde Autofahrt halbwegs unbeschadet überstehe, woraufhin sie mir angeboten hatten, ab und zu hier zu übernachten." Er deutete zur Tür. „Ich habe einen Schlüssel. Manchmal komme ich auch nachmittags her, um zu korrigieren, wenn ich eine Lücke habe zwischen zwei Terminen …" Wieder zuckte er mit den Schultern.

„Was unterrichtest du?", fragte Julia weiter. Sie suchte zwei Teebeutel aus dem Angebot aus und ließ diese in die Tassen fallen.

„Mathematik und Latein," erklärte Alex.

„Tatsächlich?", fragte Julia ungläubig.

Alex lachte auf. „Du bist offenbar kein Fan", hielt er fest.

Julia lächelte verlegen. „Weder von Mathe noch von Latein", sagte sie und behielt für sich, dass sie aus ganz anderem Grund ungläubig reagiert hatte: In ihrem Kopf sahen Mathelehrer aus wie ihr alter Mathelehrer, der ganzjährig in hellgrauem Tweed durch die Schulgänge gelaufen war. Im Laufe der Jahre hatte sich das Grau der Hosenbeine über seinen ganzen Körper ausgebreitet, bis hin zur Gesichtsfarbe, seiner Haarfarbe und auch der Farbe seines Gemütszustands.

Wann immer Julia an diesen einen Lehrer dachte, wunderte sie sich, wie jemandem die gesamte Verbitterung seines Lebens schon auf weite Entfernung hin anzusehen gewesen war.

Der Wasserkocher sprudelte und schaltete sich von selbst ab und Julia goss das heiße Wasser über die Teebeutel.

„Und was führt dich hierher in die Gegend?", fragte Alex, der ihre Bewegungen mit freundlichem Blick beobachtete.

Julia seufzte, worüber Alex wiederum lachte. Irgendetwas schien ihn leicht zu erheitern, aber sie wagte nicht, danach zu fragen, weil sie Sorge hatte, dass sie irgendwie beleidigt klang. Also seufzte sie lieber ein weiteres Mal.

„Ich weiß nicht, wo ich anfangen sollte, das zu erklären",
begann sie und schwenkte einen der Teebeutel durch die
Tasse.

„Also bist du nicht hier auf Urlaub?", fragte Alex.

Julia schüttelte den Kopf. „Ich komme von hier", erklärte
sie, seufzte erneut und verdrehte über sich selbst die
Augen.

„Ich helfe Bella mit ihrem Punschstand", sagte Julia
schließlich und zog ihren Teebeutel aus der Tasse ohne
ihn abtropfen zu lassen, warf ihn direkt in den Mistkübel
unter der Spüle. Sie wiederholte das Procedere bei der
zweiten Tasse und Alex bedankte sich lächelnd.

„*Du* bist das also", sagte er und zwinkerte ihr über den
Rand seiner Tasse hinweg zu.

„Ich bin das also", wiederholte Julia, hob aber fragend
eine Augenbraue.

„Es hat sich heute wie ein Lauffeuer in der Stadt verbreitet", erklärte Alex und seine Augen blitzten schalkhaft auf.
Er senkte seine Stimme zu einem mysteriösen Flüstern:
„Bellas Schwester ist wieder da. Wir haben sie im ‚Kaffeekränzchen' gesehen. Vielleicht bleibt sie jetzt ja etwas
länger."

Alex grinste und Julia verdrehte die Augen.

„Das ist das Problem, wenn man mit der Frau des Bürgermeisters verwandt ist", murmelte sie.

„Ach, Bella würde man auch ganz ohne Ottos Prominenz
in der ganzen Stadt kennen", sagte Alex und klang dabei
immer noch freundlich. Julia zuckte mit der Schulter.

„Bella und Otto wollten mir wohl etwas Gutes tun, indem sie mich hier untergebracht haben und nicht auf ihrer Gästecouch", erzählte Julia weiter.

„Und jetzt bin ich hier und crashe die Pyjamaparty", sagte Alex und nippte an seinem Tee.

„Die Party ist heute noch gar nicht so in Schwung gekommen", meinte Julia und nahm einen herzhaften Schluck aus ihrer Tasse. „Ich habe den halben Abend verschlafen." Sie sah auf die Uhr und gähnte.

„Also, wie du siehst, schlafe ich sehr gut auf der Couch …", begann Julia, aber Alex schüttelte den Kopf.

„So weit kommt's noch!", empörte er sich. „*Ich* schlafe auf der Couch!"

Nachdem sie ihre Teetassen ausgetrunken hatten, suchten sie gemeinsam nach weiterem Bettzeug, mit dem sie die Couch zu einem gemütlichen Schlafort umgestalteten. Dann zog sich Julia auf die Galerie zurück, die im Gästehaus eingebaut war, auf der sich nichts anderes als ein riesiges Bett befand, von dem aus man wunderbar durch die große Fensterfront sehen konnte – und auch einen Teil des Erdgeschoßes des Gästehauses überblickte.

Julia wickelte sich in die dicke Daunendecke und seufzte ein weiteres Mal, diesmal jedoch zufrieden über die weiche Matratze unter ihr und die wohlig wärmende Decke über ihr, und hörte gerade noch, wie Alex im Erdgeschoß die Badezimmertür ins Schloss fallen ließ.

Dann schlief sie erneut ein.

7. Kapitel

Julia erwachte aus dem tiefsten Schlaf aller Zeiten. Noch während sich ihr Kopf mühsam aus den letzten Erinnerungen an ihre Träume zog und sich langsam die Realität in ihr Bewusstsein drängte, wusste Julia, dass sie sich an keine Nacht erinnern konnte, in der sie ähnlich tief und entspannt geschlafen hatte. Ihr gesamter Körper fühlte sich erholt und warm und weich und fest umhüllt an, als wäre sie in den Armen eines riesigen, Winterschlaf haltenden Bärs eingeschlafen.

Sie spürte, wie sie lächelte, während sie langsam die Augen aufschlug, und die Arme des Bären zogen sie leicht nach hinten. Als wollten sie nicht, dass sie sich wegbewegte.

Moment!

Es gab hier keine Bären!

Und wenn, würden sie hier nicht friedlich schnaufend in Julias Nacken atmen.

Es sei denn …

In weniger als eine Sekunde verflog Julias Wohlgefühl und wurde von Verwirrung und tiefer Scham abgelöst.

Bis sich die Arme (die definitiv keine Bärenarme waren!) erneut enger um sie wickelten. Julia spürte Alex' Handfläche auf ihrem Bauch und dass sich ihre eigenen Finger irgendwann in der Nacht mit seinen Fingern verschlungen haben mussten.

Wenn sie ihre verschlafene Verwirrung darüber, warum sie in Alex' Armen geschlafen hatte, kurz hintanstellte, musste sie sich eingestehen, dass Alex' Umarmungen wirklich eines ihrer komfortabelsten Erlebnisse seit langer, langer Zeit waren. Und weil sich Julia nicht mit *dieser* traurigen Wahrheit über ihr Leben auseinandersetzen wollte, lenkte sie ihre Gedanken wieder in die Gegenwart.

Sie überlegte krampfhaft, wann sich Alex zu ihr ins Bett gelegt haben konnte. Ohne dass sie es bemerkt hatte? Und dass sie ihn, wenn überhaupt, so nah an sich herangelassen hatte, dass er sie umarmt hatte?

Alex schnaufte leicht auf und Julia spürte seine Nase unter ihrem rechten Ohr. Sein Atem kitzelte sie leicht. Direkt auf der Haut. Aber als hätte ihr Ohr eine direkte Verbindung dahin, kribbelte es zugleich ein Stück weit unter ihrem Bauchnabel, dort, wo auch die Schmetterlinge, die sich am Vorabend erstmals bemerkbar gemacht hatten, bereits in den neuen Tag gestartet waren – aufgeregt flatternd, natürlich.

Julia seufzte. Ratlos und gleichermaßen zufrieden.

Sie wusste nicht genau, wie sie jetzt weiter vorgehen sollte. Einerseits wollte sie die Umarmung nicht verlassen, andererseits sah sie an den Lichtverhältnissen im Gästehaus, dass unweigerlich ein neuer Morgen angebrochen war und Alex musste ja eventuell auch in die Schule … −

„Geht's dir besser?", Alex' leicht krächzende Stimme murmelte in ihren Nacken und die Schmetterlinge in ihrem Bauch flatterten erneut aufgeregt auf.

„Hervorragend", murmelte Julia.

Alex zog sie wieder kurz an sich. „Dann ist's ja gut", murmelte er und klang danach, als ob er gleich wieder einschlafen würde.

„Wann musst du aufstehen?", fragte Julia leise.

„Bald", flüsterte Alex zurück und schnaufte in ihren Nacken. Einmal. Zweimal.

Julia bemühte sich um möglichst ruhige Bauchatmung, um ihr Herzklopfen halbwegs in den Griff zu bekommen.

Irgendwann kribbelten Alex' Fingerspitzen leicht über die Haut rund um ihren Bauchnabel und etwas widerwillig ließ Julia die Verschränkung ihrer Finger los. Sie spürte, wie Alex langsam, so langsam!, seine Hand zurückzog, dass sie eine Spur an Gänsehaut hinterließ. Quer über ihren gesamten Bauch.

Alex gähnte herzhaft und ließ sich auf den Rücken fallen.

Julia folgte ihm etwas zurückhaltender und drehte schließlich schüchtern den Kopf zur Seite.

Alex sah sie direkt an.

Und wenn seine blauen Augen sie gestern Abend schon blitzend und lachend nervös machen hatten können, so war sie keinesfalls darauf vorbereitet, was diese Augen, verschlafen umrandet, aber immer noch blitzend aus nächster Nähe in ihr anrichten konnten.

Julia atmete schnell und tief ein und versuchte ihre neuartige Unruhe mit einem Lächeln zu überspielen.

„Guten Morgen", flüsterte Alex, blinzelte gegen die Müdigkeit an.

„Guten Morgen", flüsterte Julia zurück.

Für einige Augenblicke sahen sie sich direkt in die Augen, ohne ein Wort miteinander zu sprechen. Und in genau diesen Augenblicken hatte Julia das Gefühl, für einen Moment durch die Zeit zu reisen. Sie sah Alex vor sich in unterschiedlichen Situationen, zu unterschiedlichen Zeitpunkten: lachend auf der Couch, dann wieder im Gespräch mit Schülern, wie er in einen Apfel biss. Wie ein Werbespot oder eines dieser dämlichen Tiktok-Videos lief eine Szene nach der anderen durch Julias Kopf: wie sie gemeinsam Frühstück richteten, wie sie sich stritten, wie sie sich heftig, innig wieder versöhnten … –

Julia räusperte sich und zog sich mit Mühe wieder zurück in die Realität. Wo ihr Alex' Augen und Grinsen das Gefühl gaben, dass er ganz genau wusste, welche Filmtrailer gerade in ihrem Kopf abgelaufen waren.

Julia schob diese kurzzeitige Verwirrung auf den tiefen Schlaf, aus dem sie gerade vorhin erwacht war. Wann immer sie von solchen Momenten in Büchern gelesen hatte, hatte sie amüsiert die Augen verdreht, aber plötzlich war sie selbst in so einer elektrisierenden Situation gefangen – und sie dachte krampfhaft daran, wie sich all die Protagonistinnen in ihren Büchern aus so einem Moment gelöst hatten. Wie gingen all die Heldinnen mit den furios flatternden Schmetterlingen in ihren Bäuchen um?

Julia räusperte sich noch einmal und lächelte so neutral wie möglich. „Ich habe so tief geschlafen", flüsterte sie schließlich und Alex blinzelte ihr zu.

„Das ist gut", sagte er. Er hob seine rechte Hand an und bewegte sie leicht in Julias Richtung, als wollte er ihre Haare berühren. Oder ihre Wange?

„Wann bist du denn nach oben gekommen?", fragte Julia. „Also, hier ins Bett. Ich bin ja so schnell eingeschlafen. Und ich dachte, du schläfst unten. Auf der Couch." Alex' Hand hielt mitten in der Luft an.

Nein, nein! Beweg dich weiter!

Instinktiv hob Julia ihren Kopf leicht und so unbemerkt wie möglich an, um ihre Wange näher an Alex' Handfläche zu bringen – und irgendetwas war wirklich nicht mehr ganz richtig in ihrem Kopf. Es musste wohl all der Zimtstaub sein, der sie in den vergangenen Tagen umwölkt hatte. Offenbar war sie zu einem bedürftigen, ständig verschlafenen Menschen geworden, der sich gänzlich anders verhielt als in all den vielen Jahren zuvor.

Alex blinzelte erneut, runzelte diesmal seine Stirn.

„Das weißt du nicht?", fragte er und klang dabei, als bemühte er sich, seine Stimme ruhig zu halten.

Julia senkte ihren Kopf wieder ab, schüttelte ihn heftig und versank dabei mit einem Auge in der dicken Füllung des Kopfpolsters.

„Du hast geweint in der Nacht", sagte Alex mit ganz tonloser Stimme und senkte nun doch seine Hand langsam ab. „Ich habe dich schluchzen gehört." Seine Handfläche landete weich, kaum spürbar auf ihrer Wange. „Ich habe nach oben gerufen und du hast mir mit ‚Alles okay!' geantwortet, dann aber weitergeschluchzt."

„Ich schluchze doch nicht!", empörte sich Julia. Sie wollte sich aufsetzen, aber Alex' Daumen strich langsam unter ihrem Aug über die wenigen Sommersprossen, die ihr vom vergangenen Sommer geblieben waren.

„Du schnüffelst", sagte Alex leise und lächelte ihr zu. „Ich bin dann nach oben, um nach dir zu sehen. Da habe ich erst bemerkt, dass du gar nicht munter bist. Ich habe mit dir gesprochen, dich ein bisschen getröstet. Und weil ich selbst so müde war, habe ich mich für einen Moment neben dich gelegt."

Alex sah ein wenig verlegen aus.

„Der Moment dauert immer noch an, hm?", fragte Julia leise, aber amüsiert.

Alex nickte. „Sorry", flüsterte er.

„Aber ich habe so gut geschlafen", sagte Julia. „Ich weiß gar nicht, dass ich geweint hatte." Sie hielt einen Moment inne. „Also … um ehrlich zu sein … ich bin in den vergangenen Tagen immer wieder verheult aufgewacht. Aber das passiert mir manchmal. Wenn ich gestresst bin. Oder so. Das ist nichts Schlimmes."

Alex sah sie aufmerksam an.

„Was stresst dich im Moment?", fragte er und klang ehrlich interessiert.

Deine blitzenden blauen Augen. Und Deine Nähe.

„Dein Lächeln", sagte Julia und riss erschrocken ihre Augen auf.

Alex lachte leise und überrascht auf.

„Das wollte ich nicht sagen!", rief Julia beschämt aus. Sie spürte, wie ihre Wangen rot wurden. Unter Alex' Handfläche glühte ihre Haut sogar besonders. Wieder ließ er seinen Daumen über ihre Wangenknochen streichen, als würde er das Rot darauf verteilen wollen.

„Ich habe auch exzellent geschlafen", sagte Alex, ganz ohne Scham in der Stimme oder im Gesicht.

„Deine Umarmungen sind einfach Weltklasse!", sprach Julia weiter und sie war sich sicher, dass der Zimtstaub nun auch ihre Zunge vom gesunden Menschenverstand gelöst hatte.

Alex grinste ihr wieder mit blitzenden Augen zu, ließ seine Hand über ihre Wange bis in den Nacken streifen, weiter, weiter, bis er sich ihre gesamte Wirbelsäule entlang getastet hatte und an jener Stelle gelandet war, wo ihr Schlafshirt ein Stück nach oben gerutscht war und die Haut zwischen Shorts und Shirt frei lag.

Er ließ seine Finger einmal, zweimal langsam über ihre sensible Haut tänzeln, dann legte er die gesamte Handfläche ab und zog Julia näher an sich.

Bis sich ihre Bauchnabel berührten.

Er manövrierte ihre Arme und Beine nach oben und unten, nach links und rechts, kicherte dazwischen, aber irgendwann lagen sie ganz nah beieinander, die Beine ineinander verschlungen, die Bäuche aneinander gepresst, die Arme um den jeweils anderen Rücken gewickelt, die Nasenspitzen in den Nacken des Gegenübers gepresst.

„*Das* ist eine Umarmung", murmelte Alex in ihren Hals und Julia war sich sicher, dass ihr darüberliegendes Ohrläppchen vibrierte.

8. Kapitel

B ella quietschte. Laut. So laut, dass es in Julias Ohren knirschte.

„Und dann hat er dich *noch einmal* umarmt? Im *Liegen*?" Bella quietschte erneut und es war nur ihre jahrzehntealte Loyalität zu ihrer Schwester, die Julia deswegen grinsen ließ.

„Ich wusste, es war ein Fehler, dir das zu erzählen", sagte sie und konzentrierte sich darauf, die frisch gebackenen Zimtschnecken in der Punschhütte appetitlich anzurichten.

„Na, hör mal! Du kannst ja nicht mit einem wildfremden Mann schlafen ... –" Bella stoppte sich selbst, als sie Julias hochgezogene Augenbraue sah. „... mit einem wildfremden Mann *die Nacht verbringen* und ... –"

„Er ist ja nicht wildfremd, oder?", unterbrach Julia die euphorisch-empörte Bella. „Du kennst ihn ja offenbar."

Bella seufzte sehnsüchtig und beugte sich dann verschwö-
risch nach vorn. „*Jeder* oder besser gesagt: *jede* kennt
ihn“, sagte sie nun etwas leiser. „Er ist erst seit Kurzem
Lehrer hier am Gymnasium“, Bella winkte in Richtung
des Schulviertels der Stadt, „aber in Wahrheit macht er
seit seiner Ankunft alle nervös.“ Bella ließ ihre Augenbrauen tanzen und sah dabei unfassbar lächerlich aus.
„*Gut* nervös“, betonte sie.

Julia lachte. „Mich hat er auch nervös gemacht“, sagte sie,
„aber dann auch wieder nicht. Also, kannst du dir vorstellen, dass du nicht nervös wirst, wenn du unerwartet
umarmt wirst in der Nacht?“ Sie zögerte kurz. „*Gut*
umarmt“, ergänzte Julia dann.

„Hm, das ist mir schon so lange nicht mehr passiert“,
sinnierte Bella. „Die letzte *gute* unwissentliche nächtliche
Umarmung war von Otto, als wir damals mit 16 oder 17
oder 18 auf dieser Schihütte waren. Du weißt schon …“
Bella unterbrach sich mit einem verträumten Lächeln und
Julia schüttelte amüsiert den Kopf. „Naja, jedenfalls hat
unsere Geschichte damals angefangen“, setzte Bella fort
und Julia richtete sich verwirrt auf.

„Ich sage doch nicht“, begann sie, „also, das heißt doch
noch lange nicht …“

„Siehst du ihn wieder?“, fragte Bella scheinheilig und Julia
konzentrierte sich darauf, die makellosen Punschtassen
noch makelloser zu polieren.

„Wen?“, fragte sie scheinheilig.

„*Deinen* Lehrer?“, bohrte Bella nach und kicherte wieder
wie ein Teenager. Julia schüttelte den Kopf.

„Manchmal frage ich mich, wie wir zwei verwandt sein können", sagte Julia trocken und Bella lachte auf.

„Es wäre ja an der Zeit, dass sich endlich jemand den Lehrer schnappt", sagte eine Stimme vor der Punschhütte und Bella und Julia wirbelten gleichzeitig herum.

Die Frau des Uhrmachers sah grinsend zu ihnen hoch und bestellte ungerührt drei Zimtschnecken sowie zwei Tassen Punsch zum Mitnehmen.

„Und?", fragte sie Julia schließlich, als sie ihr Geld hinhielt, um zu bezahlen, und die Zimtschnecken in ihrer Leinentaschen verstaute. „Werden Sie ihn wiedersehen?"

„Wir haben es nicht genau vereinbart", murmelte Julia verlegen, sah dann aber streng auf. „Hören Sie, ich will nicht, dass die ganze Stadt darüber spricht", beschwor sie die Frau des Uhrmachers, aber die zuckte nur mit den Schultern. „Sobald er das erste Mal hier auftaucht, *wird* die ganze Stadt darüber sprechen."

„Tatsächlich?", fragte Julia und ihre Schmetterlinge im Bauch fühlten sich bei diesem Gedanken gar nicht so angenehm an wie noch heute Morgen im Bett. „Ich will aber gar kein Stadtgespräch sein."

Die Frau des Uhrmachers sah sie daraufhin doch tatsächlich etwas mitleidig an. „Ach, Herzchen!", sagte sie, „das sind Sie doch schon längst." Sie lächelte Bella zu und wandte sich wieder an Julia. „Bei dieser Verwandtschaft!" Sie nickte in Richtung Bella, winkte ihnen zum Abschied zu und eilte die wenigen Meter bis zum Geschäft des Uhrmachers, so schnell sie die gefüllten Punschtassen gehen ließen.

„Also, ernsthaft. Das klang jetzt fast ein wenig vorwurfs-voll", sagte Bella und klang überrascht und amüsiert zugleich.

„Naja, du bist ja wirklich bei jedem Event und Happening in der Stadt dabei und mittendrin", sagte Julia lachend. „Und offenbar färbt deine Prominenz auch auf mich ab. Auch Alex wusste gestern schon, dass ich in der Stadt bin."

„Ach, nennen wir ihn jetzt *Aaaaleeeex* …?", sagte Bella süffisant und genauso nervend, wie nur ältere Schwestern nervtötend fragen können.

„Aber dass ich im Gästehaus wohne, hatte der Stadtfunk offenbar nicht herumgetragen", setzte Julia unbeirrt fort.

Bella sah sie eine Zeit lang freundlich, aber nachdenklich an. Schließlich richtete sie sich auf und hielt Julia locker bei den Oberarmen fest.

„Ich bin froh über die Ablenkung, die du hier hast", sagte Bella ruhig und bestimmt, „und wer weiß! So ein fröhli-cher Adventflirt hat noch niemandem geschadet. Dir schon gar nicht! Und zurzeit benötigst du all die Fröhlich-keit und Zuversicht und all den Zimtduft und Sternen-staub, den die Adventzeit zu bieten hat." Bella küsste Julias Wange und drückte sie leicht und Julia musste doch tatsächlich blinzeln, weil ihre Augen plötzlich brannten.

„Du kannst bleiben, solang du willst", sprach Bella in die Umarmung. „Und wenn du wieder nach Wien willst, dann suchen wir dir eine neue Wohnung. Aber wenn du hier bleibst und meine Zimthütte betreibst, trägst du zu meinem Adventglück bei."

Julia wusste nicht, ob sie lachen oder heulen sollte, so hin- und hergerissen fühlte sie sich von Bellas Worten.

„Und was mache ich im neuen Jahr, wenn die Weih- nachtszeit vorbei ist?", fragte sie schließlich und klang zaghafter, als ihr lieb war.

„Das, was uns dann eben einfällt", antwortete Bella so zuversichtlich, dass Julia ihr im Moment tatsächlich glaubte.

Das Gästehaus fühlte sich so still an, als Julia es sich am Abend auf der Couch gemütlich machte. Irritiert schüt- telte sie den Kopf und suchte eine weitere Marzipansko- kolade aus der Ansammlung kleiner Schokoladen auf ihrem Dessertteller. Sie ließ die Süßigkeit auf der Zunge zergehen und überlegte, ob und wie sie Marzipan in die Zimtschnecken des „Adventkränzchen" integrieren könnte.

Der Nachmittag in der Punschhütte vor dem Coffee Shop war angenehm verlaufen. Das Wetter war deutlich besser gewesen als am Vortag und somit waren zahlreiche Menschen über den Hauptplatz flaniert und hatten bei Julias Punschstand Halt gemacht.

Julia kannte viele Leute von früher, ehemalige Schul- kollegen blieben ebenso für einen kurzen Plausch stehen wie Freunde ihrer Eltern, die sich nach deren Reise erkundigten. Dazwischen verkaufte Julia zahl- reiche Zimtschnecken und der Punsch war bereits eine Stunde vor Ladenschluss ausgetrunken. Für den nächsten Tag würde sie mehr Ware vorbereiten müssen.

Trotz des erfolgreichen Nachmittags fühlte sie sich kribbelig. Der ungewohnt zweisame Morgen, die intensiven Umarmungen von Alex und das Gespräch mit Bella kreisten ebenso durch ihren Kopf wie die vielen Emotionen und Erinnerungen, die die Kurzzeitgäste im „Adventkränzchen" bei ihr ausgelöst hatten.

In ihrem E-Mail-Postfach warteten zudem Mails von ihrer Versicherung sowie vom Vermieter. An die Whatsapp-Gruppe von Silvia und ihren Kollegen wollte Julia gar nicht denken. Sie hatte kurz, nachdem sie das „Adventkränzchen" für den Tag geschlossen hatte, einer spontanen Laune folgend eine kurze Nachricht in die Gruppe geschrieben und für das geplante Treffen am Donnerstag abgesagt. Offiziell hatte sie Bella vorgeschoben und verkündet, dass ihre Schwester dringend ihre Hilfe benötigte – was natürlich nicht gelogen war –, aber Julias Prioritäten waren üblicherweise anders gelagert.

Vielleicht war das etwas, das sie so unruhig machte. Dass sie derzeit keine Anstalten machte, um sich nach den nächsten Schritten umzusehen. Um ihre nächsten Schritte zu planen. Bella hatte zwar angekündigt, dass „ihnen beiden schon etwas einfallen würde", wenn Weihnachten und damit auch der Zimtschnecken-Marathon vorbei wären, aber Julia war das zu unsicher.

Weihnachten kam üblicherweise schneller als gedacht.

Julias Gedanken flogen herum: die Verpflichtungen wegen ihrer Wohnung, die unerwartete Nähe zu Alex, die freundlichen Gespräche in der Punschhütte, Marzipan für die Zimtschnecken, die Aktivitäten ihres ehemaligen Teams …

Ihre Finger kribbelten. Sie musste *irgendetwas* tun.

Also schnappte sie sich ihren Laptop, öffnete die bekannteste Jobsuchbörse und tippte die ersten Begriffe, die ihr einfielen, ins Suchfenster.

9. Kapitel

Der nächste Morgen begann ähnlich sonnig wie der vorige Tag. Wie weggeblasen war das düstere Novemberwetter des Wochenbeginns. Julia räkelte sich im Bett. Sie hatte wiederum sehr gut geschlafen, obwohl sie neuerlich tränenüberströmt aufgewacht war.

Sie fühlte sich immer noch ähnlich unruhig wie am Vorabend, an dem sie bis spätabends ausgeschriebene Jobangebote studiert hatte. Aber für den Moment schob sie die ungebetenen Gedanken zur Seite und tappte langsam in die Küche.

Mittlerweile hatte sie im Gästehaus zu einer gewissen Routine gefunden. Sie schlief etwas länger, als sie es von ihrer bisherigen Arbeit gewöhnt war, frühstückte ausgiebig, bevor sie sich langsam auf den Weg ins „Kaffeekränzchen" machte, wo sie mit Bella gemeinsam Kaffee trank und jede Menge Zimtschnecken für den Tag aufbuk.

Julia kramte nach wärmender Kleidung, denn sowohl die Fahrt auf der E-Vespa als auch die vielen Stunden in der Punschhütte verlangten nach dickeren Stoffen, als Julia sie üblicherweise in ihrem Büro trug.

Als sie schließlich, dick eingepackt, vor die Tür trat, kam Lucy gerade quer über den Hof auf sie zu.

„Wie gut, dass ich dich erwische!", winkte ihr Lucy schon aus der Entfernung zu. „Ich wollte mich bei dir entschuldigen, dass Alex neulich unangemeldet bei dir in der Tür stand", setzte Lucy fort, als sie direkt vor Julia stand.

Julia winkte ab, um das Gespräch schnell umzulenken, aber der Schaden war bereits angerichtet: Beim Gedanken an Alex, der sich irgendwann mitten in der Nacht um sie und ihre Tränen gekümmert hatte, wurde Julia unweigerlich verlegen. Und rot.

Und wenn sie Lucys verschmitztes Lächeln richtig deutete, entgingen ihr Julias Ausflug in die Erinnerung und die damit verbundene Verlegenheit keineswegs.

Julia insistierte, dass es kein Problem gewesen war. „Ich habe ihm sogar angeboten, dass er wieder einmal hier übernachten kann", erzählte sie und Lucy grinste gleich noch breiter. „Mit Voranmeldung natürlich", sprach Julia unbeirrt weiter und Lucy kicherte.

„Wie geht's dir denn sonst?", fragte Lucy schließlich und erlöste Julia von dem pikanten Gesprächsthema.

Julia nickte freundlich. „Ganz gut", sagte sie. „Das Gästehaus ist wirklich eine Oase", schwärmte sie und Lucys Augen wurden verträumt.

„Ja", stimmte sie in Julias Schwärmen mit ein. „Ich habe meine Zeit dort genauso genossen. Es ist irgendwie …" Lucy dachte nach. „Es hat so einen besonderen Charme. Man ist für sich, aber umgeben von lauter schönen Dingen: die Bäume, die Aussicht, die vielen Bücher …"

„… der tropfnasse Mathelehrer, spätabends mitten im Wohnzimmer", setzte Julia fort und wollte sich am liebsten auf die Zunge beißen.

Lucy lachte lauthals auf.

„Bist du bereits unterwegs in die Stadt?", erkundigte sich Lucy und begleitete Julia bis zur E-Vespa. Julia nickte und löste das Ladekabel aus der Steckdose.

„Ich bin heute etwas früher dran als sonst, ich werde einfach im ‚Kaffeekränzchen' Zeitung lesen, bis ich das ‚Adventkränzchen' öffne", sagte Julia.

Lucy sah sie nachdenklich an. „Du kannst natürlich auch immer ins ‚Seitenweise' kommen, falls du Lesestoff benötigst", bot sie an, dann hellte sich ihr Gesicht auf. „Oder noch besser! Eine Stammkundin im ‚Seitenweise' bietet seit Kurzem morgens Yoga an und sucht noch mehr Personen, die bei ihr eine Stunde nehmen wollen. Vielleicht ist das ja etwas für dich?"

Julia war überrascht und fast ein wenig irritiert davon, dass Lucy gleich mehrere Unterhaltungsmöglichkeiten für sie aus dem Ärmel schüttelte, erinnerte sich aber gleich daran, dass dies einfach die Art der Leute hier in der Stadt war: Man empfahl sich weiter, man schlug neue Ideen vor – Hauptsache alle fühlten sich wohl.

Julia grinste, dass sogar Lucy, die ja eigentlich erst seit wenigen Jahren hier in der Stadt wohnte, diese Eigenart übernommen hatte.

„Interessiert dich Yoga?", fragte Lucy und holte Julia zurück ins Gespräch, die dankbar lächelte.

„Ich habe es mal vor Jahren probiert, aber schlussendlich aufgrund der mangelnden Zeit aufgegeben", seufzte sie. „Es kam nicht so gut an, dass mein Chef schon während des Sonnengrußes dreimal angerufen hatte. Am Telefon des Studios!"

Lucy machte aus ihrer Überraschung und Abneigung gar keinen Hehl, dann überzog ihr Gesicht wieder dieses freundliche Lächeln, für das man sie kannte. „Nun ja, der Chef wird dich jetzt ja nicht mehr anrufen …"

„Hast du eine Ahnung!", rief Julia aus. „Meine ehemaligen Kollegen planen einen Komplott oder Putsch, um die Kündigungswelle umzudrehen", erzählte sie aufgebracht. „Aber was sollen wir denn da noch ausrichten? Die Entscheidung haben Leute getroffen, die uns nicht einmal persönlich kannten. Die haben einfach die Firmenstruktur umgebaut, weil es für sie so offenbar günstiger wird." Julia zuckte mit den Schultern. „So ist das Leben," ergänzte sie zum wiederholten Mal.

Lucy runzelte die Stirn. „Aber es ist dennoch nicht in Ordnung", sagte sie nachdenklich.

Julia nickte. „Natürlich ist das nicht in Ordnung", lenkte sie ein, „aber ich werde meine Energien doch nicht darauf richten, einen Job, der mühsam war, zu behalten.

Da kümmere ich mich lieber darum, etwas Neues zu finden."

„Ach, suchst du hier in der Gegend?", fragte Lucy und sah so erfreut aus, dass Julia es nicht übers Herz brachte, ehrlich zu sein.

„Unter anderem", sagte sie milde und hoffte, dass man ihr die kleine Lüge nicht ansah. Die Wahrheit war wohl, dass es einen Job, wie sie ihn suchte, wohl nicht in so einer Kleinstadt wie Frischthal gab.

Der Nachmittag in der Punschhütte verlief angenehm und sonnig. Einige Kunden, die bereits am Vortag vorbeigeschaut hatten, kamen ein weiteres Mal zum „Adventkränzchen". Wiederum andere Gäste bestellten und erzählten dabei, dass ihnen Freunde von den Zimtschnecken vorgeschwärmt hatten.

Julia bedankte sich bei allen und zeigte ihre Freude darüber, dass die Zimtschnecken so gut angenommen wurden. Und sie ließ sich von den meisten Kunden versprechen, dass sie bald wiederkommen würden.

Irgendwann einmal glaubte sie Alex in der Entfernung zu sehen – und tatsächlich stand er wenige Augenblicke später vor dem Eingang zum „Seitenweise", von wo aus er zur Punschhütte herübersah. Als Julia ihren Kopf hob, winkte er ihr kurz zu, bevor er im Buchladen verschwand. Obwohl sie sich darum bemühte, sah ihn Julia aber nicht wieder herauskommen. Sie musste ihn verpasst haben, als sie gerade von einer Touristengruppe zu Frischthal befragt wurde.

Touristen waren nicht allzu oft in der Stadt zu sehen, schon gar nicht um diese Jahreszeit, weshalb nicht nur Julia, sondern auch drei der fünf anderen konsumierenden Gäste rund um die Hütte in das Gespräch einstiegen, bis sie schließlich zu viert auf die bedauernswerte Gruppe einredeten, die von so viel Regional-Enthusiasmus fast ein wenig überwältigt wirkten.

Als die Dämmerung einsetzte, färbte sich der Abendhimmel in wundervollen rot-orangen Farbtönen, mit einem Hauch Rosa mittendrin. Julia nutzte eine freie Minute, um das kurze Naturschauspiel vor der Punschhütte stehend zu bewundern.

Und übersah dabei, dass sich Emily zu ihr gesellte.

„Es sind also doch noch ein paar Gäste gekommen", sagte das Mädchen und Julia erschrak über die plötzlich neben ihr erklingende Stimme, erfing sich aber schnell wieder und lächelte Emily zu.

„Sehr viele sogar", erzählte Julia, „jeder liebt Zimtschnecken."

„Naja, die Ärzte werden es euch danken, wenn die Bevölkerung immer dicker wird", Emilys Tonfall schwankte zwischen Humor und Boshaftigkeit und Julia fixierte sie mit zusammengekniffenen Augen.

Der in immer dunkleres Rot getauchte Nachmittagshimmel färbte die gesamte Umgebung ein und betonte

Emilys eher kindliche Züge, die ihr Gesicht noch nicht abgelegt hatte.

„*Bad day?*", fragte Julia, nachdem sie beschlossen hatte, nicht direkt auf Emilys Kommentar einzugehen.

Emilys Augen weiteten sich für einen kurzen Moment, dann fing sie sich schnell und verwandelte ihr Gesicht sofort wieder in diesen unbeteiligten Teenager-Modus, den sie perfektioniert zu haben schien. Sie zuckte nonchalant mit ihrer Schulter und fixierte die Zimtschnecken, die Julia für den Tag noch übrig hatte.

„Hast du deinen Lebenslauf mit?", fragte Julia sanft und Emily zog ihre Schultern hoch.

„Ich habe doch gesagt, dass mein Drucker kaputt ist", schnauzte das Mädchen zurück.

„Aber du hättest den Job gerne", hielt Julia fest.

Wieder Schulterzucken.

Heute war definitiv *kein* guter Tag für Emily, beschloss Julia, auch wenn das Mädchen ihre Frage zuvor nicht beantwortet hatte.

„Komm mit", sagte Julia schließlich zu Emily und winkte ihr zu, damit sie ihr hinter die Theke des „Adventkränzchen" folgte.

Julia füllte eine Tasse mit alkoholfreiem Apfelzimtpunsch und erklärte dabei jeden einzelnen Schritt. Dann fischte sie eine frische Tasse hervor und hielt sie Emily hin.

„Und jetzt du", forderte sie das Mädchen auf, das schließlich mit einem heftigen Augenrollen, aber zuckenden
Mundwinkeln die Tasse entgegen nahm und diese füllte.

„Sehr gut", lobte Julia. Als nächstes holte sie mit einer
eigens dafür bereitliegenden Zange eine Zimtschnecke
hervor und drapierte diese mit einer Serviette auf einem
Papierteller.

„Wir richten die Zimtschnecken so appetitlich wie
möglich an, aber natürlich hat all dieses To-go-Business
seine Grenzen", plauderte Julia weiter. Sie deutete auf
mehrere Papiersackerln, die bereit lagen für all jene, die
ihre Zimtschnecken für einen längeren Transport mitnah-
men. Außerdem fanden sich unter der Theke noch einige
faltbare Kartons für größere Zimtschnecken-Einkäufe.

„Kauft jemand wirklich zehn Zimtschnecken?", fragte
Emily ungläubig und nun war es an Julia, mit der
Schulter zu zucken.

„Der Bürgermeister zum Beispiel", erklärte sie lächelnd.
„Er versorgt damit sein Büro. Oder neulich war die Frau
des Uhrmachers da. Sie hat einige Zimtschnecken für
ihren Stammtisch mitgenommen."

Zwei Mütter mit Kinderwagen, in denen jeweils ein Kind
schlief und ein weiteres Kind nebenher lief, näherten sich
der Punschhütte und debattierten ihre Bestellung. Als sie
sich schließlich geeinigt hatten, bat Julia Emily darum, die
bestellten Getränke vorzubereiten, während Julia sich um
die Zimtschnecken kümmerte und kassierte.

Die beiden Mütter bedankten sich herzlich und balan-
cierten ihre Süßigkeiten zu einem Stehtisch. Emily sah

eine Zeitlang zu, wie die beiden Frauen versuchten, die vier Kinder – ein Teil halbschlafend und der andere Teil völlig elektrisiert munter – zu bändigen und erbarmte sich schließlich, indem sie die bestellten Getränke zu ihnen an den Tisch brachte.

Die Mütter bedankten sich überschwänglich, aber Emily zog nur ihren Kopf ein und duckte sich wieder zurück in die Hütte.

„Ist ja nichts dabei", murmelte sie.

Julia lobte sie erneut, was Emilys Kopf noch weiter verschwinden ließ, schildkrötengleich zog sie sich zwischen ihre eigenen Schultern zurück, unterstützt vom dicken Schal, den sie heute trug.

Bald danach tröpfelten weitere Gäste ein, eine größere Runde an Arbeitskollegen aus der Stadtgemeinde sah vorbei sowie jener alte Mann, der immer schon eine der Wohnungen am Hauptplatz bewohnt hatte und – nach Julias Erinnerung – schon damals, als sie noch in die Schule gegangen war, alt ausgesehen hatte.

Emily half bei den vielen Bestellungen, die so nach und nach eintrudelten, mit und Julia bemerkte erleichtert, dass sie dadurch wesentlich mehr Zeit hatte, um das benützte Geschirr zu verräumen und um mit den Gästen zu plaudern.

„Ab wann hast du morgen Zeit?", fragte Julia, nachdem ihr Emily noch mit dem Zusammenräumen und Abschließen der Hütte geholfen hatte. Mittlerweile war es völlig finster geworden und die Weihnachtsbeleuchtung versetzte den Hauptplatz in stimmungsvolles Glitzern. Dennoch hätte Julia beinahe ein weiteres Schulterzucken von Emily verpasst, das wohl ihre Antwort war.

„Ich beginne meistens um 11:00 Uhr damit, die Hütte einzuräumen. Das heißt, ich öffne ab kurz vor 12:00 Uhr den Stand. Komm einfach vorbei, wenn es sich bei dir ausgeht", sagte Julia zu Emily. „Und bring deine Krankenversicherungskarte mit", ergänzte sie noch, bevor das Mädchen sich für den Abend verabschiedete.

Julia hatte eine Idee, die sie sogleich mit Bella besprechen wollte.

10. Kapitel

„Du siehst so entspannt aus", begrüßte sie Bella am nächsten Morgen und Julia schüttelte verlegen, aber lächelnd den Kopf.

„Ich war beim Yoga", antwortete sie und bestellte ihren morgendlichen Cappuccino.

Bella wusste natürlich sofort über das neue Yoga-Angebot, von dem Julia am Vortag von Lucy erfahren hatte, Bescheid. „Ich hatte selbst noch nie Zeit hinzugehen, aber ist es toll?", fragte ihre Schwester nach und Julia nickte begeistert.

„Ich war beim 09:00 Uhr-Termin, da waren nur drei weitere Leute dabei. Das war irgendwie angenehm", erzählte sie mit ruhiger Stimme. Julia hatte das Gefühl, dass sie den beständigen Atemrhythmus, auf den die Trainerin die ganze Stunde über so Wert gelegt hatte, so verinnerlicht hatte, dass sie nicht einmal von der kalten Novembermorgenluft aus dem Tritt gebracht wurde.

„Wann immer ich in Wien beim Yoga war, waren die Räume überfüllt", erklärte sie weiter. „Ich war stets bei den After-Work-Terminen in viel zu kleinen Yoga-Räumen mit lauter Leuten, die gestresst von der Arbeit kamen." Sie seufzte. „Und mittendrin ich, die noch mehr Unruhe in den Raum gebracht hatte."

Bella stellte ihren Kaffee vor ihr ab.

Julia lächelte ihr zu. „Hier hatte jeder ausreichend Zeit und Platz und es gab einen köstlichen Tee, den ich noch nie zuvor getrunken habe. Irgend so eine Kräuter-mischung …"

Bella bereitete für sich selbst einen Espresso zu, den sie nach einer kurzen Wartezeit mit etwas heißem Wasser verlängerte. Sie schwenkte die braune Flüssigkeit in ihrer Tasse und roch genüsslich daran.

Die beiden Schwestern unterhielten sich noch eine Weile über die unterschiedlichen Trainingstermine, die im neuen Yoga-Studio angeboten wurden, und wann Bella Zeit hätte, Julia dorthin zu begleiten, wechselten dann aber bald zu ihrem drängendsten Thema des Tages: Emily.

„Glaubst du, dass sie heute wieder kommt?", fragte Bella und beugte sich verschwörerisch über die Theke.

Julia wog ihren Kopf hin und her, so wie ihr Bauchgefühl hin und her schwankte. „Ich weiß es nicht", antwortete sie schließlich, dem uneindeutigen Gefühl nachgebend. „Ich glaube, sie braucht das Geld."

Julia hatte noch am Vortag mit Bella geklärt, ob etwas dagegen sprechen würde, Emily für die kommenden

Wochen bis Weihnachten als Aushilfe in der Punschhütte anzustellen. Nach einigem Hin und Her hatte Bella schließlich zugestimmt. Niemand wusste, ob Emily in die Schule ging und Julia nahm sich vor, Alex danach zu fragen, wenn sie ihn das nächste Mal sehen würde. *Falls* sie ihn überhaupt nochmals sehen würde.

Ihre kuriose gemeinsame Nacht fühlte sich mittlerweile wie ein Traum an, weit in die Ferne gerückt und nach hinten gedrängt von all den unterschiedlichen Begegnungen, die sie jeden Tag im „Adventkränzchen" hatte.

„Du kennst Emily doch", hatte Julia am Vortag zu Bella gesagt. „Was ist ihre Geschichte?"

Bella hatte ihre Schultern gehoben und sich ihre Worte gut zurecht gelegt.

„Jeder kennt Emily irgendwie", hatte sie schließlich geantwortet. „Sie ist vor ein paar Jahren mit ihrem Bruder hier aufgetaucht. Sie kämpfen sich so durch, sind recht zurückgezogen, nehmen aber keine Hilfe an." Bella hatte geseufzt. „Emily fällt auf, weil sie meistens allein unterwegs ist. Und immer an Orten, wo sie nichts zahlen muss: im Park, im ‚Seitenweise', in der öffentlichen Bücherei, am Spielplatz und so weiter. Wenn jemand mit ihr spricht, fertigt sie einen üblicherweise ab und sucht das Weite. Die meisten von uns lassen sie mittlerweile in Ruhe."

„Und welches Missverständnis hattet ihr beide einmal?", fragte Julia nun und nippte an ihrem Cappuccino.

Bella runzelte erst die Stirn, dann sah sie aus, als ob ihr etwas einfallen würde. „Hat Emily das so formuliert?", fragte sie nach und Julia nickte. Bella lächelte leicht gequält. „Es war nichts Schlimmes", erzählte sie schließlich, „ich habe sie vor Jahren mal vorn beim Brunnen angesprochen und sie zu einem Lunch hier im ‚Kaffeekränzchen' eingeladen. Das hat sie angenommen. Meine Fragen sind ihr dann jedoch zu viel geworden", schloss Bella schnell und Julia grinste. So wie sie Emily nach den wenigen Begegnungen einschätzte, war ihr wohl schnell mal eine Frage zu persönlich. Und so wie Julia Bella kannte, hatte ihre Schwester vermutlich beharrlich weitergefragt, obwohl sie keine Antworten erhielt.

„Sie ist dann aufgesprungen und hat gesagt, wenn sie gewusst hätte, dass dies hier ein Verhör wird, hätte sie die Einladung nicht angenommen", erzählte Bella nun weiter und sah etwas verlegen aus. „Seither machen wir einen Bogen umeinander."

„Spricht etwas dagegen …", begann Julia, aber Bella schüttelte den Kopf.

„Nein", sagte sie bestimmt, „wir haben uns gestern dafür entschieden und dabei bleiben wir. Die Stadt hat sich das schon lang genug angesehen, es wird Zeit, dass jemand dem Mädchen hilft."

Die beiden Schwestern nippten in Gedanken versunken an ihren Kaffees, während das Leben um sie herum im „Kaffeekränzchen" im beständigen Rhythmus weiterging. Der Duft von frisch gebackenen Croissants hing in der Luft, begleitet vom glücklichen Gemurmel der anwesenden Gäste, gelegentlich durchbrochen vom Zischen und Surren der Kaffeemaschine hinter der Theke. Hier im „Kaffeekränzchen" war es wohlig warm, während im

Hintergrund leise Norah Jones' „Come away with me"
aus den Lautsprechern klang.

„Wir werden sehen", sagte Julia und lächelte Bella zu.

Das Wochenende kam und ging und brachte
Sonnenschein und Regen, umhüllt von den typischen
Temperaturen des Novembers, der sich nun in der Zielgeraden befand. Wohin man auch hörte und blickte,
verstärkten sich die vorweihnachtlichen Preisangebote,
das adventliche Glockengeläut sowie die Ideen an *Must-
haves* für die diesjährigen Geschenkewunschlisten.

In unmittelbarer Nähe des „Adventkränzchen" bauten
zwei Bauern aus der Region ihre Christbaumverkaufs-
stände auf und Julia versorgte die beiden sowie ihre
Mitarbeitenden regelmäßig mit wärmendem Tee und
frischen Zimtschnecken.

Emily war tatsächlich, wie vereinbart, wieder aufgetaucht
und hatte Bellas und Julias Angebot, vorübergehend im
„Adventkränzchen" zu arbeiten, angenommen. Sie hatten
fixe Arbeitszeiten festgelegt, die das Wochenende
ausschlossen, somit war der Montag der erste *richtige*
Arbeitstag für Emily.

Das Mädchen hielt sich zu Beginn meistens im Hintergrund, sprach nur, wenn man sie direkt anredete,
bemühte sich aber sehr, alle Handgriffe, die Julia ihr
zeigte, so gut wie möglich umzusetzen.

Julia war froh über die Gesellschaft in der Punschhütte, gerade auch weil die Anzahl der Personen, die regelmäßig zu ihnen kam, beständig stieg.

Am Dienstag brachte Emily einen kleinen portablen Lautsprecher mit, der trotz seiner Größe eine enorme Schallkraft zustande brachte. Julia beobachtete fasziniert, wie Emily mit wenigen schnellen Klicks auf Julias Telefon erst einen leichten Gong über die Lautsprecher produzierte, der keinen Atemzug später in das vertraute 80er-Jahre-„Ba bada dam" und George Michaels „Uuuh ooaah" überging.

Emily grinste ihr schelmisch, fast wissend zu, aber Julia erkannte zu ihrem eigenen Erstaunen, dass sie das erste Mal in diesem Jahr keine gruselige Gänsehaut überfiel, wenn sie die ersten Takte von „Last Christmas" hörte, sondern selbst zu lächeln begann.

Vielleicht war es der beständige Zimtgeruch in ihrer Nase.

Vielleicht waren es die regelmäßigen Yogastunden seit der vergangenen Woche.

Vielleicht war es aber auch nur die Erleichterung, dass Emily ihr erstmals ein Lächeln schenkte und Julia das Gefühl gab, auf irgendeine besondere Art, einen richtigen Weg eingeschlagen zu haben.

„Last Christmas" lief an diesem Nachmittag bereits zum vierten Mal und das tägliche Abendrot-Spektakel war gerade abgeklungen, als sich eine Runde aus fünf oder sechs Personen der Punschhütte näherte, die alle ungefähr in Julias Alter oder ein wenig älter zu sein schienen.

Julia machte Emily aufmerksam, dass bald eine größere Gruppe eine vermutlich umfangreiche Bestellung aufgeben würde, als Emily neben ihr schockiert die Luft einzog.

„Das sind alles Lehrer", flüsterte sie aufgeregt, drehte sich um und begann mit dem Rücken zu den Leuten eifrig die sauberen Tassen von einem Eck ins nächste zu schlichten. Eine völlig unnötige Tätigkeit, die ihr nicht sehr lang Schutz vor diesen Gästen geben würde.

Aber Julia hatte gar nicht allzu viele Kapazitäten frei, sich um Emilys Schock zu kümmern, denn bei genauerer Betrachtung der Personengruppe hatte auch ihr Herz schneller zu schlagen begonnen, als sie mittendrin, am lautesten lachend, Alex erkannt hatte.

Es waren drei Lehrer und zwei Lehrerinnen, alle völlig vermummt in dicke Daunenmäntel und Wollmützen, bis zur Nase mit Schals umwickelt. Die fünf drängten sich mit glühenden Augen wie kleine Kinder rund ums „Adventkränzchen", um das Angebot zu begutachten.

„Köstlich sieht das alles aus", rief der eine.

„Meine Frau verzeiht mir das nie, wenn ich ohne sie diese Zimtschnecken probiere", sagte der andere.

„Eine tolle Idee von dir, Alex", schwärmte jemand.

„Dann bring ihr eben eine Zimtschnecke mit", schlug eine andere vor.

Und Alex grinste Julia zu.

„Hi", sagte er und klang fast ein wenig verschwörerisch dabei.

„Hi", antwortete Julia grinsend. „Das war wirklich eine tolle Idee von dir, Alex", wiederholte sie und zwinkerte ihm zu. Irgendetwas in ihrer Stimme musste Emilys Neugier geweckt haben, denn sie ließ plötzlich von den sauberen Tassen ab und drehte sich mit herausforderndem Blick zu Julia um.

„Hallo Emily", sagte Alex in etwas anderem Tonfall, der eher nach neutraler Lehrerstimme klang, und Julia hielt die Luft an, stets bereit dazwischenzugehen. Falls das überhaupt nötig war.

„Hallo Emily", sagten auch die meisten anderen Lehrer, zumindest jene, die sich lang genug vom Zimtschneckenangebot losreißen hatten können. Alle klangen sehr freundlich. Emily grüßte zwar nicht zurück, machte aber mit einer Hand eine Art Scheibenwischerbewegung, was als Winken interpretiert werden konnte.

Die Runde orderte euphorisch und umfassend, sodass Emily und Julia einige Minuten brauchten, um die gesamte Bestellung vorzubereiten. Erst als alle Personen versorgt um einen der Stehtische vor der Hütte standen, drehte sich Emily zu Julia um und sah sie direkt an.

„Erzähl!", forderte das Mädchen sie auf und Julia sah sie stirnrunzelnd an.

„Was?", fragte Julia. Im Hintergrund wechselte Emilys Playlist gerade zum „Little Drummer Boy", aber das schien niemanden abzulenken. Auch Emily nicht.

„Du begrüßt hier jeden mit der gleichen Stimme", erklärte Emily, „nur beim Herrn Lehrer hauchst du ein ‚Hiii' in seine Richtung."

„Das stimmt doch gar nicht", protestierte Julia.

„Und das Beste ist ja: Der Herr Lehrer haucht dir ebenso enthusiastisch zu", Emily kicherte und sah plötzlich eher wie eine 12-Jährige aus, worüber sogar Julia lachen musste.

„Sag nicht ‚Herr Lehrer' zu ihm", schalt Julia sie, worüber Emily erst recht lachen musste.

„Du bist kindisch", raunzte Julia weiter und fühlte sich lächerlich.

„Und du bist …", Emily sah sie nachdenklich an, „… fasziniert", sagte sie schließlich und zwinkerte ihr zu.

Sieht manchmal aus wie 12 und erklärt mir die Welt, als wäre ich die Minderjährige, dachte sich Julia und widmete sich kopfschüttelnd den benützten Tassen, die einige der anderen Gäste auf der Theke abgestellt hatten.

Die Lehrerrunde schaffte drei Punschrunden, bevor Julia und Emily das „Adventkränzchen" für diesen Abend schlossen. Es wehte ein kühler Wind über den Hauptplatz, als sich Julia von Emily für den Tag verabschiedete und sie war wegen der Kälte so abgelenkt, dass sie Emilys verschmitztes Grinsen zum Abschied gar nicht richtig wahrgenommen hatte.

Doch als sie sich umdrehte, um ihre E-Vespa zu holen, verstand sie plötzlich das Grinsen: Alex stand vor ihr, mitten im Wind, das Gesicht von diesem eindeutigen vorweihnachtlichen Punschlächeln überzogen, das die meisten Leute um diese Jahreszeit trugen. Zumindest in der Nähe des „Adventkränzchen".

„Wie oft am Tag hörst du ‚Last Christmas'?", fragte Alex und machte einen Schritt auf sie zu.

Julia zuckte mit den Schultern. „Sooft es unseren Gästen Freude macht", antwortete sie diplomatisch.

„Und macht es der Chefin auch Freude?" Noch ein Schritt.

Julia wackelte noch einmal mit ihren Schultern. „Der Wind macht mir mittlerweile mehr Gänsehaut als der Song", sagte sie.

Und du. Du machst mir Gänsehaut. Aber die gute.

Die Schmetterlinge in ihrem Bauch waren ebenso wieder zu vollem Leben erwacht und es musste wohl an ihnen und diesem Kribbeln liegen, dass Julia für ein paar Sekunden ihre naturgegebene Zurückhaltung ablegte und ebenso einen Schritt auf Alex zumachte.

„Ist es heute eigentlich wieder zu spät für dich, um mit dem Bus nach Hause zu fahren?", fragte Julia.

Alex biss sich auf die Unterlippe und sah sie von unten herauf an.

Dann nickte er.

11. Kapitel

Als Julia im Gästehaus das Licht aufdrehte, verließ sie der Mut, der sie gerade vorhin noch diese halbe Einladung an Alex aussprechen hat lassen. Den ganzen Weg ins „Kaffeekränzchen", wo Julia ihren Helm holte (neben dem mysteriöserweise plötzlich ein zweiter Helm auf sie gewartet hatte – der Neugier von Bella sei Dank!), sowie die gesamte Vespafahrt bis zum Gästehaus hatte sich Julia auf eine neue Art unbesiegbar gefühlt. Als hätte sie irgendeinen Zaubertrank genommen, der all die Zweifel, die üblicherweise die Kontrolle über ihre Muskeln, ihren Kopf und all ihre Worte hatten, in den Hintergrund drängte und nur dieses neue, sichere Gefühl in ihren Bauch einkehren ließ.

Neben den Schmetterlingen natürlich.

Aber sogar die waren kooperativ gewesen.

Nicht einmal Alex' Arme, die er die gesamte Fahrt um Julias Bauch gewickelt hatte, sowie seine Nase, die er –

wohl um sich gegen den Fahrtwind zu schützen –
zwischen Julias Schulterblätter geklemmt hatte, hatten
Julias Sicherheit ins Wanken gebracht.

Aber nun war da dieses viele Licht in ihrem Gästehaus,
das ihr mittlerweile schon so vertraut geworden war, dass
Julia das Gefühl hatte, mit dem Einschalten des Lichts
würden all die Zweifel wieder ins Rampenlicht gerückt.

*Das war doch alles ein riesiges Missverständnis. Das konnte doch
nur ein riesiges Missverständnis sein!*

Alex schien von Julias inneren Turbulenzen gänzlich
unberührt zu sein. Er ließ die Eingangstür hinter sich
schwungvoll ins Schloss fallen, schleuderte seine Schuhe
von den Füßen und hing seine Jacke an den Garderoben-
haken. Dann warf er sich auf die Couch und sah Julia
erwartungsvoll an.

Als sie sich eine weitere Minute lang nicht rührte, setzte er
sich auf und richtete seinen Blick direkt auf sie.

„Was ist los?", fragte Alex und runzelte seine Stirn.

Julia seufzte.

Alex legte seinen Kopf schief und lächelte ihr zu.

„Mich hat der Mut verlassen", sagte Julia schließlich und
ließ ihre Schultern fallen.

„Wie gut, dass du jetzt grad nicht mutig sein musst", sagte
Alex leise und lächelte ihr wieder zu.

Darüber musste Julia lachen und endlich setzte sie sich in
Bewegung, legte ebenso ihre Jacke und Schuhe ab und

begann damit, in der Küche Tee zu kochen. Währenddessen vereinbarten sie, sich etwas zu essen zu bestellen und debattierten eine Zeit lang, welche Pizzeria wohl die bessere Pizza lieferte.

Und so nach und nach entspannte sich Julia immer mehr.

Bis sie sich endlich neben Alex auf die Couch setzte.

„Man erzählt sich, dass die gesamte Stadt deinem Charme verfallen sei", sagte Julia augenzwinkernd und nippte an ihrem Tee.

Alex lachte leise auf. „Nicht so sehr wie deinen Zimtschnecken", gab er ruhig zurück.

Julia zuckte verlegen und abwehrend mit ihrer Schulter.

„Unterschätz' die Magie dieser Zimtschnecken nicht!", beharrte Alex und sah sie mit blitzenden Augen an. „Du machst viele Leute glücklich!"

„Oder übergewichtig, wie Emily stets behauptet", warf Julia ein.

Alex schüttelte den Kopf, grinste über die Wendung, die das Gespräch nahm.

„Ich bin froh, dass Emily bei dir gelandet ist", sagte er mit ruhiger Stimme.

„Vorübergehend", antwortete Julia wahrheitsgemäß. „Wir wissen so wenig über sie und Bella und ich haben Sorge, dass sie bei zu vielen Fragen wieder verschwindet." Julia dachte kurz nach. „Aber sie hat eine Wohnadresse angegeben, was mich mehr erleichtert hat, als ich es gedacht

hätte. Sie hat eine Versicherungskarte. Und laut dieser ist
sie bereits volljährig, also haben wir keine Schwierigkeiten
wegen der Arbeitszeiten oder wer ihren Vertrag unter-
schreibt." Julia war selbst überrascht, wie viele Informationen aus ihr heraussprudelten, als hätte sie nur darauf
gewartet, sich endlich wegen Emily besprechen zu
können.

„Sie wohnt zurzeit gerade in einer dieser Krisenunter-
künfte", erzählte Alex und als Julia ihn überrascht ansah,
ergänzte er: „Ich helfe dort manchmal aus. Gelegentlich
braucht dort jemand Mathenachhilfe. Oder sie suchen
jemanden, der mit den Kindern Karten spielt." Alex sah
aus, als wäre das nichts Erwähnenswertes, aber Julia
musterte ihn mit neu entfachter Neugier.

„Dort kann sie aber nicht ewig bleiben", erzählte Alex
weiter, ohne sich um Julias neugierigen Blick zu
kümmern. „Ich vermute, deshalb will sie unbedingt Geld
verdienen."

„War sie mal in der Schule?", fragte Julia nach.

„Ab und zu", sagte Alex, „aber sie hat schließlich zu oft
gefehlt." Er dachte kurz nach. „Es gab Gerüchte, dass sie
nur in Obsorge ihres älteren Bruders lebte. Und dass
dieser ein massives Spiel- und Alkoholproblem hat. Oder
hatte. Jetzt erzählt man sich, dass er in einer Klinik sei,
was ich sehr für ihn hoffe."

„Und deshalb ist sie in der Krisenwohnung", schloss Julia
und Alex nickte.

„Sie ist eigentlich schon zu alt dafür", sprach Alex weiter.
„Wir sind hier in der Stadt zwar nicht allzu streng bei

solchen Dingen, aber sobald du volljährig bist, bist du eigentlich auf dich gestellt. Nur, wenn du nie Zeit hattest, zur Schule zu gehen oder eine andere Ausbildung zu machen, hängst du mit 18 irgendwie in der Luft."

„Oder du verkaufst Zimtschnecken", murmelte Julia.

„Warum hat ihr niemand sonst mal einen Job angeboten?", fragte sie nach einer kurzen Nachdenkpause. „Otto lässt doch so etwas nicht einfach unter seinen Augen geschehen. Sie könnte ja bei Amina eine Lehre machen. Oder beim Uhrmacher!"

Julia sah Alex herausfordernd an, der aber nur ratlos zurückblickte.

„Ihr Bruder ist erst seit Kurzem weg, denke ich", mutmaßte er. „Vielleicht hatte bisher noch niemand daran gedacht."

„Das ist doch wirklich nicht gut genug!", empörte sich Julia, gerade als es an der Tür läutete und die Ankunft ihrer Pizza angekündigt wurde.

Julia war bei ihrer dritten Marzipanschokolade, als Alex sie darauf ansprach.

Sie hatten während des Essens die schweren Themen so nach und nach sein lassen, nicht ohne, dass sich Julia im Stillen selbst versprach, sich um Emily zu kümmern, bevor sie wieder abreiste.

Denn abreisen würde Julia, das stand außer Frage.

Das hatte sie auch Alex erklärt, als sie ihm endlich die Details zu den vielen Baustellen, die sie in Wien zurückgelassen hatte, erzählt hatte. Alex war ein guter Zuhörer, stellte aufmerksame Fragen, bot seine Hilfe an, wo es realistisch war, und drängte sie niemals in eine Richtung, wenn sie über eine der offenen Fragen, die sich ihr gerade stellten, sprach.

Julia hatte von ein paar Jobangeboten erzählt, auf die hin sie sich in den vergangenen Tagen beworben hatte und Alex hatte mit keiner Silbe etwas erwähnt, das mit „Du könntest doch …" oder „Hast du schon mal überlegt …" begonnen hatte. Er hatte bloß genickt, zugehört und sie gefragt, was sie an den einzelnen Jobs so besonders interessierte.

„Das Honorar ist sehr reizvoll", hatte Julia einmal geantwortet und dabei das Gefühl gehabt, diese Antwort war irgendwie zu wenig.

„Diese Funktion wäre der nächste logische Schritt in meiner Karriere", war bei einem anderen Angebot der Grund für ihr Interesse gewesen und in ihrem Bauch hatte für einen Moment dieser altbekannte Ehrgeiz aufgeflackert. Dieser Motor, der sie von Kindesbeinen angetrieben hatte, der ihr seither den Weg wies. Und der der Grund war für ihre bisherige Karriere.

Die nun jedoch in Scherben vor ihr lag, garniert mit einer hysterischen Whatsapp-Gruppe an Ex-Kollegen und Erinnerungen an einen Chef, die sich mit jedem weiteren Tag Abstand zu ihrer alten Arbeit anfühlten, als wären sie in eine eigenartige Dunkelheit getaucht.

„Mit der Zeit bekommen Erlebnisse eine eigene Dynamik. Und eine neue Perspektive", hatte Alex dazu gesagt, als sie ihre Überraschung darüber zum Ausdruck gebracht hatte.

Aber Julia war das zu psychologisch, weshalb sie lieber zu einem weiteren Stück Marzipanschokolade griff und dieses behutsam auswickelte.

„Du isst nur die Schokolade mit Marzipan", hielt Alex fest und Julia hob überrascht ihren Blick. Sie schob das Stück Schokolade in ihre Wange, um ihm antworten zu können. „Es ist einfach die beste", hielt sie fest und legte so viel Vehemenz in ihren Tonfall, um zu zeigen, dass sie keinen Widerspruch duldete.

Alex lachte kurz auf und ließ sich tiefer in die Couch sinken. Dann streckte er sich und Julia hätte sich beinahe an der Schokolade in ihrem Mund verschluckt, als sein Pullover und das T-Shirt, das er darunter trug, ein Stück weit nach oben rutschten und einen klitzekleinen Blick auf seinen Bauch freigaben.

Da waren sie wieder die fröhlichen Schmetterlinge und zeigten keinerlei Müdigkeit.

„Hattest du nie überlegt, hierher zu ziehen?", fragte Julia plötzlich und Alex sah sie etwas verschlafen an. Er wackelte mit seinem Kopf.

„Ich habe sogar ein Haus vor Augen", flüsterte er.

„Tatsächlich?"

Alex nickte. „Das Haus habe ich entdeckt, bevor ich den Posten hier bekommen habe. Und mittlerweile steht es sogar zum Verkauf", er lächelte leicht verlegen. „Die Maklerin weiß Bescheid, die Verkäufer wissen Bescheid …, ich muss mich nur mehr entscheiden."

Julia rutschte ein Stück weit näher auf der Couch, gebannt von Alex' Erzählungen.

„Und was hält dich ab?", fragte sie.

Nun war es an ihm, mit den Schultern zu zucken. „Die Verantwortung? Die Größe? Das Geld?" Er hob seine Schultern nochmals an. „Ich weiß es nicht."

„Willst du hier bleiben?", fragte Julia.

„Sicher", antwortete Alex ohne zu zögern. „Warum nicht?"

„Für mich war das nie eine Option", sagte sie.

„Warum nicht?", fragte er nochmals.

„Hier gab es keine Möglichkeit für diese Jobs, die ich haben wollte", sagte sie.

„Aber deine Familie ist hier …"

„Ja, natürlich, aber mit meiner Familie habe ich ohnedies Kontakt", beharrte sie. „Was ist mit deiner Familie? Ist die auch hier in der Nähe?"

Daraufhin begann Alex zu grinsen. „Meine Eltern leben in diesem alten Bauernhaus hier gleich ein Stück weiter Richtung Süden, mitten in den Weinbergen", erzählte er, „die haben sich vor ein paar Jahren ein riesiges Grundstück gekauft und die alten Häuser darauf renoviert. Das waren ein Bauernhaus, ein Stall und ein Kellerstöckl."

Julia lehnte sich auf die Couch und ließ sich von Alex' Erzählstimme einlullen. Er berichtete von den Umbauarbeiten und davon, wie schön die renovierten Gebäude nun waren. Dass seine Eltern das Kellerstöckl an Künstler vermieteten und den umgebauten Stall an Touristen. Dass sie ein wenig darauf drängten, dass sich Alex dieses Wunschhaus kaufte, weil er ständig davon gesprochen hatte. Und weil sie das Gefühl hatten, dass er dort glücklich werden würde.

„Wann weiß man denn, wann man glücklich ist?", fragte Julia mit schläfriger Stimme und bemerkte, erst als Alex ihr zulächelte, wie nah ihre Gesichter mittlerweile beieinander lagen.

Er antwortete nicht auf ihre Frage. Aber seine Augen blitzten auf, als wüsste er die Antwort.

12. Kapitel

D ie ersten Sonnenstrahlen des Tages brachen
gerade durch den Nebel vor dem Fenster des
Gästehauses, als der Wasserkocher in der Küche leise
piepste und vor sich hin sprudelte. Julia goss das
kochende Wasser über die Teebeutel in den Tassen, die
sie vorbereitet hatte, und zog ihre Strickweste enger um
sich.

Alex hatte die große Glas-Schiebetür, die in den Obstgarten hinaus führte, geöffnet und stand sinnierend, über
die Landschaft blickend vor dem Gästehaus.

Julia unterdrückte ein Seufzen und riss ihren Blick von der
stimmungsvollen Momentaufnahme vor dem Gästehaus
los, widmete sich dem leicht köchelnden Haferbrei auf
dem Herd und rührte darin um.

Alex schnaufte und bibberte, als er wieder zurück ins
Gästehaus kam. Er schwärmte von der frischen Luft und
dem Morgenlicht, während er sich einen Apfel aus dem

Obstkorb schnappte und diesen in kleine Stückchen schnitt.

„In den Brei oder als Garnierung drüber?", fragte er, das Schneidebrett über dem Topf balancierend.

„Sowohl als auch?", gab Julia zurück und Alex lächelte ihr zu.

Sie arbeiteten gemeinsam, ihre Handgriffe abgestimmt und ineinander fließend, bis sie ein reichhaltiges Frühstück zubereitet hatten.

„Herrlich", schwärmte Alex weiter. „Vielleicht sollte ich öfters hier übernachten. Bei mir zu Hause gibt es nie so ein üppiges Frühstück!"

Julia verschluckte sich beinahe an ihrem Haferbrei. Wenn sie ehrlich zu sich war, hatte sie keine Einwände, dass Alex noch weitere Nächte hier im Gästehaus verbringen würde.

Am Vorabend, nachdem sich ihr Gespräch immer weiter verlangsamt hatte und ihre Augenlider immer schwerer geworden waren, war ihr Alex ohne lang darüber zu sprechen, nach oben gefolgt und sie hatten sich so ins Bett gelegt, wie sie vor etwas mehr als einer Woche gemeinsam aufgewacht waren. Alex hatte seinen Körper um ihren gewickelt und als Julias Schmetterlinge im Bauch sie leicht zittern ließen, hatte er sie einfach weiter fest umarmt, seinen Brustkorb eng an ihren Rücken gepresst, bis ihre Atemzüge den gleichen Rhythmus annahmen, tiefer wurden. Und ruhiger.

Genauso eng umschlungen, wie sie eingeschlafen waren, waren sie heute Morgen erwacht und Julia hatte ihren zweifelnden Gedanken, die es natürlich in Frage stellten, warum sie in den Armen einer beinahe fremden Person so selig schlief, vorerst mal keinen Raum gegeben. Sie hatte sich auf Alex' Atemzüge konzentriert, auf die Wärme um ihren Rücken und auf Alex' sich langsam beschleunigende Worte während der sich langsam hebenden Dämmerung.

Alex war eindeutig ein Morgenmensch, was Julia richtig amüsieren konnte. Es verging kaum eine Minute, in der Alex nicht irgendein neues Thema anschnitt, nach Julias Meinung fragte oder einfach über das Gästehaus schwärmte.

„So gut, wie es dir hier gefällt, könnte man glauben, dies sei das Haus, das du kaufen möchtest", scherzte Julia und Alex' Augen blitzten amüsiert auf.

„Die Apfelbäume im Garten fehlen mir in ‚meinem' Haus", sinnierte er und Julia verpasste nicht, dass er es tatsächlich als „sein" Haus bezeichnet hatte. Was auch immer ihn von der Entscheidung abhielt, sie glaubte nicht, dass dieses Hindernis noch lang bestehen würde.

„Du könntest Apfelbäume anpflanzen", schlug sie vor.

„Oder Marillenbäume!"

„Oder Pfirsiche!"

So plauderten sie sich durch Flora und Fauna und all die anderen Dinge, die ihnen an diesem Morgen einfielen, während sie Geschirr in den Geschirrspüler räumten, sich abwechselnd ins Badezimmer zurückzogen und sich schließlich für den Aufbruch vorbereiteten.

Julia hatte Alex angeboten, ihn mit der Vespa zur Schule zu fahren, was Alex dankbar angenommen hatte. Für Julia kam der frühe Start in den Tag ohnehin gelegen, weil sie so wieder rechtzeitig zur morgendlichen Yoga-Stunde kam.

Sie packte ihre Tasche und folgte Alex durch die Tür. Bevor sie auf der Vespa Platz nahm, drückte er ihr ein kleines, in Servietten gepacktes Paket in die Hand.

„Was ist das?", fragte Julia erstaunt und tastete durch das Papier durch.

„Ein Jausenbrot", sagte Alex und klang fast ein wenig verlegen. „Für deine Mittagspause."

Julia war sprachlos. „Aber …"

„Ich habe mir auch etwas gerichtet und dachte, du wirst womöglich ebenso hungrig untertags."

Die Wärme, die sich plötzlich in Julias Oberkörper ausbreitete, wäre in einem anderen Moment eventuell besorgniserregend gewesen, aber sie schenkte dem Gefühl fürs Erste keine weitere Bedeutung, sondern schlang ihre Arme um Alex in seiner dicken Daunenjacke und drückte ihn, so fest es ihr durch das Material hindurch gelang.

„Danke", flüsterte sie, fast ein wenig gerührt und sie hörte Alex verlegen kichern.

„Sehr gerne", flüsterte er zurück und wenn man Julia *jetzt*, in diesem Moment gefragt hätte, hätte sie keinerlei Einwände gehabt, Alex täglich als Übernachtungsgast im Gästehaus zu empfangen.

Die Woche verflog und brachte neben wechselhaftem Novemberwetter und immer weiter sinkenden Temperaturen ein tägliches Schmetterlingsfeuerwerk in Julias Bauch mit sich, dem nicht einmal die regelmäßigen Yogastunden an jedem zweiten Morgen Abhilfe leisten konnten.

Julia und Alex hatten neulich auf dem Schulparkplatz unter dem Gelächter einiger älterer Schüler ihre Telefonnummern ausgetauscht, bevor Julia grinsend und angetrieben von ihren flatternden Schmetterlingen dem ebenso grinsenden Alex zuwinkend davongefahren war.

Seither chatteten die beiden über lustige Beobachtungen des Tages, schickten sich vorweihnachtliche Memes und führten Protokoll über unterschiedlichste Erlebnisse, die sich im Laufe eines Tages häuften: etwa, wie oft sie „Last Christmas" hörten oder wie viele Handys Alex pro Vormittag in den unterschiedlichen Klassenzimmern konfiszieren musste, welche Zimtschnecken-Variante gerade der aktuelle Bestseller war (zumeist jene mit Vanilleglasur) oder wie viele Tage es noch dauerte, bis die Weihnachtsfeier in der Schule stattfand.

Alex war zum Teil in die Vorbereitungen rund um die „Weihnachtsshow" (wie es in der Schule genannt wurde) involviert, was „mehrere späte Abende im Vorfeld" bedeutete, wie er es in einer Nachricht an Julia formuliert hatte.

Dass dies zu „mehreren gemeinsamen Morgenstunden im Gästehaus" führen würde, ließ Julias Schmetterlinge in Daueraufregung Tango tanzen.

Emily verdrehte bloß ständig ihre Augen, wenn sie Julia wieder mit der Nase in ihrem Handy erwischte, erwies sich aber sonst als geduldige, wissbegierige Mitarbeiterin. Julia beobachtete mit Freuden, wie das Mädchen so nach und nach auftaute, sich manchmal in ein Gespräch mit einem der Gäste verwickeln ließ und immer häufiger Julia interessierte Fragen stellte: welche Zutaten in der Vanilleglasur waren, warum sie ebenso alkoholfreien Punsch anboten, warum es hier keine salzigen Speisen gab. Und so weiter.

Die Frau des Uhrmachers kam mittlerweile fast täglich beim Stand vorbei und unterhielt sich immer für einige Minuten mit Julia und mit Emily. Sie besprachen das stets wechselnde Wetter, das aktuelle Buch, das die Frau des Uhrmachers gerade las, und die üppige Weihnachts- wunschliste des Uhrmachers.

„Man könnte meinen, er sei wieder ein kleines Kind", erzählte die Frau des Uhrmachers schmunzelnd und ließ sich von Emily motivieren, die einzelnen Wünsche aufzuzählen.

An einem Nachmittag besprachen Julia und die Frau des Uhrmachers, welche Schokolade und welche Milch sie für selbstgemachte heiße Schokolade verwendeten, als Emily neben ihnen immer stiller wurde.

Die Frau des Uhrmachers erzählte gerade von siebzigpro- zentiger Schokolade, die sie neulich dafür getestet hatte, als ihr Blick auf Emily fiel, kurz weitersprach, nochmals hinschaute und dann leicht zu stottern begann. „Welchen Kakao magst du am liebsten?", fragte die Frau des Uhrmachers dann sanft.

Emily zuckte mit den Schultern und wandte sich von den beiden anderen ab, kümmerte sich wieder um die ohnehin schon sauberen Tassen, die eigentlich kein Kümmern benötigten.

Julia zog schweigsam die Augenbrauen hoch, aber die Frau des Uhrmachers wechselte einfach das Thema, als wäre nichts geschehen.

Am nächsten Tag jedoch stand sie mit einer bis zum Rand mit heißer Schokolade gefüllten Thermoskanne vor dem „Adventkränzchen" und bat Julia und Emily um ihre Meinung zu dem warmen Getränk.

Der Kakao war dick und süß und genau richtig für den windigen Nachmittag und Julia konnte sehen, wie Emilys Augen aufleuchteten, nachdem sie den ersten Schluck genommen hatte. Julia war sich sicher, dass sie niemals erfahren würde, ob Emily gerade zum ersten Mal heiße Schokolade gekostet hatte oder ob es irgendeinen anderen Grund für ihren abrupten Rückzug am Vortag gegeben hatte. Sie wusste jedoch, dass sie nicht aufgeben wollte, dieses überraschte Leuchten in Emilys Gesicht zu zaubern und das war tatsächlich mal ein neues Gefühl für sie.

13. Kapitel

Am ersten Tag des Dezembers roch die Luft nach Schnee und die Stadt schien auf einen Schlag noch festlicher zu werden. Alle Auslagen strahlten auf Hochglanz poliert, die meisten Häuserecken waren mit Lichterketten und weihnachtlichen Girlanden dekoriert und die Gespräche der Leute, die am „Adventkränzchen" vorbeieilten oder dort kurz anhielten, um einen Punsch zu trinken, wurden noch weihnachtlicher. Man besprach Pläne für die kommenden Feiertage und die darauffolgenden Ferien, man tauschte Tipps für Geschenke und Essensrezepte aus, man beriet sich, welchen Christbaum man in diesem Jahr besorgen und in welchen Farben man diesen dekorieren wollte.

Bella trug Ohrringe mit kleinen Zuckerstangen daran und Julia gab der Dauerbeschallung mit Emilys Xmas-Playlist die Schuld, dass sie Bellas Ohrschmuck entzückend fand statt – wie sonst immer – irritierend.

. . .

Am Abend des 1. Dezember trafen sich Amina, Lucy, Bella und Julia bei Irene zu Hause. Nach mehr als vierzehn Tagen Bettruhe war Irene Besuch erlaubt worden und die Freundinnenrunde, die sich normalerweise regelmäßig im „Kaffeekränzchen" zu Proseccoabenden traf, versammelte sich diesmal mit Tee und frischen Zimtschnecken auf Irenes und Toms Couch für einen kurzen Plausch.

„Ich hätte gerne täglich so eine Zimtschneckenlieferung", seufzte Irene genüsslich, als sie den Hefeteig zwischen ihren Fingern langzog, um ihn in mundgerechte Stücke zu zerteilen.

Julia summte zufrieden und nickte zustimmend, während ihre Marzipanzimtschnecke, die sie ab kommender Woche ins Programm aufnehmen wollte, auf ihrer eigenen Zunge zerging. Sie hatte die Zimtschnecken vor dem Backen unter anderem mit Marzipanstückchen und kleinen getrockneten Orangenstücken gefüllt und gemeinsam mit dem Hefeteig sowie Zimt und Zucker schmeckte diese Kreation genau so, wie Weihnachten schmecken sollte. Als ob man all den Tannenduft und den Geruch von brennenden Kerzen mit dem Läuten einer kleinen Glocke vermischt und all das in mundgerechte Stücke verteilt hatte.

Sowohl Bella als auch Amina sahen etwas müder aus als sonst, was den vielen Weihnachtsvorbereitungen geschuldet war. In Aminas Buchladen „Seitenweise" war so kurz vor Weihnachten, wie in jeder Buchhandlung, exorbitant viel mehr zu tun und so gut sie sich jedes Jahr darauf vorbereitete, blieb der Dezember jedes Mal eine Herausforderung, wie sie erzählte. „Dabei haben wir erst den ersten Tag!", seufzte sie. „Und wer weiß, was Lucys Adventkalender noch auslösen wird", lächelte sie.

Amina erzählte von Lucys Online-Adventkalender, den sie an diesem Tag auf dem Instagram-Account der Buchhandlung gestartet hatte, als wäre es etwas unheimlich Exotisches. Und Julia sah, dass sich sowohl Bella als auch Irene ein Lächeln verkneifen mussten, wenn es um Aminas Ablehnung alles Technischen ging. Selbst die pensionierten Stadtbewohner waren digital aktiver als Amina, die mit Lucy – und normalerweise auch Irene – aber ausreichend Unterstützung hatte, um das „Seitenweise" im aktuellen Jahrzehnt wettbewerbsfähig zu halten.

Bella und Julia berichteten davon, dass ihre Zimtschnecken mittlerweile so populär waren, dass sie einige Großbestellungen für Firmen in der Nähe sowie für die eine oder andere Familienfeier entgegengenommen hatten.

„Kein Wunder", seufzte Irene mit vollem Mund und stopfte sich ein weiteres Stück ihrer Zimtschnecke hinterher.

Irene erzählte davon, wie sie sich die Zeit vertrieb („Ich kenne jeden einzelnen Sprung in der Wandfarbe in diesem Raum") und was sie unternahm, um nicht die Wände hochzulaufen („Ich lerne gerade Finnisch mit einer App"). Nach einer guten Stunde des fröhlichen Plauderns merkten Julia und die anderen Frauen, dass Irenes Beine immer zappeliger wurden, weshalb sie unabgesprochen reihum aufstanden und sich zu verabschieden begannen.

Irene umarmte jede einzelne von ihnen und drückte vor allem Julia noch einmal ganz fest. „Vielen Dank, dass du da bist", sagte Irene leise zu ihr und Julia nickte verlegen. „Du weißt, dass Bella sonst alles allein gemacht hätte", ergänzte Irene und Julia schluckte nervös. Ja, das wusste sie. Jetzt. Weil sie tatsächlich hier war.

Und selbst wenn Julia nicht wirklich nachvollziehen konnte, warum ihre so geschäftstüchtige Schwester in diesem einen Fall so blauäugig geplant hatte, wusste sie doch, dass sie unter anderen Umständen den Stress, in dem sich Bella befunden hätte, aus der Ferne nicht mitbekommen hätte. Wenn nicht ihre Wohnung unter Wasser und Julia von ihrem Arbeitgeber vor die Tür gesetzt worden wäre, wäre die Vorweihnachtszeit einfach an ihr vorübergezogen.

Bella hätte das „Adventkränzchen" möglicherweise gar nicht geöffnet. Oder wäre so gestresst, dass sie … –

„Ihr müsst eine langfristige Lösung finden", beschwor Irene und riss Julia damit aus ihren Gedanken.

„Ich weiß", nickte Julia. „Ich werde nicht bleiben … und selbst wenn …" Sie beendete den Satz nicht laut, aber Irene schien ohnedies zu wissen, was sie sagen wollte.

„Ich hätte auch nicht gedacht, dass ich mal Tag für Tag in einem Coffee Shop stehen würde", schmunzelte Irene.

„Ich wollte nicht …", begann Julia sich zu entschuldigen, aber Irene winkte ab.

„Jeder geht seinen eigenen Weg", sagte sie salbungsvoll.

„Du verbringst zu viel Zeit mit Nana", lachte Lucy, die den letzten Satz von Irene aufgeschnappt haben musste.

„Wo ist Nana eigentlich?", fragte Julia und sah in die Runde. Sie hatte Irenes ältere Freundin, die Irene im Teenageralter bei sich aufgenommen hatte, seit ihrer Ankunft noch gar nie beim „Adventkränzchen" gesehen.

Über die Gesichter der Frauen fielen besorgte Mienen, gemischt mit einer bestimmten Form von Entschlossenheit, und Julia sah sich neugierig um.

Irene seufzte. „Das letzte Mal habe ich vor zwei Tagen von ihr gehört, nachdem sie sich in Frankfurt auf einer dieser Hauptverkehrsrouten am Boden festgeklebt hatte", erzählte sie.

„Nein, echt?", Julia sah überrascht in die Runde.

„‚Irgendjemand muss es ja machen', sagt sie immer und ich habe wirklich kein einziges Argument dagegen", erzählte Irene weiter und hielt ihren dicken Bauch fest.

„Der kleine Wurm hier ist doch ein Argument", sagte Julia leise und deutete auf Irenes Körpermitte.

„Ja, ein Argument *für* ihren Aktivismus. Sie hat jedenfalls versprochen, dass sie zu Weihnachten wieder da ist. ‚Wenn es dann ernst wird'", Irene zeichnete erst Anführungszeichen in die Luft, als sie Nanas Aussagen wiederholte, und deutete dann auf ihren Bauch.

Julia umarmte Irene ein weiteres Mal, weil sie das Gefühl hatte, dass sie es brauchte.

„Nana war noch nie leichtsinnig", behauptete Julia von der Frau, die sie eigentlich nur als Kind bei Lesungen im

„Seitenweise" kennengelernt hatte, „streitlustig, aber nie leichtsinnig."

Als Julia kurze Zeit später zur Eingangstür des Gästehauses kam, lag ein kleines Paket vor der Tür, auf dem groß ihr Name geschrieben war. Sie kannte die Handschrift nicht und sah sich neugierig um, ob sie den Paketboten noch sehen konnte, aber sie sah bloß Lucy, die beim gegenüberliegenden Haus die Tür öffnete, durch die für einen Moment helles, gemütliches Licht und ein laut-starkes „Hallo" zur Begrüßung fiel.

Eine kurze Sekunde lang fühlte sich Julia ein wenig eifer-süchtig und hielt überrascht inne. An einem Tag wie heute, an dem man den bald einsetzenden Schneefall fast spüren konnte, sehnte sie sich danach, in ein bereits gewärmtes Haus, in ein bereits gemütlich erleuchtetes Wohnzimmer zurückzukommen. Sie sehnte sich nach einer Umarmung von … −

Julia verbat sich weiterzudenken. Dafür war es im Moment einfach zu kalt.

Sie öffnete die Tür zum Gästehaus und schaltete in Windeseile alle Lichter sowie die Heizung ein. Sie duschte heiß und wickelte sich danach in ihre dicke Strickweste. Und während ihr Tee in der Tasse zog, öffnete sie langsam das Paket.

In der Schachtel fanden sich mehrere kleine Papiersäck-chen − 24, um genau zu sein. Julia traute ihren Augen kaum. Irgendjemand hatte ihr einen Adventkalender geschenkt!

Sorgfältig hob sie ein Säckchen nach dem anderen heraus, drapierte die 24 Überraschungen rund um den Obstkorb in der Küche und ertappte sich dabei, wie sie strahlend lächelte.

Ganz unten entdeckte sie auch eine kleine Notiz im Karton.

„Auf einen stimmungsvollen Advent voller Lieblingsschokolade", stand da geschrieben, aber Julia war am meisten fasziniert vom geschwungenen „Alex" am untersten Rand des Zettels. Mit ihren Fingern zeichnete sie seine Handschrift nach und für einen Moment glaubte sie, Alex' Finger auf ihrer Haut zu spüren.

Julia erlaubte sich ein herzhaftes Seufzen, bevor sie das erste Säckchen öffnete.

Und sie lachte herzlich auf, als der Inhalt herausfiel: ein frisch verpacktes Stück Marzipanschokolade.

„Ich weiß gar nicht, wie ich mich bedanken soll", schrieb sie Alex wenige Minuten später, als sie mit der Schokolade im Mund und ihrem Tee in der Hand auf der Couch Platz genommen hatte.

„Geh mit mir aus", antwortete Alex binnen weniger Sekunden.

Julias Schmetterlinge tanzten so wild, es musste ein Boogie oder etwas ähnlich Temporeiches sein.

„Sehr gerne", schrieb sie einen kurzen Augenblick später zurück.

14. Kapitel

Julia erwachte zu in absoluter Stille. Sie rieb sich den Schlaf aus den Augen und gähnte ausgiebig, dann testete sie mit lautem Rascheln ihrer Bettdecke, ob sie ihr Gehör über Nacht im Stich gelassen hatte.

Nein. Sie hörte alles wie immer.

Aber dennoch war es eine Spur ruhiger als sonst. Als hätte jemand über alle Alltagsgeräusche einen beruhigenden Filter gelegt.

Julia rieb sich ein weiteres Mal die Augen und setzte sich auf.

Dann blinzelte sie.

Einmal. Zweimal.

Die gesamte Landschaft vor dem riesigen Fenster des Gästehauses lag tiefverschneit vor ihr. Alles, was am Vortag noch letzte Reste von Grün, Braun und Dunkelor-

ange getragen hatte, war nun mit einer dichten Schneedecke überzogen. Einzig die Apfelbäume unterbrachen
das Weiß vor dem Fenster mit ihren fast ärgerlich in die
Luft ragenden blattlosen, nahezu schwarzen Zweigen.

Julia eilte nach unten und zog die große Schiebetür auf.
Sofort umhüllte sie eiskalte Schneeluft, aber sie sog
dennoch mehrere tiefe Atemzüge ein. Es gab kaum einen
besseren Geruch als frisch gefallener Schnee.

Einzelne Schneeflocken tanzten zur Tür herein, also
schloss Julia diese sogleich wieder. Auf ihrem Telefon
suchte sie die Wetterprognose für die kommenden Tage
heraus und grinste erleichtert, als sie von weiteren
Schneefällen las.

Während ihr Teewasser aufkochte, öffnete Julia das zweite
Päckchen des Adventkalenders, aus dem eine weitere
Marzipanschokolade herausfiel.

Sorgfältig legte sie die Schokolade zur Seite, sie würde
diese am Abend genießen.

Nun musste sie sich mal mit Frühstück aufwärmen und
sich Gedanken machen, wie sie die Kälte in der Punschhütte heute gut bewältigen konnte.

Es war ein freundlicher Nachmittag mit entspannten
Weihnachtseinkäufern, die sich beim „Adventkränzchen"
stärkten, bevor sie sich in den nächsten Laden am Hauptplatz begaben. Emily hatte die Wochenenden frei, also
hatte Julia allein sehr viel zu tun und wenig Zeit für

Plaudereien, während sie Punsch ausschenkte und Zimtschnecken wie Zimtsterne verkaufte.

Selbst die Frau des Uhrmachers hatte heute nur für ein freundliches Winken Zeit.

Luis Kramer holte ebenso eine Runde Punsch und eine Runde Zimtschnecken für Amina und ihre Angestellten ab und Otto kam genau zum rechten Zeitpunkt vorbei, als sich eine lange Schlange vor der Hütte gebildet hatte. Mit seinem üblichen Charme und Bürgermeister-Schmäh verwickelte er die wartenden Personen in kurze Gespräche und erleichterte ihnen somit die Wartezeit.

Den ganzen Nachmittag über fiel mal mehr, mal weniger Schnee und der Hauptplatz verwandelte sich beständig in eine zauberhafte Winterlandschaft, die ohne Weiteres in einem Weihnachtsfilm Kulisse sein hätte können.

Als die Dämmerung einsetzte, leuchteten die einzelnen Lichter der quer durch die Stadt verteilten Weihnachtsbeleuchtung auf und ließen die kleinen Schneehauben, unter denen sie strahlten, weihnachtlich glitzern.

In einer kurzen Verschnaufpause nippte Julia am Apfelzimtpunsch, hielt die Tasse vor die Weihnachtsbeleuchtung und schoss ein stimmungsvolles Foto davon, das sie auf Instagram postete und Bella sowie das „Kaffeekränzchen" darin markierte.

Dann gönnte sie sich ein oder zwei Zimtsterne und beobachtete, wie ihr Atem in kleinen Wölkchen durch die spätnachmittägliche Luft tanzte. Es fehlte nur mehr … –

Für einen kurzen Moment erschrak sie. Julia hatte doch tatsächlich, also ganz ohne Zureden von jemand anderem, ganz allein für sich, in einer völlig ruhigen Minute *beinahe* gedacht, *dass jetzt nur mehr Weihnachtsmusik fehlte.*

„Du siehst aus, als hättest du ein Gespenst gesehen." Alex' Stimme riss sie aus ihrer Überraschung und sie konnte nicht anders, als ihm zuzulächeln.

„Ich bin von Weihnachten infiziert", sagte Julia gespielt schockiert.

„Wie hast du denn das bemerkt?", fragte Alex lachend zurück.

„Mir fehlt …", begann Julia, dann lehnte sie sich verschwörerisch nach vorn und senkte ihre Stimme, „mir fehlt die Weihnachtsmusik."

Alex lachte lauthals auf.

„Wie konnte denn das passieren?"

„Das war eindeutig Emilys Gehirnwäsche", erklärte Julia. „Wir verwenden ja üblicherweise ihren Lautsprecher, der heute eben nicht da ist. Und für einen Moment dachte ich grad eben … *es ist so ruhig*!" Julia musste nun über sich selbst lachen. „Das bedeutet allerdings, dass Menschen, denen all die üblichen Weihnachtssongs auf die Nerven gehen, diese nicht *seltener*, sondern eher *viel häufiger* zu hören bekommen sollten, oder?"

Darüber musste Alex lachen. „Ich weiß nicht, ob diese Vorgehensweise tatsächlich mehrheitstauglich ist."

Julia zuckte amüsiert mit den Schultern. „Wenn *ich* da durch musste …"

Sie wurden von einer Familie unterbrochen, die lauthals diskutierte, ob tatsächlich jedes Kind seine eigene Zimtschnecke bekommen sollte oder man sich eventuell eine oder zwei zu viert teilte. Julia wartete geduldig, bis man sich geeinigt hatte, und versorgte die Familie dann mit ihrer Bestellung. Dann wandte sie sich wieder an Alex, der ihr bei der Arbeit zugesehen hatte.

Julia bot Alex ebenso Punsch an und während er an seiner Tasse nippte, unterhielten sie sich über den Schneefall, den turbulenten Nachmittag im „Adventkränzchen" und die Schularbeiten, die Alex an diesem Tag bereits korrigiert hatte. Julia verbarg ihr Schaudern, das sie jedes Mal beim Gedanken an Matheschularbeiten überkam.

Als Alex seinen Punsch ausgetrunken hatte, bedankte sich Julia ein weiteres Mal für den Adventkalender.

„Das wäre nicht nötig gewesen", beharrte sie.

„Doch", antwortete Alex, „man braucht einen Adventkalender zu Weihnachten. Ohne den macht die Vorweihnachtszeit nur halb so viel Spaß."

„Vielen Dank", wiederholte Julia zum gefühlt hundertsten Mal.

Alex lächelte ihr zu und für ein, zwei oder drei Sekunden knisterte die Luft zwischen ihnen und Julia hielt die Luft an. Irgendetwas war da …

„Hör mal", sagte Alex schließlich, „bei Schneefall gibt es immer Schlittenfahrten hier in der Stadt."

„Tatsächlich?", fragte Julia ungläubig. „Davon wusste ich gar nichts."

„Nun ja, es schneit ja nur mehr sehr selten so viel wie jetzt gerade eben", rief ihr Alex in Erinnerung. Die Winter in der Gegend waren in den vergangenen Jahren tatsächlich mehrheitlich grün gewesen, nur von einzelnen mageren Schneetagen durchbrochen. Und so früh zu Beginn eines Winters hatte es ohnehin sehr selten geschneit.

„Jedenfalls", setzte Alex fort. „Jedenfalls gibt es sonntags immer diese Pferdeschlittenfahrten." Alex räusperte sich ein wenig verlegen. „Rund um den Sportplatz", murmelte er und Julia grinste. „Aber das ist sehr nett. Und ich wollte das immer schon mal machen. Und sonntags ist das ‚Adventkränzchen' ja nicht so lang geöffnet, oder?"

Julia schüttelte den Kopf und Alex' Miene wurde von plötzlicher Enttäuschung überzogen. „Wir haben morgen nicht so lang offen", erklärte Julia und sah Alex direkt an. „Ich würde gerne mit dem Pferdeschlitten fahren."

„Ja?", Alex strahlte sie an.

„Ja", sagte Julia.

„Hach", seufzte Bellas Stimme plötzlich in Julias Ohr und sie wirbelte herum.

„Ach, lasst euch nicht stören", sagte Bella, die sich aus unerfindlichen Gründen an Julia heranschleichen hatte können. „Ich kann morgen Nachmittag früher von Julia übernehmen. Du brauchst ohnehin mal frei!"

„Aber … –", begann Julia.

„Wann holst du sie ab?", fragte Bella Alex.

„Um 15:00 Uhr?", antwortete Alex und klang gar nicht so sicher dabei.

„Perfekt!", antwortete Bella und Julia schüttelte grinsend den Kopf.

„Ich freu mich", sagte sie zu Alex.

„Und ich mich erst", sagte Bella, noch bevor Alex etwas sagen konnte.

15. Kapitel

Am Sonntag in der Früh erwachte Julia zum dritten Mal in dieser Woche ohne tränennasses Gesicht.

Vielleicht lag das am Schnee!

Julia schmunzelte über ihre Gedanken und streckte sich genüsslich im Bett, um den Schmetterlingen in ihrem Bauch etwas mehr Platz zu geben. Heute Nachmittag … nach ihrem Dienst im „Adventkränzchen" … Julia streckte sich erneut, bis das Kribbeln in ihren kleinen Zehen etwas nachließ, dann schlug sie die Decke zurück und begann mit ihrem Tag.

Den wärmenden Haferbrei verschlang Julia heute in Windeseile, nachdem sie die erste Kerze an ihrem Adventkranz entzündet hatte. Mit ihrer Teetasse in Händen schlurfte sie zum großen Fenster des Gästehauses. Julia hatte sich eine der Wolldecken um ihre Schultern gewickelt und seufzte zufrieden, als sie auf die

Apfelbäume und die dahinter liegende Hügellandschaft blickte.

Über Nacht hatte es noch mehr geschneit und der Schnee reichte mittlerweile bis direkt vors Fenster. Auch jetzt fielen noch dicke Schneeflocken, wenn auch nicht so dicht, aber die Wettervorhersage hatte ihnen noch einige weitere Zentimeter weißer Flocken versprochen.

Julia notierte sich in ihrem Hinterkopf, dass sie Bella nach einem wärmeren Mantel für Emily fragen musste. Das Mädchen zeigte zwar kaum Anzeichen, dass die Kälte ihr etwas ausmachte, aber Julia fühlte sich eigenartig verantwortlich für Emily – jetzt noch mehr, seit sie ein bisschen mehr von ihrer Geschichte kannte.

Julia seufzte erneut, diesmal aus Mitgefühl, und ließ ihren Gedanken weiter freien Lauf. Sie freute sich auf den Nachmittag in der Punschhütte, die im Schnee einen besonderen Zauber ausstrahlte. Und sie freute sich auf die Schlittenfahrt danach, wenn sie die Schmetterlinge in ihrem Bauch richtig interpretierte.

Das war ein Date! Oder? Ein richtiges Date!

Julia dachte nach, wann sie das letzte Mal mit jemandem einfach so verabredet gewesen war. Natürlich hatte sie hin und wieder – wenn es ihre Arbeit erlaubt hatte – das eine oder andere Date in einer Bar oder einem Coffee Shop vereinbart. Aber – und so ehrlich musste sie zu sich sein – sehr viele dieser Dates waren von ihr in letzter Minute abgesagt worden: weil Kalle noch kurzfristig einen weiteren Report benötigt hatte, weil ihr Team Überstunden machen hatte müssen, weil irgendein akuter Notfall in der Arbeit aufgekommen war.

Und zu einem weiteren Termin war es schlussendlich nie gekommen, meistens, weil sich Julia dafür geniert hatte, die erste Verabredung abgesagt zu haben.

Im ersten Moment wurde Julia wütend, als sie an die vergeudete Lebenszeit dachte, die sie Kalle und ihrer Arbeit gewidmet hatte. Und wie wenig Dank sie schlussendlich dafür erhalten hatte! Gekündigt per E-Mail! Von einer Sekunde auf die andere! Das war doch wirklich unerhört!

Julia dachte an ihre ehemaligen Kollegen, die ihre Wut in Whatsapp-Gruppen und (vermutlich unnötigem) Aktionismus kanalisierten – und zum ersten Mal verstand Julia sie ein bisschen besser.

Dennoch wollte sie nicht dabei sein und mit ihnen mitmachen.

Denn das Gefühl, das sich nach diesem spontanen Ärger über ihren ausbeuterischen Job ebenso langsam einschlich, war eines, das sie schon sehr lang nicht mehr so deutlich wahrgenommen hatte: Ruhe.

Unterstützt vom Alltagsgeräusche dämpfenden friedlichen Schneefall spürte Julia, wie ihre Atemzüge ihren Bauch anhoben und wieder senkten. Und sie wusste, dass heute kein Kalle, kein Report-Notfall, keine ungeplanten Überstunden dieses Date verhindern würden.

Da flatterten ihre Schmetterlinge im Bauch wieder hoch.

„Hey", sagte Alex und seine Augen blitzten auf. Er trug eine dunkelblaue Wollmütze, die das Blau in seinen Augen noch mehr zum Strahlen brachte und auf der vereinzelte Schneeflocken glitzernd schmolzen.

„Hey", antwortete Julia und klang fast ein wenig atemlos dabei.

„Meine Güte, sind die süß!", hörte sie Bella hinter sich flüstern. „Otto, sind die nicht süß? Waren wir auch mal so lieb?"

Julia spürte, wie ihre Wangen warm wurden vor lauter Verlegenheit und sie drehte sich zu einem grinsenden Otto und einer verträumt dreinsehenden Bella um, warf den beiden den wütendsten Blick, den sie zustande brachte, zu und hakte sich dann bei Alex unter.

„Die Familie kann man sich leider nicht aussuchen", sagte sie so laut, dass Bella sie hören konnte und begleitet von lautem Gelächter von Otto und Bella im Hintergrund gingen Alex und Julia los.

Auf dem Weg zum Sportplatz erkundigte sich Alex, ob Julia wohl warm genug angezogen war. Die Schlittenfahrt dauerte zwar nicht sehr lang, aber es konnte einem doch sehr kalt dabei werden.

„Ich stehe seit zwei Wochen jeden Nachmittag im Freien und verkaufe Zimtschnecken", lachte Julia, „ich habe eine andere Definition von ‚kalt'."

Alex lächelte ihr erleichtert zu und zog sie an ihrem Arm näher zu sich.

· · ·

Als die Pferde schlussendlich langsam lostrabten, setzte wieder stärkerer Schneefall ein. Manche der Schneeflocken hatten mehrere Zentimeter Durchmesser und Julia hob ihr Gesicht erstaunt in Richtung Himmel.

„Das habe ich so bestellt", behauptete Alex und klang dabei aber sehr verschmitzt.

„Das ist perfekt", antwortete Julia und klang erneut atemlos.

In der ersten Kurve saßen sie schweigsam nebeneinander, umhüllt von dichtem Schneefall, der sich schnell auf ihren Schaffell-umwickelten Knien sammelte. Der Kutscher hatte sie vor der Abfahrt mit einem neugierigen Blick bedacht und sie dabei mit mehreren Schaffellen versorgt, die Julia und Alex nun rund um ihre Beine gewickelt hatten.

Julias Nervenenden waren so alarmiert wie schon lang nicht mehr. Jedes Geräusch, jede noch so kleine Bewegung, jeder Atemzug von Alex wurde von ihr registriert. Die Schmetterlinge in ihrem Bauch potenzierten sich mit jedem einzelnen Meter, den die Kufen sie über den Sportplatz zogen.

Julia spürte die Schneeflocken, die über ihre Wangen strichen, sie spürte das gemütliche Schaukeln der Kutsche und sie spürte, wie Alex dadurch immer weiter und immer näher an sie heranrutschte. Bis sie gemeinsam mit ihm diesen fellgewärmten Kokon bildete, aus dem Julia niemals wieder aussteigen wollte.

Es fühlte sich fast so heimelig und angenehm an wie das gemeinsame Aufwachen mit Alex im Gästehaus und dieser Gedanke machte ihr im ersten Moment ein wenig Sorgen. So sehr sie diese Gemütlichkeit genoss, wollte sie sich dennoch nicht allzu sehr daran gewöhnen. Ihr Kopf war so darauf trainiert, nichts hier in ihrer alten Heimat gut oder *bleibenswert* zu befinden, dass ihr dieses wohlige Kokon-Gefühl fast ein wenig ungelegen kam.

Aber da waren schließlich die ganzen Schmetterlinge im Bauch, die keinesfalls ignoriert werden wollten, und dazu dieses Gefühl, dass Julia genau in diesem Moment an keinem anderen Ort der Welt sein wollte.

Also entschied sich Julia nach einer kurzen irritierten Sekunde zwischen erster und zweiter Kurve doch noch dafür, ihre eigenen Vorbehalte zu ignorieren und die Gemütlichkeit dieses Sonntagnachmittags vollends auszukosten: keine Überlegungen mehr zu ihrem Leben in Wien, keine sorgenvollen Gedanken zu möglichen Abschieden. Sie wollte einfach nur diese Wärme genießen. Und Alex' Lächeln.

Also rückte sie auch ein Stück in seine Nähe, verkleinerte den Raum in ihrem Kokon und erntete dafür ein weiteres Aufblitzen in Alex' blauen Augen. Er legte seinen Arm um ihre Schultern und zog sie sogar noch ein Stückchen näher an sich heran.

Ja, es war an der Zeit, dass alle Gedanken und Sorgen und Erwartungen mal endlich Pause machten! Sie war nun hier, mitten auf diesem dicht verschneiten Sportplatz und hatte den Arm eines wunderschönen Alex um ihre Schultern.

Mit erwartungsvollem Kribbeln im Bauch tastete Julia schließlich unter dem Schaffell nach Alex' anderer Hand, die – wie ihre – in dicken Handschuhen steckte. Fäustling an Fäustling, Schulter an Schulter nahmen sie die nächste Kurve.

Und Julia lehnte sich noch ein Stück weiter zurück. Und an Alex.

16. Kapitel

Die neue Woche begann für Julia mit einem schneeverzauberten Traum, aus dem sie von ihrem Handy-Klingelton unsanft geweckt wurde.

Julia schrak hoch, registrierte die dunklen Wolken vor dem Gästehaus und dass sie wiederum ohne Tränen im Gesicht aufgewacht war. Ihr Handy läutete unerbittlich durchs Morgengrauen und Julia sah, dass sie die Telefonnummer am Display nicht kannte.

„Ja?", fragte sie hektisch, nachdem sie das Gespräch angenommen hatte.

„Guten Morgen!", trällerte eine Frauenstimme ins Telefon und erkundigte sich, ob sie tatsächlich mit Julia sprach.

Julia nickte.

Alex lächelte sie an. Sein Gesicht war so nah. So nah wie noch nie zuvor …

„Hallo?", fragte die Stimme am anderen Ende der
Leitung.

„Ja, ich bin hier", antwortete Julia, nachdem sie sich aus
den Erinnerungen an den Traum, den sie gerade noch
gehabt hatte, losgerissen hatte.

„Rufe ich ungelegen an?", fragte die Dame.

„Nein, nein", beschwichtigte Julia.

Alex war nur gerade dabei, mich zu küssen.

„Was kann ich für Sie tun?", fragte Julia schließlich mit
etwas stabilerer Stimme. Es war ja doch nur ein Traum
gewesen. Ein Traum, der ihr Date vom Vortrag quasi fort-
gesetzt hatte, aber dafür hatte sie nun leider keine Zeit.
Denn der Enthusiasmus in der Stimme der Dame stieg
um noch ein paar Stufen, als sie Julia eröffnete, dass man
„richtig, richtig begeistert" von ihrer Bewerbung gewesen
war und dass man sie „richtig, richtig gerne" zu einem
Vorstellungsgespräch einladen wollte. Es wäre auch „richtig, richtig super" von Julia, wenn sie diese Woche noch
Zeit dafür hätte.

Sie einigten sich schließlich auf Donnerstagvormittag.
Julia konnte den Termin persönlich und nicht via Zoom
wahrnehmen, da dieser Job im nahen Graz ausge-
schrieben gewesen war.

„Es hat mich richtig, richtig gefreut, mit Ihnen gesprochen
zu haben", verabschiedete sich die Dame aus der Personalabteilung und Julia grinste ins Telefon, bevor sie
auflegte.

Dann ließ sie sich mit einem leisen Jubelschrei auf ihren Kopfpolster zurückfallen! Endlich bewegte sich etwas an der Jobfront!

Julia war erleichtert und sie freute sich „richtig, richtig", zu dem Termin geladen worden zu sein.

Und bald drängten sich wieder Erinnerungen an ihren nicht beendeten Traum in ihr verschlafenes, unsanft aufgewecktes Hirn, sie spürte die Nähe von Alex wie im Traum, spürte seinen Blick, erinnerte sich an seinen Geruch … ein Hauch von Kokosbusserln, gemischt mit Vanillekipferln, dazu etwas Orangenpunsch.

Hatte sie diese Woche Zeit, ein paar Kokosbusserln zu backen?

Julia wechselte in den Projektmanagement-Modus. Sie musste Bella Bescheid geben wegen des Vorstellungsgesprächs, weil Julia am Donnerstag wohl das „Adventkränzchen" nicht öffnen würde können. Aber eventuell konnte Emily dabei helfen …?

Julias Gedanken sprangen hin und her. Diese Bank, bei der sie sich am Donnerstag vorstellen würde, war näher an Frischthal als ihre bisherigen Jobs, aber würde sie wieder so weit in die Nähe ziehen wollen, um hier arbeiten zu können? Auf der anderen Seite war der Job auch endlich der nächste, ihrer Meinung nach überfällige Karriereschritt.

Julia überlegte zudem, wann sie bis Donnerstag Zeit finden würde, um sich auf das Vorstellungsgespräch vorzubereiten. Sie würde die Yoga-Stunde am Donnerstagmorgen ausfallen lassen müssen, aber eventuell fand sie am Mittwoch dann Zeit dafür. Doch wann würde sie …?

Mit einem lauten frustrierten Aufseufzen drückte sich Julia noch weiter in den Kopfpolster und hielt sich die Hände vor die Augen.

Vorbei war es mit dem Kokon-Gefühl des Vortags und der Jubelstimmung von vor ein paar Minuten, die echte Welt hatte wieder angeklopft und plötzlich schienen 24 Stunden an einem Tag nicht mehr ausreichend.

Julia sah auf die Uhr auf ihrem Handy-Display: Es war noch nicht mal 8 Uhr morgens und die Woche fühlte sich an wie ein in der Wäsche eingelaufenes T-Shirt.

Seufzend öffnete sie ihre Notiz-App am Telefon, wie immer, wenn ihr ihre Gedanken zu viel wurden. Automatisch tippte sie auf das Bullet-Symbol, das einen kleinen Kreis in die App zeichnete, neben den Julia das erste To-do schrieb. Das Bullet-Symbol würde ihr das Abhaken ihrer To-dos mit Farben unterstreichen, wie schon in all den Wochen und Monaten und Jahren zuvor.

Es würde ihr aber ebenso dabei helfen, ihre Zeit und ihre Tage unter Kontrolle zu behalten, ihr das Gefühl zu geben, am Leben teilzuhaben, statt das Leben an sich vorbeiziehen zu lassen.

Also wiederholte sie die Handbewegungen so lang, bis sie ihre To-do-Liste strukturiert und nach Dringlichkeit sortiert hatte.

Dann stand sie auf und kümmerte sich um ihr Frühstück.

Die Woche entwickelte sich jedoch entspannter, als es Julias Montagmorgen vermuten hatte lassen. Mit Bella war das Nötigste schnell besprochen und sie einigten sich darauf, dass die Hütte am Donnerstag notfalls später öffnen würde, falls Julia nicht rechtzeitig aus Graz zurückkehren würde.

Julia hatte Bellas meinungsschwangeres „Wenn du das möchtest …" ignoriert und sich eher darauf konzentriert, dass sie schnellstmöglich einen wärmeren Mantel für Emily organisierten. Wie erwartet hatte sich das Mädchen dagegen gewehrt, dass Julia und Bella ihr einfach einen neuen Mantel kauften. Emily wollte auch das Geld nicht aus ihrem Gehalt vorgestreckt bekommen, um sich selbst einen Mantel zu besorgen. Also hatte Bella einfach all ihre Freundinnen durchtelefoniert und nur eine gute Stunde später stand Lucy mit einem dicken Daunenmantel aus ihrer eigenen Garderobe vor der Punschhütte und drückte diesen Emily in die Hand.

„Das ist ab sofort verpflichtende Arbeitskleidung", behauptete Julia und Emily verdrehte – natürlich – die Augen deshalb. „Du kannst den Mantel die ganze Zeit über behalten oder du ziehst ihn nur an, wenn du hier bist. Aber *wenn* du hier bist, trägst du den Temperaturen angemessene Kleidung. Das fällt sonst auf uns zurück, wenn du schlotternd neben uns stehst. Und wir brauchen dich hier und nicht im Krankenstand." Von Julias kurzem Vortrag schien der letzte Satz am ehesten die Wirkung zu erzielen, die sie erhofft hatte, und Julia versprach sich selbst, sich diese neue Entdeckung über Emily zu merken.

• • •

Die Schneedecke, die sich in den vergangenen Tagen über die Stadt gelegt hatte, hielt beharrlich an, selbst wenn immer wieder mal zwischendurch die Sonne durch die Wolken brach und den Schnee um sie herum zum Glitzern brachte.

Die Frau des Uhrmachers schaute weiterhin regelmäßig auf einen kurzen Plausch vorbei so wie auch Otto, Amina und Luis Kramer zu ihren Stammgästen wurden. Eine Handvoll 12-jähriger Mädchen und Buben überlegte sogar, eine Online-Petition für ganzjährigen Zimtschnecken-Verkauf zu starten, nachdem sie erfahren hatten, dass es die Zimtschnecken nur zur Weihnachtszeit im Angebot des „Adventkränzchens" gab.

Emily amüsierte sich königlich über die Kinder und vor allem darüber, dass sie ihre Zimtschnecken erst aus allen Perspektiven fotografierten und filmten, bevor sie diese in weniger als 45 Sekunden inhalierten.

Julia hatte bereits bemerkt, dass sich Emily selten mit ihrem Telefon beschäftigte. Sie hatte ein altes Smartphone, über dessen Display mehrere Sprünge liefen, das aber dennoch voll funktionsfähig war. Emily hatte aber noch nie Anstalten gemacht, irgendetwas in der Punschhütte zu filmen oder zu fotografieren – weder die Produkte noch Julia noch sich selbst, so wie es andere Teenager in ihrem Alter eigentlich machten.

Emily schien auch keine Computerspiele zu spielen oder auf irgendwelchen Apps herumzuhängen, die sonst jeden anderen Menschen, den Julia kannte, süchtig gemacht hätten. Julia vermutete, dass es einerseits eventuell eine Geldfrage, aber wohl auch eine Form von sozialem

Rückzug war, dass sich Emily so wenig digital verwirklichte.

Julia war jedenfalls froh, dass sich Emily – unabhängig von ihrem Handykonsum – als verlässliche Mitarbeiterin entpuppte. So nach und nach taute sie auf und kam vor allem mit den Stammgästen des „Adventkränzchens" immer wieder gerne ins Gespräch. Was Julia besonders beeindruckte, war, dass sich die Bewohner der Stadt so behutsam und rücksichtsvoll Emily annäherten. Julia war sich sicher, dass fast jeder irgendeine Version von Emilys Geschichte und ihrer nicht präsenten Familie kannte, aber dennoch schien niemand der wiederkehrenden Gäste irgendwelche Vorbehalte oder Vorurteile im Umgang mit ihr zu zeigen. Jeder begegnete ihr mit Respekt, Freundlichkeit und auch Distanz, wenn es nötig war.

Und Julia war überrascht, wie sehr sie diese Eigenschaft der Stadtbewohner hier vermisst hatte. Diese Freundlichkeit und Unvoreingenommenheit, mit der man hier fremde oder möglicherweise auch nur zurückgezogene Menschen integrierte, rührte sie fast zu Tränen.

Das Thema besprach Julia auch mit Alex, der tatsächlich jeden Nachmittag der Woche kurz vorbeischaute und sich durchs Sortiment kostete.

Alex gab ihrer Beobachtung zwar recht, hielt aber dennoch dagegen, dass es vor allem die Community rund ums „Kaffeekränzchen" war, die sich so verhielt.

„Es gibt schon auch genügend Leute hier, die ständig über alles stänkern", behauptete er, „aber das sind auch die, die niemals diese köstlichen Zimtschnecken kosten würden. Das würde sie bekehren."

„Hör auf!“, wehrte Julia verlegen ab. „So gut sind sie wirklich nicht.“

„Doch“, beharrte Alex. „Mehr Zimtschnecken. Mehr Weltfrieden.“

Julia grinste. „Das wäre mal ein Werbeslogan!“

Sie unterhielten sich noch eine Weile und kurz darauf verabschiedete sich Alex von Julia mit einer Umarmung.

Als Julia sich wieder zu Emily in die Punschhütte gesellte, empfing sie diese mit einem schelmischen Grinsen.

„Was?“, fragte Julia und merkte, wie sie wieder einmal rot wurde.

Emilys Grinsen wurde bloß noch breiter. „Er mag dich“, sagte sie dann und ihre Augen strahlten auch noch dazu.

„Ach …“, begann Julia abwehrend.

„Nein“, unterbrach Emily sofort, „du kannst mir das nicht ausreden. *Jeder* hier hat das schon beobachtet.

„Was?“, fragte Julia erneut, aber diesmal klang sie eher ungläubig. Wenn nicht sogar etwas panisch.

„Naja, wie er dich immer ansieht. Und wie er deine Haarsträhnen wegstreicht, während du sprichst, und wie er immer versucht, dich irgendwo anzugreifen. Nicht dass du es spüren würdest, bei dieser Nordpolforscherkleidung, die du trägst.“ Emily grinste weiter. „Aber er probiert es!“

„Tatsächlich?“, fragte Julia erstaunt.

Emily nickte heftig.

„Jeder beobachtet das?“, fragte Julia nach.

Noch heftigeres Nicken. „Ja!", rief Emily aus. „Die Frau des Uhrmachers hat diese leichten Berührungen am Oberarm entdeckt. Luis Kramer fand die Sache mit den Haarsträhnen einen hervorragenden Schachzug von Alex. Und Amina seufzt immer heimlich, wenn Alex seinen Kopf schief legt, wenn er dir zuhört. Und dann beißt er sich leicht auf die Unterlippe …"

Julia lachte verlegen und boxte Emily leicht in die Schulter. „Du machst dich über mich lustig!"

„Überhaupt nicht!" beharrte Emily. „Wir haben es ja alle gesehen!"

„Oh mein Gott!" Julia verbarg ihr Gesicht in ihren Fäustlingen, bis Emily ihr die Hände vom Gesicht zog.

„Das ist doch nicht schlimm!"

„Natürlich ist es nicht schlimm", sagte Julia. „Es ist einfach nicht wahr! Warum sollte er …?" Sie schluckte. „Ich meine, er hat ja eigentlich hier eine tolle Auswahl …" Sie schluckte nochmals. „So jemand wie er würde doch niemals …"

Emily legte nun auch ihren Kopf schief, um Julia streng anzusehen.

„Ich hoffe, du denkst nicht mal einen dieser Sätze zu Ende!", schalt das Mädchen sie.

„Ich …", setzte Julia fort, aber Emily wachelte mit ihrer Hand vor ihrem Gesicht herum.

„Es braucht keinen Grund, warum er dich mag", behauptete Emily mit einer Altklugheit, die Julia nicht behagte.

Sollte nicht eigentlich *sie* diejenige sein, die Emily Ratschläge und Mut in Liebesdingen zusprach?

Emily richtete sich auf und sah Julia direkt an: „Niemand braucht einen Grund, um gemocht zu werden."

In Emilys Stimme klang so viel mehr Wissen und Vergewisserung mit, dass sich Julia sicher war, dass sie nun nicht mehr nur über Alex' mögliche Gefühle für sie sprachen.

Also umarmte Julia Emily kurz, weil sie einfach nicht wusste, was sie dazu sagen sollte, und drückte sie fest. So fest es ihre Daunenjacken eben zuließen. Und auch nur so lang, bis sich das Mädchen aus ihrer Umarmung wand und sich wieder den sauberen Punschtassen widmete.

Julia drehte sich lächelnd zu neuen Kunden um und schwor sich, als einen ihrer Neujahrsvorsätze diese sich zart aufbauende Freundschaft zu Emily so lang wie möglich fortzusetzen.

Wenn sie *eine* Sache in diesem Jahr richtig gemacht hatte, dann war es die Chance, die sie dem Mädchen mit der Arbeit im „Adventkränzchen" gegeben hatte.

17. Kapitel

Am Donnerstagvormittag machte sich Julia zu Fuß auf den Weg zum Bahnhof, um mit dem Zug zum Bewerbungsgespräch nach Graz zu fahren. Nach ein paar sonnigen Stunden am Vortag hatte es in der Nacht erneut gefroren, was das Tauwasser zu Eis werden hat lassen und Julia wagte es daher nicht, mit ihrer E-Vespa bei diesen Bedingungen zu fahren. Auch wenn es nur die kurze Strecke zu Bahnhof war.

Nur wenige Schritte über den Hof des Gästehauses zeigten ihr, wie unberechenbar der Untergrund tatsächlich war, als sie auf eine unter Schnee liegende Eisplatte trat und beinahe ihr Gleichgewicht verloren hätte. Aber ihr Körper reagierte instinktiv. Und selbst wenn ihr der Schrecken für einen Moment in die Knochen fuhr, fing sie sich überraschend schnell und sicher wieder auf, verhinderte so einen zweifellos schmerzhaften Sturz.

Julia fand ihre Reaktion überraschend souverän und war sich sicher, dass sie im vergangenen Winter bei Weitem nicht so behände reagiert hätte, sondern vermutlich behäbig wie ein Käfer auf dem Rücken gelandet wäre. Julia beschloss, in der nächsten Yoga-Stunde von ihrem Beinahe-Sturz zu erzählen und nachzufragen, ob sich das regelmäßige Training tatsächlich so schnell auf ihre Balance auswirken konnte.

Was sie jedoch unbestritten jetzt schon fühlte, so kurz, nachdem sie ihre morgendlichen Yoga-Trainings aufgenommen hatte, war ein für sie neues Gefühl der Zufriedenheit – mit sich und mit der Konsequenz, mit der sie zum Yoga ging. Denn auch wenn das Vorstellungsgespräch in dieser Woche etwas Unruhe in ihren Zeitplan gebracht hatte, mochte Julia ihren neuen Tagesrhythmus. Sie mochte den gemütlichen Start in den Tag, der ihr regelmäßiges Yoga-Training erlaubte. Sie mochte die Stammgäste sowie die täglich neuen Gäste im „Adventkränzchen". Sie mochte es, dass Alex regelmäßig zu Besuch kam, und sie mochte es, wie sich Emily so nach und nach aus ihrer Schale herauslöste.

Und nun mochte sie es, dass sie sich sogar auf eisigem Weg auf ihren Körper verlassen konnte, der sich – trotz des kurzen Schocks – nun wieder richtig gut anfühlte.

Diese Empfindung war so neu für Julia, dass sie unterwegs beinahe einen kleinen Wechselschritt eingebaut hätte, um ihrem plötzlich empfundenen Glück irgendwie Ausdruck zu verleihen.

. . .

Zu Fuß kam Julia bald gut voran, die öffentlichen Gehwege waren schlussendlich weniger eisig als erwartet, und so blieb ihr sogar noch ein bisschen Zeit vor der Abfahrt ihres Zuges, die sie für einen kurzen Umweg zum Eislaufplatz nutzte.

Seit Tagen schon herrschte unter den Stadtbewohnern große Aufregung, weil es endlich mal besonders früh im Jahr kalt genug war, um den Eislaufplatz in Betrieb zu nehmen. Seit wenigen Tagen kamen Schulklassen und Stadtbewohner aller Altersklassen zum Eislaufen auf einem wenig benützten Parkplatz in der Nähe des Sport-platzes.

Bella hatte natürlich sofort überlegt, hier ein weiteres „Adventkränzchen" aufzustellen, aber Julia hatte ihr das mit wenigen Worten („zu wenig Personal" und „Denk nicht mal dran, dass ich noch mehr Zimtschnecken backe!") sehr schnell wieder ausgeredet.

Obwohl es noch nicht sehr spät am Vormittag war, tummelten sich einige Leute auf dem Eislaufplatz. Julia sah hauptsächlich Kinder, die sich gegenseitig übers Eis jagten, dazwischen einige Eltern, die Kleinkinder bei ihren ersten Rutschversuchen stabilisierten, sowie einige Lehrerinnen und Lehrer, die in Kleingruppen am Rand des Platzes das Geschehen auf dem Eis beobachteten.

Und mittendrin auf einer Bank saß Emily, trank aus der Thermoskanne, die ihr die Frau des Uhrmachers vor ein paar Tagen mit Kakao überreicht hatte.

„Guten Morgen", sagte Julia, als sie sich dem Mädchen näherte und sich auf die Bank neben sie setzte.

Emily sah ein wenig verlegen aus, lächelte ihr dann aber zu.

„Was trinkst du?", fragte Julia, aber Emily gab ihr keine Antwort, richtete bloß ihren Blick hinaus aufs Eis und Julia tat es ihr gleich.

„Wolltest du heute nicht nach Graz?", fragte Emily und Julia bejahte.

„Ich habe noch etwas Zeit, bevor der Zug fährt", erklärte sie.

Julia sah zwei Väter, wie sie ihre etwa dreijährige, lauthals begeistert jauchzende Tochter hochhoben, nachdem sie aufs Eis geplumpst war. Sie sah drei Burschen im Teen-ageralter, die sich in Höchstgeschwindigkeit übers Eis jagten und mit Tempo schnelle Drehungen probten. Ein Mädchen im gleichen Alter näherte sich ihnen und deutete in Zeitlupe an, mit welcher Schrittfolge sie Pirou-etten drehte und alle vier übten daraufhin Drehungen, meistens lachend, wenn einer von ihnen hinfiel.

Julia sah drei Mütter, die ihre Kinder mithilfe dieser stüt-zenden Plastikpinguine übers Eis schoben und sie an die Oberfläche zu gewöhnen versuchten. Und sie sah einen Vater, der inmitten einer Kindergartengruppe stand und langsam Schlittschuhbewegungen vorführte. Nur drei von sieben Kindern hörten ihm zu, ein viertes sang lauthals, zwei weitere schubsten sich unter lautem Gelächter und das siebente Kind probierte gerade, seine Eislaufschuhe wieder auszuziehen.

„Es ist wie ein Realität gewordenes Wimmelbuch hier",
fasste Emily das Spektakel vor ihren Augen zusammen
und klang dabei fast verträumt.

Julia sah zu ihr, sah ihr Lächeln und lehnte sich leicht an
ihren Oberarm. Was auch immer Emily hier sah, was
auch immer sie bewogen hatte, hierher zu kommen, es
machte Emily glücklich. Und ruhig. Und zufrieden.

„Ich muss langsam weiter", sagte Julia nach einigen
Minuten. „Wir sehen uns später", kündigte sie an

„Vergiss nicht, deinem Lover ‚Hallo' zu sagen!", antwortete Emily.

„Hm?", fragte Julia, aber Emily nickte nur leicht in Richtung einer Lehrerrunde am Rande des Eislaufplatzes.
Und tatsächlich: Mittendrin stand Alex, lachte und
scherzte wie immer mit seinen Kollegen. Und sah plötzlich auf, als hätte er Julias Blick gespürt. Er hielt mitten in
der Bewegung inne, lächelte ihr zu und hob die Hand,
um ihr zuzuwinken.

Leider brachte das nicht nur seine Kollegschaft dazu, sich
nach ihr umzudrehen, sondern – wie es aussah – auch
seine halbe Schulklasse, die sich in der Nähe befand und
nach einigen kurzen Blicken hin und her in lautes Gejohle
ausbrach.

„Herr Professor, sind Sie in diese Frau verliebt?", brüllte
ein besonders vorlautes Kind hervor.

„Wer ist das?"

„Ist das Ihr Typ Frau, Herr Professor?"

„Das ist doch die, die immer Zimtschnecken verkauft!"

„Ähh, die lässt uns nie den *richtigen* Punsch trinken."

„Was sind Zimtschnecken?"

„Was ist ‚richtiger' Punsch?"

„Herr Professor, heiraten Sie jetzt endlich? Die Freundin meiner Mutter wollte das nämlich … –"

„Wo gibt's hier Zimtschnecken?"

Julia wollte am liebsten im Boden versinken, aber Alex schlenderte bloß grinsend zu ihr und sie fand, er ging – unter den Augen seiner Schulklasse – besonders lässig auf sie zu.

Julia konnte nicht anders, als ihm zuzulächeln.

„Das ist dein Alltag?", fragte Julia, als Alex direkt vor ihr zu stehen kam, und nickte in Richtung der Schüler.

Alex zuckte mit den Schultern. „Das ist morgen schon wieder vergessen", behauptete er. „Bist du unterwegs zum Zug?"

Julia nickte. „Ich hatte ein wenig Zeit und habe Emily hier gesehen …"

Alex beugte sich an ihr vorbei, sah Emily und lächelte ihr zu. „Hi, Em!" Er winkte leicht.

„Hi, Al!", antwortete Emily, ihre Stimme vor Sarkasmus triefend.

„Willst du dich zu uns stellen?", fragte er Emily, aber diese schüttelte schnell den Kopf.

„So viel geballte Pädagogik verträgt mein Magen am Vormittag noch nicht."

„Alles klar", grinste Alex, dann wandte er sich wieder an Julia. „Alles Gute für dein Gespräch!" Er drückte sie leicht. „Ich muss jetzt wieder zurück."

„Ich muss jetzt eh auch los, sonst verpasse ich meinen Zug", erklärte Julia. Sie verabschiedete sich von Alex und Emily und ging einige Schritte los, bis sie Alex' Stimme erneut hinter sich hörte.

„Hey, Jules!", rief er, sodass ihn leider auch der halbe Eislaufplatz hören konnte, was seine Schülerinnen und Schüler nur zu erneutem Gejohle motivierte.

Julia schüttelte grinsend den Kopf, als sie sich nach ihm umdrehte.

„Ja?", fragte sie, die Schmetterlinge in ihrem Bauch, die der Spitzname in ihr ausgelöst hatte, ignorierend.

„Ich will heute Abend alle Details hören, okay?"

Sie nickte ihm lächelnd zu und winkte ihm nochmals.

Dann blendete sie die Scherze seiner Schüler aus und ging endlich los, um ihren Zug zu erreichen.

Sie hatte sich und der Welt heute noch etwas zu beweisen.

Julia hatte richtig gute Laune. Und sie hatte ständig Diane Keaton vor Augen, die am Ende des Films „Baby Boom" auf der Toilette eines Firmen-WCs vor dem Spiegel stand und euphorisch auf das Waschbecken vor ihr trommelte. „Ich bin wieder da!", jubelte Diane sich erfreut zu.

Und genau so fühlte sich Julia: *Sie war wieder da.*

Das Vorstellungsgespräch verlief ihrer Meinung nach hervorragend. Binnen kürzester Zeit war sie wieder im vertrauten Jargon angekommen, ließ Fachbegriffe und ihr Know-how wie nebenbei ins Gespräch einfließen.

Natürlich war es ein wenig eigenartig gewesen, als die Chefin der Abteilung, in der Julia arbeiten würde, davon sprach, dass man es „bevorzugen würde, wenn Sie in der Betriebskantine essen", anstatt für die Mittagspause das Haus zu verlassen. Zweiteres würde womöglich die Pause unnötig verlängern. Ebenso eigenartig war vielleicht der Hinweis, dass die Kantine auch abends geöffnet hatte, was zwar womöglich für die Qualität des Essens sprach, aber ebenso auf lange Arbeitszeiten in der Bank hindeutete.

Aber Julia war dafür bereit. Sie hatte immer schon viel und lang und, wenn nötig, rund um die Uhr gearbeitet. Und so hatte sie sich einen Job wie diesen verdient. Sie hatte ihn sich wortwörtlich erarbeitet.

Julia war sich sicher, dass sie dem Team ihre Bereitschaft, viel und gerne und engagiert zu arbeiten präsentieren hatte können und das gab ihr ein gutes Gefühl.

Als sie am Nachmittag das „Adventkränzchen" eröffnete, waren Emily und alle Stammgäste ebenso freundlich und gut gelaunt. Der nächste Tag würde in Österreich ein Feiertag sein, obwohl die Geschäfte geöffnet waren, und die Aussicht auf ein langes Wochenende ergänzte die Vorweihnachtsstimmung, dieses kribbelige Erwartungsgefühl voller Vanillegeruch und Geschenkspapierrascheln, das mittlerweile Teil der Atmosphäre geworden war.

Und Julia genoss diese Stimmung. Sie ertappte sich sogar dabei, dass sie bei „Last Christmas" *und* „All I want for Christmas" mitsummte, was Emily kichernd den Kopf schütteln ließ.

Es störte Julia nicht einmal, dass Alex an diesem Nachmittag nicht im „Adventkränzchen" vorbei schaute. So gut gelaunt war sie.

Und so gut gelaunt sperrte sie auch die Tür zum Gästehaus auf, wo sie ein hell erleuchtetes Wohnzimmer und herrlicher Duft nach frisch gekochtem Essen erwarteten.

„Hallo?", rief sie in den Raum, als sie ihre Jacke ablegte und die Schuhe auf die Abtropftasse stellte. Aber es kam keine Antwort.

Als sie um die Ecke bog, fand sie Alex auf der Couch liegend, der sich gerade die Augen rieb. Er hatte eine Schürze umgebunden und seine Haare standen in alle Richtungen von seinem Kopf ab.

„Ich muss eingeschlafen sein", murmelte er und gähnte lauthals.

„Mit Essen am Herd?", fragte Julia amüsiert.

„S'is im Ofen", murmelte er weiter, ein weiteres Mal gähnend. „Hab Timer gestellt."

Und wie aufs Stichwort passend piepste der Backofen gerade dringlich los.

Julia, die näher an der Küche dran war, sah durch das Fenster in den Backofen und ihr lief das Wasser im Mund zusammen.

„Ist nur ein Kürbis-Kartoffel-Auflauf", sagte Alex, der ihr in die Kochnische gefolgt war, hinter ihr. Deswegen war er heute Nachmittag wohl nicht bei der Punschhütte vorbeigekommen.

„Es riecht köstlich", schwärmte Julia, drehte den Ofen ab, erhob sich wieder und drehte sich um.

Da die Nische wesentlich kleiner als eine herkömmliche Küche war, stand sie somit plötzlich Aug in Aug mit Alex und sein typischer Geruch nach Orangenpunsch und Kokosbusserln und Vanille mischte sich unter die wärmenden Geruchsfäden des Auflaufs. Wenn sie sich nur ein kleines bisschen nach vorn lehnen würde, würden sich ihre Bäuche berühren und sie konnte noch viel mehr Orangenpunschgeruch einatmen …

Alex sah ihr in die Augen, ließ seinen Blick über ihr Gesicht schweifen und biss sich auf die Unterlippe.

„Du bist gut gelaunt", flüsterte er, weil sie sich so nahe standen, dass sie sich sogar flüsternd hören konnten.

Julia nickte.

Sie spürte Alex' Atem in ihrem Gesicht.

Definitiv Kokos und Vanille.

Und weil heute alles so gut lief und Alex keinen Schritt nach hinten machte, sondern eher noch näher kam, anstatt sich von ihr zu entfernen, und weil er irgendwie so vielsagend lächelte – als freute er sich über ihre gute Laune, als *wollte* er gerade so nah vor ihr stehen – beugte sich Julia die letzten Zentimeter nach vorn, lächelnd, und ließ ihre Lippen sanft über seine streifen.

Alex zog scharf Luft ein, aber Julia ließ sich nicht beirren. Noch einmal kitzelte sie mit ihren Lippen über seine und plötzlich spürte sie Alex' Finger an ihren Hüften, die sie erst leicht, dann eine Spur dringlicher zu ihm zogen.

„Ja", hauchte Alex, eine Zustimmung und Aufforderung zugleich.

„Ja", lächelte Julia zurück und beugte sich ein drittes Mal vor. Diesmal hielt sie ihre Lippen so lang an seine, bis sie feucht wurden. Sie küsste und knabberte an Alex' Lippen, während seine Finger ihre Hüftknochen umklammerten, immer fester, je näher sie ihm kam.

Er zog sie noch weiter an sich, knabberte und küsste zurück und Julias Schmetterlinge flogen in ihrem Bauch auf, verteilten sich auf den gesamten Körper. In ihre Beine, die leicht zitterten, in ihren Nacken, der sie fast schwindlig werden ließ, in ihre Wangen, die leicht zu glühen begannen.

Irgendwann, Sekunden oder Minuten oder Stunden später, lehnte Julia sich leicht zurück, aber Alex stahl noch einen weiteren Kuss. Und noch einen.

„Wow", sagte Julia, als sie nach Luft schnappte. „Wow!"

Und Alex' Augen blitzten sie an, so hell und strahlend wie noch nie zuvor. Sein Lächeln strahlte ebenso und für einen Moment vergaß Julia, was sie eigentlich sagen wollte.

Also lächelte sie zurück.

Heute war wirklich endlich alles wieder in Ordnung, fand Julia.

18. Kapitel

Zwei Tage später segelte Julia ins Yogastudio und begrüßte die anderen Teilnehmerinnen mit einem freundlichen „Guten Morgen". Im Spiegel des Eingangsbereichs sah sie sich mit von der Kälte geröteten Wangen lächeln, als sie ihre Jacke und die warmen Kleidungsstücke ablegte, um sich für die Yoga-Stunde vorzubereiten.

Ob man ihr ansehen konnte, dass sie und Alex sich vor zwei Tagen geküsst hatten? Und zwar lang und ausgiebig. Einmal in der Küchennische und dann noch einmal auf der Couch liegend, nachdem sie den köstlichen Kürbis-Kartoffel-Auflauf verspeist hatten.

Alex hatte sich Zeit genommen und sie geküsst, als wollte er jeden Zentimeter ihrer Lippen persönlich kennenlernen. Und all die Zentimeter an ihrem Hals entlang, bis er in dieser Kuhle zwischen Hals und Schulter gelandet war. Wann immer er Julia hier küsste oder sogar an ihrer Haut knabberte, bevor er dieselbe Stelle zärtlich küsste, zitterte Julia leicht und die Schmetterlinge flogen aus ihrem Bauch bis in ihre Fingerspitzen.

In jene Fingerspitzen, die Julia langsam unter Alex' T-Shirt wandern hatte lassen, wo sie sachte und sanft nach jenen Stellen suchten, die wiederum Alex zittern ließen.

Spoiler Alert: Julia fand eine dieser Stellen zwischen Alex' Rippen und eine weitere am Rande seines Bauchnabels, was Julia ausgesprochen amüsant fand.

Sie fand es ebenso amüsant, dass sie beide all ihre Erkundigungen (küssend und tastend) angezogen vollzogen hatten. Und auch wenn Alex wieder eng umschlungen um sie gewickelt neben ihr geschlafen hatte, waren sie nicht viel weiter gegangen, als sich mit Küssen zu übersäen.

Julia fühlte sich zurückversetzt in ihre Teenagerzeiten, als sie und ihre damaligen Kusspartner aus Unerfahrenheit wie blind (und deshalb wesentlich ungeschickter als Alex und sie es mittlerweile waren) unter ihren T-Shirts herumgetastet hatten. Aber auf eine gewisse Art fand es Julia charmant, wie langsam Alex und sie sich nun aneinander annäherten. Obwohl Julias Schmetterlinge mittlerweile fast ausschließlich ungeduldig durch ihren Bauch flatterten.

Zwar war ihr Kennenlernen abrupt und aufgrund der ersten umarmenden Nacht sehr schnell sehr intensiv gewesen, aber nun ließen sie sich miteinander Zeit. Sie sahen sich häufig, aber meist nur kurz. Sie hatten ein romantisches Schlittenfahrtdate gehabt und ein noch romantischeres und kussintensives Date mit Abendessen zwei Tage zuvor und wenn sie Alex richtig verstanden hatte, musste sie am Sonntagnachmittag ihre Eislaufschuhe schnüren, weil sie mit ihm am Eislaufplatz verabredet war.

Als Alex am Vortag zum „Adventkränzchen" gekommen war und Julia vor Emily und gefühlt der halben Stadtbevölkerung, die sich gerade während des Einkaufens bei ihnen mit Punsch und Zimtschnecken gestärkt hatte, zur Begrüßung mitten auf den Mund geküsst hatte, hatte nicht nur Emily überrascht nach Luft geschnappt, sondern auch der Großteil der anwesenden Gäste.

„Ihr seid jetzt ‚Frischthal-*official*'", hatte ihr Emily ein wenig später zugeraunt in Abwandlung des Begriffs „*Instagram official*", den amerikanische Tratsch-Seiten verwendeten, wenn sich ein Promi-Paar erstmals gemeinsam öffentlich auf Instagram zeigte.

„Wir sind nicht *official*", hatte Julia verlegen abgewehrt.

„Otto hat euch gesehen", verkündete Emily in bestimmendem Tonfall, „wenn der Bürgermeister … –"

„Ach, du machst dich doch nur lustig über mich!", hatte Julia das Mädchen unterbrochen.

„Weil es so einfach ist", hatte Emily gekichert und sich wieder den Gästen gewidmet.

Aber während Julia sich nun an diesem Samstagvormittag auf die Atemzüge und langsamen Bewegungen ihrer Yogatrainerin konzentrierte, wanderten ihre Gedanken sehr wohl zum bevorstehenden Date am nächsten Tag. Würden Alex und sie sich wieder in aller Öffentlichkeit küssen? (Hoffentlich!) Wollte sie das? (Ja!) Sollte sie ihn danach zu sich ins Gästehaus einladen? (Vermutlich.) Musste *sie* diesmal etwas kochen? (Sie konnten eventuell wieder Pizza bestellen.)

So liefen ihre Gedanken dahin, bis Julia von der Trainerin mit einem Lächeln zu mehr Fokus ermahnt wurde und sie die Teilnehmerin hinter sich etwas von „Wir wissen eh alle, woran sie gerade denkt" murmeln hörte, woraufhin der halbe Kurs – inklusive Julia mit roten Backen – zu kichern begann.

———

Überraschenderweise kehrten Julia und Alex nach mehreren Runden – Hand in Hand! – über den Eislaufplatz und einigen verdienten Kusspausen am Rande des Platzes nicht direkt ins Gästehaus zurück, um sich aufzuwärmen.

Nein, sie spazierten mit ihren Eislaufschuhen über der Schulter vom Sportplatz weg in Richtung des schmalen Flusses, der durch die Stadt lief. Der Sonntagnachmittag war ein Wintertag wie aus dem Bilderbuch. Die Sonne strahlte vom Himmel und auch wenn dadurch die Schneedecke über der Stadt beständig löchriger wurde, war die Luft kalt genug, um den Winter direkt auf der Haut zu spüren.

Der Weg entlang des Wassers war noch schneebedeckt, aber mit Kies bestreut, weshalb man hier gemütlich gehen konnte. Vereinzelt sah Julia Eiszapfen entlang des

Wassers, die im Sonnenlicht glitzerten und sie hielt zwischendurch an, im Versuch, die blitzenden Sonnenstrahlen im Wasser zu fotografieren.

Alex und sie hielten sich an ihren Händen, die in dicken Handschuhen steckten, was Julias Schmetterlingen im Bauch und im Brustkorb dennoch keine Pause gönnte. Sie unterhielten sich über einige Leute, die sie beim Eislaufen getroffen hatten, über das bevorstehende Wetter und über den Stress in der Schule, ausgelöst von der bevorstehenden Weihnachtsfeier.

„Es ist jedes Jahr das gleiche", erzählte Alex, „so kurz vor den Feiertagen muss man noch Schularbeiten schreiben und korrigieren, die Kinder sind aber ohnehin schon alle reif für die Ferien und dann muss auch noch jeder Zeit in diese Feier investieren. Wenn wir aber *keine* Feier machen würden, gäbe es eine Meuterei – angeführt von jenen Lehrerinnen, Lehrern und Eltern, die zwei Wochen vor Weihnachten kaum mehr stehen können vor lauter Vorweihnachtserschöpfung."

„Ich habe den Stress ohnehin noch nie verstanden", gab Julia zu. „Sollte Weihnachten nicht eigentlich eine Zeit des Friedens und des Genusses sein? Aber anstelle tatsächlich friedlich und genüsslich durch die Tage zu kommen, hetzen wir von einem Geschäft zum nächsten, von einem Treffen zum anderen." Deshalb war Julia dem Freizeitstress vor Weihnachten bisher gleich gänzlich aus dem Weg gegangen und hatte sich anstelle dessen jedoch vom Stress in der Bank voll vereinnahmen lassen.

Alex nickte zustimmend. „Man bekommt vor Weihnachten so viel Druck vermittelt", ergänzte er. „Alles muss so perfekt sein *in genau diesem Jahr*. Als würden wir nicht nächstes Jahr wieder den gleichen Zirkus veranstalten." Er lachte auf. „Spätestens ab August!"

Kurz darauf bogen sie vom Spazierweg ab und Alex leitete Julia in Richtung eines Grundstücks in einen eher älteren Ortsteil. Hier standen mittelgroße Häuser, die alle umringt waren von großen Gartenflächen und meterhohen Hecken, zum Teil noch schneebedeckt, dort, wo es schattig war.

Vor einem Haus, bei dem alle Fensterbalken geschlossen waren, hielt Alex an.

„Das ist es", sagte er und klang fast ein wenig nervös.

„Das ist es?", fragte Julia nach und Alex nickte.

Julia wusste sofort, dass dieses Haus zu Alex passte. Warum auch immer sie sich darüber im Klaren war. Vor allem, weil das Haus mit seiner derzeit unbewohnten Aura auf den ersten Blick gar nicht so charmant wirkte. Die aktuellen Besitzer mussten schon länger ausgezogen sein, denn das Grün, das unter dem Schnee zu sehen war, wirkte überwuchert und ungepflegt. Die Hausmauer sah leicht gräulich aus, wie Häuser eben aussahen, wenn sie länger nicht beheizt wurden.

„Hier willst du herziehen", sagte Julia und betonte es bewusst nicht als Frage.

Alex atmete tief ein, als müsste er seinen Pulsschlag beruhigen.

„Was sagst du dazu?", fragte er.

„Es passt zu dir", antwortete Julia ehrlich.

„Es ist riesig", sagte Alex. Er zählte zahlreiche Zimmer und Badezimmer auf sowie die Grundstückgröße und erzählte weiters, dass ein verfallener Schuppen hinter dem Haus stand, den man von der Straße aus nicht sehen konnte.

Julia sah sich um und überlegte, was sich in unmittelbarer Nähe des Hauses befand.

„Du könntest zu Fuß zur Schule gehen", fiel ihr ein, „und mit dem Rad bis zum Hauptplatz fahren."

Alex nickte.

Julia drehte sich weiter um. „Hier, zwei Häuser weiter, hat früher eine Schulfreundin von mir gewohnt", fiel ihr ein, „ich bin immer gerne zu ihr gekommen, weil der Garten so groß war. Und man nach einem starken Regenfall den Fluss so laut gehört hatte. Vor allem in der Nacht."

„Echt wahr?", Alex' Augen blitzten vertraut auf. „Ich *liebe* Wasserrauschen im Hintergrund."

In diesem Moment sah Alex so begeistert und verzückt aus, dass Julias Herz einen kleinen, freundlichen Hopser machte.

Jenen Hopser, den sie tatsächlich seit ihrer Jugend nicht mehr so intensiv verspürt hatte. Und der für ihren bevorstehenden Abschied aus Frischthal, der früher oder später, mit Job in Graz oder sonst wo, unausweichlich war, nichts Gutes verheißen ließ.

Dieser Hopser, in all seiner Freundlichkeit und Zurückhaltung, war mehr als nur ein aufgeregtes Schmetterlingsflattern. Dieser Hopser ließ auch den Vorsatz des Adventflirts schnell im Rückspiegel verschwinden. Dieser Hopser kündigte echte, richtige Gefühle an.

Und das machte Julia Angst.

Mit dem Beginn der neuen Woche wurden die Temperaturen etwas milder, was schlecht für die Schneedecke, aber gut für Emilys und Julias Ausdauer im „Adventkränzchen" war. Etwas weniger geduldig war Julia jedoch mit sich und dem möglichen neuen Arbeitgeber, der sich nicht bei ihr meldete. Obwohl sie wusste, dass es oft Wochen dauerte, bis sich Unternehmen für neue Mitarbeiter entschieden, hatte Julia doch auf eine schnelle Antwort gehofft. Sie wollte wissen, wie es mit ihrem Leben weiterging. Sie wollte endlich etwas mehr Klarheit haben: Ging sie zurück nach Wien? Nahm sie den Job in Graz an? Würde sie dort wohnen oder pendeln? Und was bedeutete das alles für ihre Schneefall-Romanze mit Alex? Für ihre Freundschaft mit Emily? Und für ihre Beziehung zu Bella? Ihre Schwester gab sich nach außen hin zwar neutral, als bemühte sie sich darum, Julias Entscheidungen nicht zu beeinflussen, aber sie hatte doch schon einmal zu oft davon gesprochen, dass Julia „ja jederzeit im ‚Kaffeekränzchen' einsteigen" könnte und dass sich „Zimtschnecken ja durchaus das ganze Jahr über verkaufen lassen". (Die Teenager mit ihrer Online-Petition hätten somit wohl ihren ersten politischen Erfolg eingefahren.)

In einer stillen Minute, abends auf der Couch im Gästehaus, gestand sich Julia ein, dass sie zwar unbedingt diesen Job in Graz wollte, weil sie der Welt (und sich selbst) beweisen wollte, nein: *musste*, dass sie trotz der unverdienten Kündigung wieder auf zwei Beinen landen konnte. Aber sie erkannte gleichzeitig, dass ihr irgendetwas an der Aussicht auf ein Leben mit dem neuen Job fehlte. Sie wäre zwar näher bei ihrer Familie, näher an Frischthal, und ja, auch näher bei Alex, aber sie wusste gleichermaßen, dass dieser nächste Posten ähnlich viel von ihrer Zeit beanspruchen würde wie ihre bisherigen Jobs. So viel Privatleben wie hier – vormittags Yoga und danach Kaffee mit Bella, nachmittags plaudern und arbeiten mit Emily, abends mit Freundinnen oder Alex Zeit verbringen und dazu noch die Sonntagnachmittage im Schnee … – all das würde sich mit dem neuen Job nicht mehr ausgehen.

Mit dem Beginn der Woche und den warmen Temperaturen tauchte leider auch Kalle wieder auf ihrer Liste an verpassten Anrufen auf. Am Montag rief er dreimal am Vormittag und viermal am Nachmittag an und als Julias Telefon kurz vor 19:00 Uhr noch einmal läutete, riss ihr Geduldsfaden und sie hob ab.

„Ja?", keifte sie ins Telefon. Sie hatte gerade Spaghetti ins kochende Wasser geworfen und ihr Sugo simmerte engagiert auf kleiner Flamme, Alex würde bald zum Essen kommen, sie hatte jetzt gerade keine Zeit für Kalles Launen.

„Begrüßt man so seinen Chef?", sagte Kalle zur Begrüßung und Julia hatte das Gefühl, er klang leicht ange-
heitert.

„Ich arbeite nicht mehr für dich", sagte sie ruhig und
rührte die Nudeln um, während diese langsam weicher
wurden.

„Aber vielleicht bald wieder!", rief Kalle ins Telefon.

Für einen Moment war Julia sprachlos. „Wie bitte?",
stammelte sie schließlich.

„Ich habe dem Headquarter eine E-Mail geschrieben,
dass sie dich wieder einstellen sollen", er kicherte (*kicherte!*),
„in deinem letzten Report ist nämlich ein Fehler und den
musst du korrigieren." Kalle lachte auf, als hätte er den
lustigsten Witz aller Zeiten gemacht.

„Wie bitte?", fragte Julia nochmals, diesmal ungläubiger.
„Ist das ein Scherzanruf?"

Kalle lachte nochmals auf. „Natürlich nicht, Julchen!"

„Nenn mich nicht so!"

„Wie bitte?"

„Ich heiße Julia", antwortete Julia. „So nennen mich
meine Eltern, meine Schwester und alle Menschen, mit
denen ich arbeite."

Nur Alex nennt mich manchmal Jules.

„Julia", sagte Kalle und klang plötzlich weniger betrun-
ken, dafür konzentrierter. „Ich will wirklich, dass du
wieder zurückkommst."

„Aber das geht doch nicht", antwortete Julia.

„Wir werden die Leute im Headquarter schon überzeugen", behauptete Kalle.

„Die Leute im Headquarter *waren nicht überzeugt*", insistierte Julia, „da ist nichts zu machen."

Für einen Moment schwieg Kalle, dann hob er noch einmal an: „Es geht um diesen Report", begann er und setzte schließlich zu einer minutenlangen Erklärung an, die sich schlussendlich in einem Satz zusammenfassen ließ: Kalle musste nun all die Reports, die bisher Julia gemacht hatte, selbst erstellen und er hatte gar keine Ahnung, wie das ging. Mit einem – wie Julia vermutete – falschen Angebot an sie, dass sie zurückkehren könnte, hoffte er wohl, sie zu überzeugen, dass sie diese Berichte weiterhin für ihn erstellte. Ohne Vertrag, ohne Anstellung, einfach so. Weil er es nicht konnte.

„Du musst dafür nicht einmal ins Büro kommen", schloss Kalle mit einem Argument, das er offenbar für besonders überzeugend hielt.

Bevor ich nochmals einen Fuß in dieses Büro setze, backe ich täglich 34 Millionen Zimtschnecken, dachte sich Julia und atmete einmal tief durch.

„Ich werde nie wieder einen Fuß in dieses Büro setzen", sagte sie mit erstaunlich ruhiger Stimme, „ich bin von *deiner* Firma ohne Vorankündigung *per E-Mail* einfach so gekündigt worden. Ohne Fehlleistung oder sonst irgendeinen offenkundigen Kündigungsgrund. Einfach nur, weil man sich Headcounts sparen wollte. Und du willst, dass ich für diese Firma, die sich bei mir *nicht einmal persönlich* für all die Lebenszeit, die ich in ihre dämlichen Reports gesteckt habe, bedankt hat, unentgeltlich arbeite? Hast du völlig den Verstand verloren? Würdest du auch nur ein einziges Augenlid heben, ohne dafür Geld zu bekommen?" Julia holte noch einmal Luft. „Ruf mich nie wieder an! Ich bitte dich. Inständig. Schreib dem Headquarter und sag ihnen, dass du die Arbeit, die bisher fünf Personen gemacht haben, nicht allein machen kannst. Aber schreib ihnen bitte nicht, dass ich wieder für euch arbeiten will. Niemals in meinem Leben will ich wieder für so ein undankbares Unternehmen arbeiten. Da stehe ich lieber wochenlang bei Minusgraden in einer Punschhütte."

Mit diesen Worten legte Julia auf. Sie zitterte am ganzen Körper vor Aufregung. Noch niemals zuvor hatte sie mit Kalle – oder sonst irgendeinem Chef – so gesprochen. Ihr ganzer Körper fühlte sich aktiviert und aufgeladen an.

Julia rührte ein weiteres Mal die Nudeln sowie das Sugo um, um diese neuartige Spannung in ihr loszuwerden, aber es liefen ihr weiterhin einzelne Gesprächsfetzen des gerade beendeten Telefonats durch den Kopf.

Vielleicht lag es an Kalles unbeholfener Art, sie um Hilfe zu bitten, aber sie hatte tatsächlich nicht eine Sekunde lang in Erwägung gezogen, dass sie ihm bei diesem Report aushelfen würde. Und das machte sie ein kleines bisschen stolz. So sehr, dass ihr Körper weiterkribbelte.

Kurz darauf klopfte es und Julia öffnete die Tür zum Gästehaus mit Schwung und einer Energie, die sie von sich selbst kaum kannte.

„Da ist jemand happy!", sagte Alex und strahlte sie an. Julias Bauch kribbelte erneut und noch eine Spur intensiver. Voller Zuversicht. Und Ungeduld.

Sie umarmten sich erst, wie es mittlerweile ihre Gewohnheit geworden war, und küssten sich dann leicht und zärtlich.

Alex fühlte sich kalt an, nach Dezemberluft und winterlichem Wind. Julia spürte seine abgekühlte Haut sowie den kalten Stoff seiner Daunenjacke durch die Schürze und ihre wohlig warme Strickweste hindurch, ein fast irritierendes Gefühl der Gegensätzlichkeit, das zu ihrer Überraschung über sich selbst, wie sie die Situation mit Kalle gehandhabt hatte, ganz gut passte.

Julia fühlte eine Wärme in sich, die ihren gesamten Brustkorb ausfüllte und von Alex' aufblitzenden Augen nur noch weiter entzündet wurde. In ihr kribbelte es unaufhörlich, als liefen Ameisen mit den Schmetterlingen um die Wette und rund um ihren Bauchnabel wuchs das Kribbeln zu einem fast explosiven Vibrieren an. Julia wusste nicht, wohin mit dieser Energie. Also umarmte sie Alex ein weiteres Mal. Aber da war zu viel Stoff zwischen ihnen und plötzlich war Julia mit ihrer Geduld am Ende.

„Wir essen heute im Bett", flüsterte sie in Alex' Ohr und weil ihre Stimme mehr nach Raunen klang, zitterte Alex leicht. Nicht nur wegen der Kälte.

„Ich hätte Penne kochen sollen", seufzte Julia etwas später und wickelte verzweifelt Nudeln auf ihre Gabel, während sie sich bemühte, möglichst wenig Sugo über den Teller-rand auf die Bettwäsche flitzen zu lassen.

Alex grinste ihr fröhlich kauend zu.

Vom Eingang zum Gästehaus bis zur Kochnische hatte Julia ihre Strickweste und ihr T-Shirt verloren, während Alex sie hungrig (vermutlich in doppelter Bedeutung) geküsst hatte, nur kurz unterbrochen davon, als Julia ihm seinen Pullover und sein Shirt ausgezogen hatte.

Für einen Moment hatte sie überrascht innegehalten. Dass Alex gut gebaut war, hatte sie schon während ihrer Kussstunden ertasten können, aber dass er sie tatsächlich sprachlos machen konnte, hatte Julia nicht erwartet. Alex war muskulös, aber eher wie ein Läufer, nicht wie ein Bodybuilder. Er sah aus wie jemand, der gut auf sich achtgab und Julia musterte ihn von oben bis unten. Sogar der Bund seiner Jeans saß auf seinen Hüften wie in einer dieser alten Levi's-Werbungen aus den 90ern.

„Du machst mich verlegen, wenn du mich so ansiehst", flüsterte Alex.

„Mich macht es verlegen, wie du aussiehst", flüsterte Julia zurück.

Aber da läutete gerade der Timer, den sie für die Nudeln gestellt hatte, und Alex und Julia eilten in die Küche zurück.

Während Julia die Nudeln abseihte, umarmte Alex sie von hinten und öffnete gleichzeitig ihre Jeans und das damit verbundene Sicherheitsrisiko lenkte sie beide aus ihrer plötzlichen Schüchternheit ab.

Beinahe hätte Julia verlangt, dass sie das Essen kalt werden lassen sollten, aber als Alex' anfänglich verführerisches Knurren von deutlichen Hungergeräuschen abgelöst wurde, beschlossen sie, ihre Teller tatsächlich mit ins Bett nach oben zu nehmen.

Küssend, sich gegenseitig fütternd, leerten sie so nach und nach ihre Teller.

Und dann küssten sie sich weiter.

„Du schmeckst nach Tomate", flüsterte Julia zwischendurch.

„Du auch", flüsterte Alex zurück und zog ihr das letzte Stück Stoff, die Schürze, vom Körper.

Julia wusste, dass sie Alex' Umarmungen zu jeder Tageszeit, in jeder Situation mochte – sei es in Daunenjacken beim Eislaufen, sei es im Pyjama nach dem Aufwachen, sei es in Jeans und Pullover im Eingangsbereich des Gästehauses. Aber jetzt hier, wo sie beide nackt und ohne irgendein Stück Stoff dazwischen miteinander im Bett lagen …, das war wohl ihre liebste Umarmung.

Ihre Schmetterlinge eilten durch ihren gesamten Körper, direkt unter der Haut, und tauchten meist dort auf, wo sie zuvor an Alex' nackte Haut gestoßen war. Von der Fußsohle über die Kniekehlen bis zu den Oberschenkeln, von den Fingerspitzen über die Zungenspitze bis zur Nasenspitze: Julias Körper kribbelte von Kopf bis Fuß. Als wollte sie jede einzelne von Alex' Berührung memorieren.

Sie wechselten sich mit ihren Küssen ab. Julia kostete und knabberte und küsste Alex am Nacken, zwischen den

Schulterblättern und etwas später an seiner empfindlichen Stelle rund um den Bauchnabel. Kurz darauf tat er es ihr gleich, küsste sie dort, wo sie leicht zu zittern begann und sich all die Schmetterlinge ein weiteres Mal multiplizierten und durch ihren Körper tanzten.

Genau so soll es immer sein, dachte sie sich irgendwann und gab sich keine Zeit, um über diesen Satz nachzudenken. Sie streckte sich leicht durch, als Alex endlich, endlich noch näher kam, sich seufzend auf sie legte und sie noch weiter ineinander verschmolzen.

Genau so soll es immer sein.

Julias Haut klebte leicht zwischen den Schulterblättern, dort, wo Alex' Brustkorb an ihren Körper stieß. Alex hatte, nachdem er das Kondom entsorgt hatte, die Lichter im Gästehaus gedimmt und so lagen sie bei sehr dezenter Beleuchtung auf dem Bett, das sich fast zu warm anfühlte für ihre überhitzten Körper.

Seit Alex heute durch die Tür gekommen war, hatte es nur wenige Augenblicke gegeben, in denen sie nicht an irgendeiner Stelle ihrer Körper miteinander verbunden gewesen waren.

Julia ließ ihre Fingerspitzen über Alex' Unterarm, der locker unter ihrer Brust lag, tanzen. Sie spürte die feinen Härchen unter ihren Fingern und seine aufgewärmte Haut.

Sie sprachen über alles und nichts, übers Gästehaus wie über Spaghettisugos, über ihre liebsten Jahreszeiten wie

Bücher, über Schokoladesorten und Lieblingsblumen, bis ihre Körper abgekühlt waren und sie sich unter die dicke Decke kuschelten, ineinander verschlungen, ein weiteres Mal sich annähernd. In ihrem Rhythmus.

Genau so soll es bleiben.

19. Kapitel

A m nächsten Morgen schwebte Julia ein weiteres Mal zum Yoga und danach schwebte sie weiter ins „Kaffeekränzchen", wo sie Bella mit einem Cappuccino und einem neugierigen Blick empfing.

„Guten Morgen", begrüßte Bella Julia mit Nachdruck in der Stimme.

„Guten Morgen", trällerte Julia zurück. Sie wusste natürlich, dass sie auffallend anders klang und sich auffallend anders verhielt als sonst. Sie wusste auch, dass ihr Lächeln seit dem Aufwachen keine einzige Sekunde lang nachgelassen hatte. Was vermutlich daran lag, dass Alex und sie sich einige verschlafene Küsse und Berührungen und Umarmungen gegönnt hatten, bevor sie in den Tag gestartet waren. Julia hatte Alex wieder zur Schule gebracht und war danach – lächelnd, natürlich – zum Yoga weitergefahren. Die Straßen waren mittlerweile gänzlich befreit von Eis und Schnee und die Sorge, dass alles Weiß bis Weihnachten wieder verschwunden sein dürfte, war der einzige Punkt, der Julias Morgen ein wenig getrübt hatte.

„Ich mag es, wenn du lächelst", sagte Bella und sah sie allwissend an.

„Ich lächle ständig", behauptete Julia.

„Häufig", verhandelte Bella. „Aber normalerweise mit gerunzelter Stirn. Jetzt lächelst du faltenfrei."

Julia zuckte mit den Schultern und tauchte in ihrer Cappuccinotasse ab. Sie seufzte zufrieden. Der Kaffee hier war so köstlich! Und selbst wenn sich Bella gerade wohl unter Schmerzen auf die Zunge biss, um sich nicht weiter über Julias Schweben und Lächeln lustig zu machen, genoss Julia diese Momente mit ihrer Schwester jeden Morgen, bevor sie sich in die Backstube zurückzog.

Das wird mir fehlen, dachte sie sich und verschluckte sich vor Überraschung über diesen Gedanken beinahe am Kaffee.

„Nirgendwo sonst schmeckt der Kaffee so gut wie hier", sagte Julia dann, um sich schnell abzulenken und um Bella endlich einmal ein Kompliment zu machen.

„Das liegt an meiner Gesellschaft", antwortete ihre Schwester selbstbewusst und Julia lachte auf.

Einige Gäste grüßten die beiden im Vorbeigehen und erkundigten sich nach den Zimtschnecken. Einer der Pensionisten, der regelmäßig ins Café kam, blieb sogar stehen und bestellte eine große Menge Zimtsterne bei Julia.

„Die dürfen Sie aber nicht alle allein essen!", warnte ihn Julia scherzhaft, woraufhin der Mann mit Schalk in den Augen auflachte.

„Ich bekomme Besuch!", erklärte der Mann mit nachdrücklichem Tonfall, dann winkte er in die Runde und eilte hinaus in die Kälte.

„Er hat Enkelkinder, die meist nur einmal, manchmal zweimal im Jahr zu Besuch kommen", erklärte Bella, nachdem der alte Mann gegangen war. „Er versetzt in seiner Vorfreude meist die gesamte Stadt in Aufruhr." Bella grinste. „Bei Amina werden Bücher hinterlegt, bei mir wird Kuchen bestellt …, aber er belebt damit die Wirtschaft der Stadt. Und er ist irgendwie entzückend." Bella warf ihr einen Blick zu. „Fast so entzückend wie du heute Morgen."

Julia lachte auf, machte eine wegwerfende Handbewegung und zog sich dann in die Küche zurück, um sich den Zimtschnecken des Tages zu widmen.

Der Nachmittag im „Adventkränzchen" verlief ruhig und fast schon routiniert. Julia und Emily plauderten erst mit der Frau des Uhrmachers und später dann mit Amina, die heute ein wenig Zeit zum Verschnaufen außerhalb ihres Buchladens brauchte.

„Wir dachten, es sei eine gute Idee, unsere Vorlesestunden in der Adventzeit wöchentlich anzubieten", erzählte Amina. Üblicherweise wurden einmal im Monat an einem Samstagnachmittag die Kinder der Stadt im „Seitenweise" in Obhut genommen. Lucy las aus einem aktuellen Kinderbuch vor, während die Eltern eingeladen wurden, die Stunde entweder im „Kaffeekränzchen" abzuwarten oder für Besorgungen zu nutzen. „Wir wollten den Eltern Zeit zum Einkaufen geben", sprach Amina weiter. „Aber nun ufert das irgendwie aus. Heute Vormittag hat eine Mutter angerufen und gefragt, ob wir diesmal zwei Stunden lang vorlesen können, sie müsse nach Graz fahren und das geht sich in einer Stunde nicht aus."

„Das geht sich auch in zwei Stunden nicht aus", warf Julia ein und schob Amina eine Zimtschnecke zu.

„Ein Vater kam neulich zu mir und gab mir eine Liste mit Büchern, die er für sein Kind als passend empfand. Wir sollten *diese* Bücher vorlesen und nicht unsere Auswahl", setzte Amina fort. „Unsere Bücher seien zu liberal."

„Das ist ja schrecklich", mischte sich Emily ins Gespräch ein, „ich dachte, das gibt es nur in anderen Teilen der Welt."

Amina winkte müde ab. „Wir denken nicht einmal drüber nach", erklärte sie. „Vorschläge von Eltern, was wir lesen sollen, bekommen wir sehr häufig, meistens sind es eher alte Bücher, die die Erwachsenen in ihrer Kindheit selbst gerne gemocht hatten. Dieser Vater war aber anders." Sie seufzte. „Der hatte die Liste aus dem Internet ausgedruckt, vermutlich kursiert so etwas in gewissen Kreisen. Aber wir lassen uns davon nicht beirren. Wir lesen vor, was uns gefällt. Und sein Sohn kommt so gerne zu uns und lacht oft am lautesten von allen Kindern im Publikum." Amina lächelte. „Der braucht die Abwechslung durch *unsere* Geschichten."

Julia hörte Emily neben sich empört schnaufen.

„Diesem Vater muss man die Meinung sagen!“, schimpfte sie.

Amina lächelte ihr milde zu. „Oder einfach weitermachen wie bisher.“

Emily empörte sich auch später noch, nachdem Amina schon wieder gegangen war. Und Julia bemühte sich, das Mädchen zu beruhigen.

„Der muss doch wissen, dass er falsch denkt!“, schimpfte Emily.

„Du kannst niemandem sagen, dass er ‚falsch‘ denkt“, beschwichtigte Julia.

„Aber man kann das doch nicht einfach so stehen lassen!“

„Das macht Amina auch nicht.“

„Wenn sie ihm keinen Konter bietet …“

„Man muss wissen, welche Kämpfe man direkt kämpfen sollte“, erklärte Julia. „Man hat immer die Wahl: Entweder man streitet oder man streitet nicht und bleibt trotzdem bei seiner Position. Viel schlimmer wäre es, wenn sich Amina von diesem Ungustl einschüchtern lassen und ihr Programm dementsprechend ändern würde. Indem sie ihren Weg beharrlich weitergeht, geht sie ja auch in Konfrontation, nur eben milder.“

„Aber …“

„Man kann solche Leute, wie diesen Vater, nicht vom Guten in der Welt überzeugen", behauptete Julia. „Wenn jemand sich auf solch radikalen Positionen festgesetzt hat, ist für ihn ja jede Meinungsänderung eine Niederlage."

„Aber ich kann nicht akzeptieren, dass Menschen so denken!"

„Ja, das fällt mir auch sehr schwer", gab Julia zu. „Aber Vielfalt verbreitet sich eher, wenn man sie lebt."

Emily sah sie nachdenklich an, aber noch bevor sie etwas zu ihrer Debatte ergänzen konnte, kam der nächste Gast zur Punschhütte und die beiden hatten wieder alle Hände voll zu tun.

Kurz bevor Julia und Emily das „Adventkränzchen" für den Tag schlossen, bemerkte Julia, dass Emily verlegen herumdruckste. Julia kannte das Mädchen mittlerweile gut genug, dass sie wusste, Emily würde mit zurückhaltender Aufmerksamkeit am ehesten zu sprechen beginnen.

Also widmete sich Julia schweigsam den routinierten Tätigkeiten am Ende des Arbeitstages, schnitt kein neues Thema an, sah nur gelegentlich – aber keinesfalls zu häufig – zu Emily.

Schließlich zog Emily ein kleines Päckchen aus ihrer Manteltasche und legte dieses neben Julia.

„Das ist für dich", sagte Emily leise und sah zu Boden. Dann zur Decke.

„Vielen Dank!", jubelte Julia viel zu euphorisch los. „Was ist das?"

Emily zuckte mit den Schultern. „Kannst ja später reinschauen."

„*Soll* ich es später öffnen?"

Emily starrte sie ausdruckslos an und Julia kicherte.

„Ich öffne es sofort", verkündete sie und zog den „Merry Christmas"-Sticker, der das kleine Papiersackerl geschlossen hatte, vorsichtig ab.

Im Sackerl fand Julia ein weiteres kleines Päckchen, diesmal in Seidenpapier gewickelt, in dem sich Dinge bewegten. Sorgfältig wickelte sie auch dieses Papier auseinander.

Mit einem überraschten, lauten Einatmen.

„Emily", sagte Julia leise, weil ihr irgendwie die Worte fehlten.

„Die Frau des Uhrmachers hat doch neulich von dieser Freundin ihrer Tochter erzählt …", begann Emily.

Julia hob die beiden Ohrringe, die im Seidenpapier eingewickelt gewesen waren, hoch. An ihren Enden baumelten zwei kleine Zimtschnecken.

„… die ihren Schmuck auf Etsy verkauft?", setzte Julia Emilys begonnenen Satz fort.

„Ja, eben nicht nur auf Etsy", erzählte Emily. „Ich bin zu ihr gefahren und habe mir ihre Sachen angesehen und ich …" Emily schluckte.

„Sie sind wundervoll!", sagte Julia und tastete gleich mit ihren Fingerspitzen nach ihren Ohrläppchen, um die Ohrringe sofort darin einzuhängen. Bis Weihnachten und wahrscheinlich darüber hinaus würde sie den Schmuck nun täglich und rund um die Uhr tragen.

„Ich dachte, dir gefallen die", murmelte Emily.

Julia fiel dem Mädchen um den Hals. „Ich finde die hervorragend!" Sie drückte Emily, die sie daraufhin fest zurück umarmte.

„Vielen Dank", flüsterte Emily kaum hörbar und Julia wusste, dass sie sich in diesem Moment für so viel mehr bedankte als nur für das Kompliment für ihr Geschenk.

Auch Alex fand die Ohrringe hervorragend und amüsierte sich königlich über Emilys Fund, als er etwas später bei Julia im Gästehaus eintraf. Sie hatten sich in der Früh für ein weiteres Abendessen im Gästehaus verabredet, aber bereits ihre Begrüßung sorgte schon für so viel … Hitze, dass sie das Essen für den Abend beinahe ganz ausfallen hatten lassen.

Sie waren daher beide nur recht leicht bekleidet, als sie schließlich zum Abendessen beim Tisch saßen – und es plötzlich an die Tür des Gästehauses klopfte.

Julia warf sich hastig ihre Strickweste über, als sie zur Tür ging, und Alex suchte derweil verzweifelt nach seinem Pullover (und seinen Jeans).

Vor dem Haus stand Otto und sah sie mit entschuldigender Miene an.

„Ist mit Bella alles in Ordnung?", fragte Julia besorgt und erntete dafür nur einen verwirrten Blick von Otto.

„Natürlich, sie kommt gleich", sagte er, „es geht um Emily. Entschuldige, dass ich dich so spät noch störe."

„Kein Problem, komm rein. Wir essen gerade."

„Wir?", fragte Otto und sein Gesicht überzog ein Strahlen, als er Alex hinter Julia auftauchen sah. „Nein! Ist das ein Freude!", rief er aus und umarmte sie beide gleichzeitig. Julia lachte verlegen auf.

„Wie gut, dass du da bist", sagte Otto zu Alex, „du kannst uns dann gleich helfen."

Otto drängte sich ins Gästehaus und setzte sich unaufgefordert an den Tisch.

Julia richtete für ihn eine kleine Schüssel des Eintopfs, den Alex und sie gerade gegessen hatten, und bereitete gleich eine weitere Portion für Bella vor.

Kaum, dass sie das Essen am Tisch verteilt hatte, rauschte ihre Schwester schon durch die Tür. Ohne anzuklopfen. Ohne ein Wort des Grußes.

„Habt ihr schon angefangen?", fragte sie, warf ihren Mantel über die Couch und ließ sich auf einen Sessel fallen.

Otto schüttelte den Kopf.

„Wusstest du, dass die beiden …?", er deutete zwischen Alex und Julia hin und her.

Bella sah ihn mitleidig an. „Jeder weiß, dass die beiden …" Sie äffte seine Handbewegung nach, blieb dann aber an Julias Top, das unter der Strickweste zu sehen war, hängen.

„Du hättest schon etwas mehr anziehen können, wenn Otto und ich vorbeikommen", schalt Bella Julia.

„Ihr seid unangekündigt hier", erinnerte sie Julia. „Und du bist gerade ohne anzuklopfen hereingestürmt. Du hättest hier weiß Gott was sehen können …"

Aber Bella wackelte nur mit ihren Augenbrauen und grinste Julia zu. Dann drehte sie sich verschwörerisch zu Alex. „Sie hat heute die ganze Zeit gelächelt", sagte Bella vieldeutig und Alex sah doch tatsächlich ein wenig stolz aus deswegen. Obwohl Julia Bellas Aussage mit einem „Pfff" kommentierte.

Otto lachte auf, wurde dann aber sogleich wieder recht ernst.

„Ich komme gleich zur Sache", begann er. „Wir brauchen Emilys Zimmer in der Krisenunterkunft."

„Was?", fragte Julia schockiert.

„Ja", bestätigte Otto, dass sie durchaus richtig gehört hatte. „Mir tut es auch sehr leid, aber wir haben eine Mutter mit zwei Kindern, die dringend einen Platz benötigt. Ab nächster Woche."

„Aber …", Julia fehlten die Worte.

„Ich habe mir schon so den Kopf zerbrochen, wo wir sie unterbringen können, aber mir fällt einfach nichts ein", sagte Bella. „Die Ferienwohnungen sind alle zu teuer, für eine eigene Wohnung wird ihr das Gehalt, das wir ihr zahlen, nicht reichen. Vor allem, weil der Job ja in zwei Wochen schon wieder aufhört."

„Und wenn du sie weiter beschäftigst?", fragte Julia.

„Wir wissen ja nicht einmal, ob sie das will", sagte Alex.

„Ich könnte sie als Lehrling anstellen", überlegte Bella. „Vorausgesetzt natürlich, dass sie *das* möchte."

„Ich habe schon in der Stadt herumgefragt, bei all jenen Leuten, von denen ich weiß, dass sie untervermieten könnten", erzählte Otto, „aber ein paar von ihnen trauen Emily nicht über den Weg." Julia schnaubte empört auf. „Ein paar sind nicht da, ein paar wollen niemanden, von dem sie nicht wissen, wann die Person wieder geht", erzählte Otto unbeirrbar weiter.

„Ich würde sie aufnehmen", sagte Julia, „wenn ich den Platz hätte."

Sie sah sich am Tisch um. Otto und Bella hatten auch nicht viel mehr als eine Gästecouch zu bieten und Alex wohnte nicht einmal hier im Ort.

Aber … „Was ist mit dem Haus, Alex?", fragte Julia.

„Welches Haus?"

„*Dein* Haus!"

„Es ist ja gar nicht mein Haus."

„Noch nicht!", behauptete Julia, aber Alex schüttelte lächelnd den Kopf.

„Wenn du das Haus hättest, könntest du ihr ein Zimmer vermieten", schlug Julia vor.

Für einen Moment hielt Alex ganz still, dann schüttelte er lächelnd leicht den Kopf und senkte kurz seinen Blick. Er sagte nichts, aber als er seinen Kopf wieder hob, sah er Julia plötzlich ganz zärtlich an. Dann nahm er sie an ihrer Hand und zog leicht daran, bis Julia aufstand und sich auf seine Oberschenkel setzte. Alex umarmte sie von hinten und legte sein Kinn auf ihre Schultern.

Julia wusste nicht genau, warum Alex sie plötzlich so nah bei sich haben wollte, aber sie würde sich sicherlich nicht darüber beschweren.

„Du bist so …", murmelte er in ihr Ohr und Julia vergaß für einen Moment Raum und Zeit.

„Bella, ich denke wir müssen gehen", sagte Otto schmunzelnd und Julia sah, wie Bella sie verträumt ansah.

„Jetzt wo es interessant wird", grummelte Julias Schwester und Julia und Alex kicherten.

„Du musst natürlich kein Haus kaufen, Alex, aber meldet euch, wenn euch etwas einfällt", bat Otto, bevor Bella und er in die Kälte hinaus traten. „Wir haben eine gute Woche Zeit."

„Wir sollten erst mit ihr reden, wenn wir eine Alternative für sie wissen", schlug Julia vor und Bella und Otto sowie Alex stimmten ihr zu.

„Das heißt, wir müssen noch schneller suchen", schloss Otto und winkte in die Runde. Dann hängte er sich bei Bella unter und die beiden gingen engumschlungen zu ihrem Auto.

. . .

Julia schloss die Tür hinter den beiden und kehrte betroffen an den Esstisch zurück. Nun hatte ihr Tag doch noch einen ordentlichen Dämpfer erhalten und sie ließ sich von Alex zur Couch führen, wo sie mehrere Stücke Marzipanschokolade konsumierte, aber selbst die brachten ihr keine Lösung für Emilys Wohnsituation.

„Hast du das vorhin ernst gemeint mit dem Haus?", fragte Alex schließlich.

„Dass es dein Haus sei?", fragte Julia nach. „Ja!"

Alex schüttelte den Kopf. „Nein, ja, also …, dass ich ein Zimmer an Emily vermieten sollte."

Julia zuckte mit den Schultern. „Wäre das überhaupt möglich?"

Alex wackelte mit seinem Kopf, während er nachdachte. „Groß genug für mehrere Personen wäre das Haus ja", überlegte er laut, „aber man müsste vermutlich baulich ein paar Dinge verändern, damit man es untervermieten kann. Damit die Mieter nicht immer direkt durch meinen Wohnbereich müssen, um in ihre Räume zu gelangen."

„Wenn du Zimmer vermietest, brauchst du dennoch separate Badezimmer, Kochmöglichkeiten, eine Art Wohnzimmer …", spann Julia den Gedanken weiter. „Und viel Vertrauen."

Alex dachte nach. „Klingt kompliziert."

Julia nickte.

„Es ist einfach zum Verzweifeln, findest du nicht?", seufzte sie schließlich. „Wie viele Schicksale wie Emilys gibt es wohl auf dieser Welt? Leute, die einfach nach und nach von ihrer Familie im Stich gelassen werden und keine Chance haben, irgendwo Fuß zu fassen. Entweder braucht man Geld. Oder man braucht eine Ausbildung, um ausreichend Geld zu verdienen. Für die Ausbildung braucht man Zeit. Und wiederum Geld, um die Ausbildungszeit zu finanzieren. Es ist ein Teufelskreis!"

„Otto kann sie doch nicht einfach vor die Tür setzen!", schimpfte Alex plötzlich los und nun war es Julia, die tröstend nach seiner Hand griff.

„Otto macht schon mehr, als viele andere Bürgermeister machen würden", sagte sie leise, „in Kleinstädten schauen wir aufeinander."

„Trotzdem gibt es keinen Platz für Emily", grummelte Alex und Julia ließ sich entmutigt zurück auf die Couch fallen.

20. Kapitel

Am nächsten Tag erwachte Julia mit schlechter Laune. All die Zufriedenheit und ihr beständig schwebender Zustand waren wie weggeblasen worden von der Sorge um Emily.

Alex verabschiedete sich am Morgen zwar mit einer festen und langanhaltenden Umarmung von ihr, ihre Laune hatte sich dadurch aber nur marginal gebessert.

Zu allem Überfluss läutete auch noch Julias Telefon, gerade als sie zur Tür raus wollte, und weil Julia in Gedanken weiterhin bei Emilys Problem war, sah sie nicht aufs Display, bevor sie abhob.

„Ich dachte schon, du hast mich blockiert", begrüßte sie Silvias unfreundliche Stimme.

Hatte sie immer schon so biestig geklungen?

„Nein, nicht blockiert, nur immer in Eile", log Julia und ihre ehemalige Arbeitskollegin ließ sich damit jedoch nicht wirklich besänftigen. Silvia startete nämlich sogleich in einen Vortrag über all die Versuche, die in den vergangenen Wochen unternommen worden waren, ihre Kündigungen wieder umzudrehen. Julia hörte eine Zeit lang mit halbem Ohr zu und konzentrierte sich darauf, langsam zu atmen, damit sie unter ihrer Daunenjacke nicht allzu sehr ins Schwitzen kam.

„Wann kommst du wieder?", bellte Silvia schließlich ins Telefon. „Wir planen unser nächstes *Get together* und es wäre wichtig, dass du da dabei bist."

„Ich werde nicht mehr in meinen alten Job zurückkehren", sagte Julia ruhig und sie hörte Silvia empört nach Luft schnappen.

„Was soll das heißen?"

„Das, was ich Kalle neulich schon gesagt habe: Ich bin bei der Kündigung so schlecht behandelt worden, dass ich gar keine Lust habe, wieder in diese Firma zurückzukehren."

„Hast du schon etwas anderes in Aussicht?", bohrte Silvia sofort nach und in Julia kämpften ihr Ehrgeiz, der vor Silvia gut dastehen wollte, aber auch der Trotz, der Silvia von ihren aktuellen Entwicklungen und Neuigkeiten ausschließen wollte, gegeneinander.

Schließlich siegte der Trotz. Sie wollte Silvia einfach nicht auf die Nase binden, dass sie ein sehr gutes Bewerbungsgespräch gehabt hatte. Weil sich die Bank bis jetzt noch nicht gemeldet hatte. Weil Julia Silvia eigentlich nicht mochte und sie nicht ins Vertrauen ziehen wollte. Weil Julia wusste, dass Silvia diese Neuigkeit gleich jedem anderen aus Julias altem Job-Umfeld auf die Nase binden würde.

„Nein, noch nicht direkt …", stammelte sie schließlich ins Telefon, was Silvia zu belustigtem, aber auch überheblichem Schnaufen motivierte.

„Du bist manchmal so naiv", behauptete ihre ehemalige Arbeitskollegin sogleich.

„Wie bitte?"

„Willst du ewig am Land bleiben?", setzte Silvia unbeirrt fort. „Willst du dein Leben lang Bauernhöfe finanzieren und Punsch ausschenken?"

Julia wusste, es war ein Fehler gewesen, das Foto neulich auf Instagram zu posten. Ohne ein Geräusch zu machen, verdrehte sie über sich die Augen.

„Was soll denn nun aus dir werden?", Silvia hatte sich in ihre Tirade verbissen. „Du warst doch so gut unterwegs! Du wirfst jetzt einfach deine gesamte Karriere über Bord, oder?"

Julia schwitzte plötzlich, noch mehr als zuvor, obwohl ihr gleichzeitig die Gänsehaut über den Rücken lief. Auch wenn sie Silvias Tonfall ausgesprochen unangebracht fand, fühlte es sich dennoch an, als würde ihre ehemalige Kollegin Salz in offene Wunden streuen.

Natürlich wollte sie weiterhin Karriere machen. Sie *musste* Karriere machen. Sie *musste* darauf schauen, dass sie einen guten Job hatte, dass sie viel Geld verdiente. Das war immer schon ihr Motor gewesen und es war weiterhin ihr Antrieb. Auch wenn dieser gerade ein wenig stotterte. Vor lauter Zimtschnecken im Getriebe. Und vor lauter Sorge um ein eigentlich fremdes Mädchen. Und vor lauter verliebter Blicke und Umarmungen und zweisamer Stunden mit Alex.

Eigentlich hatte Julia keine Zeit für all das.

In den wenigen Wochen hier in Frischthal hatte Julia ihr Ziel völlig aus den Augen verloren.

„Hör mal …", unterbrach sie Silvia schließlich und hoffte, dass diese ihre schwache Stimme nicht wahrnehmen konnte. „Ich muss jetzt weiter …, wir reden später."

Dann legte Julia auf.

Als Erstes sagte Julia das verabredete Treffen mit Alex für den Abend ab. Sie brauchte ein bisschen Ruhe für sich, etwas Zeit ohne zuckerrosa Romantik, um ihren Kopf wieder klar zu bekommen. Julia hatte den Verdacht, dass dieser gesamte Zimtgeruch ihr völlig den Blick aufs Wesentliche vernebelt zu haben schien und all die Zeit mit Alex … –

Aber diese Berührungen! Und die Küsse!

Nein! Sie war eben doch kein Typ für Adventflirts, für vorübergehende Geschichten. Und Alex war sicher nicht an etwas Langfristigem interessiert. Wie auch Julia all diese Schmetterlinge eigentlich ungelegen kamen. Sie fühlte jetzt schon viel zu viel, nach diesen wenigen Tagen mit ihm, mit all diesen Herzhopsern, die Alex auslöste.

Und höchstwahrscheinlich waren ihre kribbelnden Gefühle ohnehin nur einseitig, weil sie nach diesen intensiven Job-Jahren in der Bank ausgehungert nach Berührungen und Aufmerksamkeit und Alex' blitzenden blauen Augen war.

Es war wohl wirklich unrealistisch zu glauben, dass sich aus dem Ganzen etwas *mehr* als ein Adventflirt entwickeln würde.

Warum sollte Alex auch …?

Warum sollte er sich …?

Warum sollte sich jemand wie Alex für eine verkorkste Person wie sie es war interessieren?

21. Kapitel

Am Donnerstagnachmittag, kurz nachdem die Dämmerung über den Hauptplatz hereingebrochen war, stand Alex mit gerunzelter Stirn vor dem „Adventkränzchen" und starrte Julia wütend an.

Die Leute rund um sie herum befanden sich alle in guter Stimmung, die Weihnachtsbeleuchtung strahlte über den Hauptplatz und man wünschte sich allerorts bereits „Frohe Weihnachten". Nur Alex schien davon unberührt zu sein.

Julia hatte seit dem Vortag nur mehr auf jede dritte der vielen Nachrichten von Alex reagiert und hatte sogar mit Emily nur mehr das Nötigste gesprochen. Sie hatte selbst die sorgenvollen Blicke von Emily und Bella so gut es ging ignoriert und sich ausschließlich auf ihre Arbeit konzentriert: Punsch ausschenken und Zimtschnecken verkaufen.

Der Abend allein auf ihrer Couch hatte ihr eindeutig weniger Klarheit gebracht, als es Julia erhofft hatte. Sie hatte Alex schmerzlich vermisst, dazu kam noch das schlechte Gewissen, dass sie all die Menschen, mit denen sie hier in der Stadt seit Kurzem jeden Tag zu tun hatte, kurz angebunden behandelte.

Aber Julia wusste, dass es fürs Erste einmal so sein musste. Sie war viel zu tief in diese Kleinstadt-Geschichten hineingewachsen, viel zu eng mit eigentlich völlig fremden Personen verbunden. Und Silvia hatte recht: So wurde nie etwas aus ihr, wenn sie die Zügel für ihr Leben so schleifen ließ. Sie musste ihren Fokus wiederfinden. Denn das Leben bestand eben nicht nur aus Zimtschnecken und Alex-Küssen!

„Mit mir redet sie auch kaum", sagte Emily zu Alex, was Julia nur einen noch strengeren Blick von Alex einbrachte. Er nickte mit seinem Kopf zur Seite und deutete ihr somit an, dass sie sich neben der Hütte treffen sollten, um sich nicht über die Theke, vor versammelter Gästeschar des „Adventkränzchens" unterhalten zu müssen.

„Ich habe gerade keine Zeit", behauptete Julia, aber Emily drängte sie bereits zur Tür hinaus und sah Alex streng an: „Lös das! Was auch immer du falsch gemacht hast, mach es wieder richtig!"

Julia verdrehte die Augen. „Du hast nichts falsch gemacht", sagte sie zu Alex.

„Aber du ziehst dich zurück", warf Alex ihr vor.

„Sei nicht lächerlich! Ich habe zwei Tage lang etwas weniger auf deine SMS geantwortet als sonst!", antwortete Julia.

„Siehst du!", Alex sah sie triumphierend an, „also hast du es doch bewusst gemacht."

Julia gelang es nicht, ihren schuldbewussten Gesichtsausdruck schnell genug hinter einem Augenrollen zu verbergen, daher musterte Alex sie mit zusammengekniffenen Augen.

„Was ist los?", fragte er und klang so verdammt verständnisvoll, dass Julia beinahe eingeknickt wäre.

„Nichts ist los", erklärte sie jedoch und verschränkte ihre Arme trotzig. „Ich habe viel zu tun." Julia deutete zur Punschhütte.

„Und warum redest du weniger mit Emily?"

„Das mache ich doch gar nicht."

„Machst du wohl!", klang es aus der Punschhütte heraus. Diesmal kam Julias Augenrollen tatsächlich reflexhaft.

Julia zog Alex noch ein Stück weiter vom „Adventkränzchen" weg und zischte ihn an: „Du kannst hier nicht einfach herkommen und eine Szene machen!"

„Ich mache doch keine Szene!", antwortete Alex und lehnte sich entrüstet zurück. „Du bist von einem Tag auf den anderen wie ausgewechselt und ich will wissen, warum!"

Julia starrte Alex trotzig an, sagte aber nichts.

Resigniert ließ er seine Schultern fallen. „Ich verstehe, dass du enttäuscht bist, weil du Emily nicht helfen kannst, aber deshalb kannst du uns nicht gleich alle völlig aus deinem Leben ausklammern."

„Das mache ich doch gar nicht!", rief Julia aus. „Ich muss mich einfach wieder aufs Wesentliche konzentrieren. Dieser ganze Zimtgeruch ist mir einfach zu Kopf gestiegen!"

Für einen Moment sah Alex fast gekränkt aus, aber das musste eine Sinnestäuschung im Abendlicht gewesen sein.

„Aber ich verstehe das nicht …", begann er erneut. „Wir hatten doch etwas Gutes! Du warst immer so … offen und lustig und freundlich … und *zugänglich*!" Er holte tief Luft. „Und plötzlich zickst du herum!"

Nun war es an Julia, empört zurückzuweichen. „Jetzt hör mal zu, Santa Casanova!" Julia hob sogar ihren Zeigefinger und unter anderen Umständen hätte sie ihre Positur vermutlich lustig gefunden, nun war sie aber nur mehr ärgerlich. Warum machte er es ihr bloß so schwer? Sie tat ihnen beiden doch nur etwas Gutes, wenn sie sich zurückzog. „Ich habe einfach keine Zeit mehr für einen Adventflirt", setzte Julia fort. „Und ich kann mich auch nicht um Emily kümmern. Ich bin ja ohnehin bald wieder weg und es ist wohl besser, wenn wir gleich jetzt einen Schlussstrich ziehen. Dann musst du deinen Advent nicht exklusiv für mich reservieren und kannst zur nächsten Weihnachtsüberraschung weiterziehen!"

Alex runzelte die Stirn. Dann holte er Luft. Dann runzelte er nochmals die Stirn. „Ich glaube, du sitzt da einem riesigen Missverständnis auf", behauptete er schließlich.

„Das glaube ich nicht", beharrte Julia, obwohl ihre Stimme unsicherer klang, als sie es wollte.

„Ich ziehe nicht von Weihnachtsüberraschung zu Weihnachtsüberraschung", setzte Alex ruhig fort. „Ich weiß nicht, wie du auf die Idee kommst …"

„Die Leute haben geredet …", murmelte Julia.

„Die Leute haben geredet", wiederholte Alex resigniert. „Und hast du von mir dieses Bild bestätigt bekommen?"

Julia senkte ihren Blick auf ihre Schuhe. Dann schüttelte sie den Kopf. „Aber du hast mir auch keinen Anlass gegeben, etwas anderes zu glauben", sagte sie schließlich und Alex schnaubte ungläubig durch die Nase.

„Wir kennen uns seit gefühlt zweieinhalb Minuten!", rief er aus. „Ich dachte, wir hätten da etwas begonnen, das … –"

„Ja, genau: zweieinhalb Minuten!", unterbrach ihn Julia. „Es ist völlig unlogisch, dass du wegen ein paar weniger SMS so einen Aufstand machst!"

„Es ist auch völlig unlogisch, dass du quasi über Nacht einen stillschweigenden Aufstand startest!", warf Alex zurück. „Was ist plötzlich passiert?" Er seufzte. „Ich dachte, wir hätten noch Zeit …"

Julia musterte ihn schweigsam. Alex sah irgendwie müde aus. Und enttäuscht. Aber das war vermutlich Wunschdenken von ihrer Seite. Obwohl: Er diskutierte außergewöhnlich beharrlich mit ihr herum, nur weil sie mal ein paar Stunden abgetaucht war.

Sollte sie nicht vielleicht doch einlenken? Ein paar Tage blieb sie ja noch hier.

Nein, ihr Entschluss stand fest und dabei blieb sie. Julia musste sich wieder auf ihre Karriere konzentrieren und all die Zimtschnecken und Alex' Vanillegeruch hielten sie bloß davon ab.

„Oder hat dich die Geschichte mit Emilys Wohnsituation so aus der Bahn geworfen?", fragte Alex. „Wir finden dafür bestimmt eine Lösung. Otto lässt sie sicher nicht auf der Straße schlafen. Schon gar nicht bei diesen Temperaturen."

Plötzlich fühlte sich Julia ganz kraftlos. Sie ließ ihre Schultern hängen und Alex, der gute Mensch, der er offenbar war, zog so lang an ihrem Ärmel, bis sie ganz nah vor ihm stand. Dann wickelte er seine Arme soweit sie um ihren Daunenmantel-umhüllten Köper reichten und drückte Julia an sich.

„Ich wollte mit dir eigentlich deswegen sprechen", murmelte er in ihr Ohr. „Ich habe nochmals wegen des Hauses nachgedacht und mit meinen Eltern darüber geredet. Und nachdem du dich ja mit Finanzierungen auskennst, dachte ich, dass du mir helfen könntest."

Julia lehnte sich leicht aus der Umarmung heraus und sah Alex neugierig an. Das motivierte ihn weiterzusprechen: „Ich könnte das Haus doch tatsächlich so weit herrichten, dass ich Notschlafstellen oder etwas Ähnliches anbieten könnte. Dann wäre das Haus nicht zu groß für mich allein. Und Emily hätte einen Platz, um zu bleiben. Und die Stadt hätte ein paar Krisenschlafplätze mehr."

Es dauerte eine Weile, bis Alex' Worte in Julias Kopf ankamen. Und in diesem Moment tobten in ihr alle Gefühle dieser Welt mit den vielen Wörtern hinter ihrer

Stirn um die Wette. Schnell und immer schneller drehte sich das Gefühlskarussell: Ihr Impuls, sich von Alex weiter zurückzuziehen, wurde überlagert vom Drang, sich um einen „richtigen" Job zu kümmern. Dieser Drang wurde sogleich abgelöst von der Überraschung, dass Alex der leichtfertig dahingesagten Idee für sein Haus so viel abgewinnen konnte, dass er tatsächlich weitere Schritte planen wollte. Und mittendrin setzte sich vor allem ein einziges, nicht mehr zu verleugnendes Gefühl in Julia fest: Sie war einfach himmelhochjauchzend bis in die letzte Faser ihres Körpers in Alex verliebt. In seine Augen, in seine Beharrlichkeit, in seine Umarmungen, in seinen Vanille-Kokos-busserl-Orangenpunsch-Geruch, in seine Küsse, in seine Güte, in seinen Humor … hatte sie den Vanillegeruch schon erwähnt?

Und als ihr das alles endlich klar wurde, überkam sie Panik.

„Ich dachte, wir hätten zumindest bis Weihnachten Zeit", sagte Alex ruhig, „dann könnten wir einen Projektplan entwickeln und Budgets durchrechnen."

Ach, deshalb war Alex so beharrlich! Er brauchte ihr Banken-Know-how!

Und plötzlich legte sich knochentiefe Enttäuschung über Julias akute Panik und sie löste sich aus Alex' Umarmung.

„Ich kann das nicht machen, Alex", sagte sie leise, aber bestimmt. „Ich muss jetzt endlich mal auf mich schauen."

Ich muss darauf schauen, dass ich mich nicht noch mehr verliebe.

Sie sah gerade noch Alex' Stirnrunzeln, als sie sich wegdrehte.

Während sie die wenigen Schritte zurück zur Punschhütte machte, atmete sie mehrmals tief ein und aus.

Irgendwie würde sie schon durch die nächsten Tage kommen.

Irgendwie ging es ja immer.

———

„Also, Julia, jetzt erzähl doch mal, was da zwischen dir und Alex läuft!", forderte Lucy sie auf und nippte an ihrem alkoholfreien Sekt.

Julia schnaufte tief durch. Am liebsten wäre sie jetzt wieder im Gästehaus, versteckt unter der warmen Decke auf der Couch mit einer unvernünftigen Dosis Marzipanschokolade im Bauch, aber Bella hatte darauf bestanden, dass Julia erneut zum Proseccoabend (ohne Prosecco) bei Irene mitkam. Nun saß sie hier auf dieser fremden Couch, umringt von lauter Frauen, die sie behandelten, als wären sie bereits seit Jahrzehnten befreundet – und die sie gerade alle erwartungsvoll anlächelten, in der Hoffnung, etwas Alex-Tratsch mit nach Hause zu nehmen.

Nun gut. Dann musste sie die neuen Entwicklungen nun eben schnell kommunizieren, einfach wie ein Pflaster abziehen.

„Es läuft nichts mehr mit Alex", sagte sie schnell, „es war ein netter Flirt, der ist nun aber vorbei."

Vier enttäuschte Mienen sahen zu Julia.

„Aber warum?"

„Ich dachte, endlich hat ihn jemand geknackt."

„Die Schüler waren alle ganz aufgeregt deswegen."

„Die ganze Stadt hat darüber gesprochen!"

„Schülerinnen, nicht Schüler."

„Was ist passiert?"

„Schülerinnen *und* Schüler – *alle* waren aufgeregt deswegen!"

„Stopp!", rief Julia und wachelte mit ihren Händen, als würde sie ein Flugzeug zur Landung anweisen. „Stopp", wiederholte sie leiser, als wiederum alle Frauen zu ihr sahen.

„Das Ganze hat einfach keinen Sinn mehr gemacht", setzte sie fort. „Ich bin ja bald wieder weg …"

„Wo gehst du hin?"

„Ist deine Wohnung schon wieder fertig?"

„Hört auf, durcheinander zu reden, das regt Irene nur auf!"

„Warum weiß ich davon nichts?"

Julia winkte nochmals ungeduldig, damit alle zu sprechen aufhörten.

„Ihr seid unmöglich", sagte sie grinsend. „So neugierig!"

Lucy zuckte mit den Schultern, Amina und Irene sahen fast ein wenig schuldbewusst drein. Nur Bella sah sie stirn-runzelnd an.

„Ich bin mit dieser Entwicklung nicht einverstanden",
sagte Julias Schwester und eine stirnrunzelnde Bella war
ein derart ungewohnter, fast irritierender Anblick, dass
Julia beinahe ein schlechtes Gewissen bekam.

„Alex ist toll", setzte Julia beschwichtigend fort. „Und die
Arbeit im ‚Adventkränzchen' ist toll", ergänzte sie, um
Bella zu beruhigen. „Kalt, aber toll." Die Damen rund
um sie herum lächelten. „Ich muss aber langsam wieder
an meine Ziele denken. Ich muss wieder etwas anderes
arbeiten. Ich muss mich um meine Wohnung in Wien
kümmern und eine Entscheidung deswegen treffen. Ich
kann nicht die ganze Zeit hier zwischen Backstube und
Alex' Umarmungen hin- und herpendeln und zwischendurch mal Eislaufen gehen. Das geht so nicht! So war das
alles nicht geplant!"

„Aber … –", begann Bella, jedoch Julia winkte ab.

„Ich will nicht weiter darüber reden", sagte sie bestimmt,
„es ist für alle besser so."

Lucy seufzte. „Ich muss gestehen, ich bin ein wenig
enttäuscht", sagte sie leise.

Julia zog entschuldigend ihre Schultern hoch.

„Ihr habt so eine … so ein … so einen *Glow*", setzte Lucy
fort.

„Das ist die Weihnachtsbeleuchtung", warf Irene trocken
ein und alle lachten.

„Nein", beharrte Lucy lachend, „ihr wisst ja wohl, was ich
meine. So wie bei Luis und Amina – da hat man doch von

Anfang an gesehen, dass sich zwei Puzzleteile gefunden haben."

Amina sah etwas verlegen aus, aber Bella lächelte versonnen, während Irenes Gesicht einen eher verschmitzten Gesichtsausdruck annahm.

„Wie bei dir und Hans", sagte Irene und zwinkerte Lucy zu. Die seufzte verträumt und Julia beobachtete all ihre verliebten Freundinnen, wie sie an ihre eigenen Liebesgeschichten dachten. Sie sah das Glück, das allen aus ihren Poren zu strömen schien – und für einen Moment fragte sie sich, ob sie das auch mal haben konnte.

Sie wusste bloß noch nicht, welcher arme Teufel sich einmal ihrer erbarmen würde.

„Aber bei Alex und mir war das einfach nicht so wie bei euch allen", unterbrach Julia die kurzfristige, versonnene Stille. „Es war nett, aber er ist einfach nicht der Typ für mehr als einen Adventflirt … –"

„Wir haben ihn eigentlich noch nie so gesehen wie jetzt", sagte Amina. Und weil sie sich so selten an Tratsch beteiligte, immer nur etwas sagte, wenn sie *wirklich* etwas zu sagen hatte, schien ihr Wort immer etwas mehr Gewicht zu haben. „Es haben ja einige Frauen und Männer bei ihm probiert", setzte Amina mit ihrer ruhigen Stimme fort, „und er war immer freundlich, manchmal auch interessiert, aber nie so … so … beharrlich wie bei dir."

Julia schluckte. Ihr Hals war plötzlich so trocken. Hastig nippte sie an ihrem alkoholfreien Sekt.

„Das stimmt", ergänzte Bella und lächelte milde. „Wie er dich immer ansieht!" Bella seufzte.

„Aber …", begann Julia erneut.

„Genau!", fiel ihr Lucy ins Wort. „Ihr wirkt beide so, als hättet ihr etwas gefunden, wobei ihr gar nicht gewusst habt, dass ihr etwas sucht – macht das Sinn?" Sie sah grinsend in die Runde. „Puzzleteile eben!"

Julia seufzte. „Ich würde wirklich gerne das Thema wechseln."

„Überleg es dir doch nochmals!", forderte Lucy sie auf und Bella nickte heftig.

„Das geht doch nicht mehr", murmelte Julia und fühlte sich zum ersten Mal am heutigen Tag unendlich traurig. „Ich habe doch schon zu ihm gesagt, dass die Sache mit uns zu Ende ist. Außerdem wollte er ja bloß meine Hilfe bei der Finanzierung eines Projekts."

„Also, das stimmt doch wohl wirklich nicht!", empörte sich eine nach der anderen.

„So hat er es gesagt!", beharrte Julia.

„Da hast du etwas falsch verstanden!", entrüstete sich Lucy.

„Ich sehe meinen Bankberater sicher nicht so an, wie Alex dich immer ansieht", behauptete Bella.

Julia verdrehte die Augen. „Bitte!", flehte sie nun etwas dringlicher. „Ich möchte wirklich etwas anderes besprechen. Sie drehte sich zu Irene, die am wenigsten zu ihrer Situation beigetragen hatte. „Was gibt es bei dir Neues?"

Irene sah sie lächelnd und ein wenig wissend an, dann nickte sie ihr zu und drehte sich in die Runde. „Ich habe tatsächlich Neuigkeiten: Nana ist seit gestern endlich wieder zu Hause!"

Bella setzte sich erstaunt auf. „Tatsächlich?", rief sie aus. „Warum war sie noch nicht bei mir?"

Irene grinste. „Sie muss sich wohl erst mal ausschlafen, das Haus aufheizen und wieder bewohnbar machen und so weiter." Sie schnaufte irritiert auf. „Es ist so ärgerlich, dass ich ihr dabei nicht helfen kann. Tom ist im Geschäft total eingespannt. Und Bobby kommt erst am Wochenende nach Hause."

Irenes Ehemann Tom führte das größte Sportgeschäft in der Stadt, in dem natürlich so kurz vor Weihnachten ebenso der Bär los war wie in allen anderen Geschäften der Region. Bobby war Toms Nichte, die im Teenageralter bei ihm eingezogen war, nachdem Bobbys Mutter einen Job in Deutschland angenommen hatte. Irene und Bobby verband seit diesem Sommer von vor vielen Jahren eine spezielle Freundschaft.

„Bleibt Bobby dann schon für die Feiertage hier?", fragte Bella nach und Irene nickte heftig.

„Zum Glück!", seufzte sie und deutete auf ihren Bauch. „Wir können die Hilfe hier mittlerweile gut gebrauchen. Aber wenn Nana mal ausgeschlafen ist – und wenn Bobby sich von ihren Weihnachtsfeiern erholt hat –, dann wird es hier im Haus wohl hoffentlich etwas weihnachtlicher. Ich konnte ja gar nichts vorbereiten. Es gibt keine Weihnachtsdeko, keine Kekse, keinen Baum …"

„Welche Weihnachtsfeiern?", hakte Lucy nach.

Irene verdrehte die Augen. „Es ist Bobbys erstes Semester an der Uni, sie wohnt zum ersten Mal allein und weit genug entfernt von irgendwelchen Erziehungsberechtigten …, wenn ich daran denke, was ich in diesem Alter alles aufgeführt habe, wird mir ganz flau im Magen beim Gedanken, dass Bobby womöglich die gleichen Abenteuer …“ Sie ließ den Satz unvollendet in der Luft hängen.

Alle Frauen in der Runde grinsten wissend – und auch ein wenig schuldbewusst. Sie alle schienen ihre Erinnerungen zu haben an die ersten Monate nach der Schule, während derer sie sich in (scheinbarer) „Freiheit“ bewegt hatten.

„Tom ist jedenfalls wesentlich entspannter als ich“, erzählte Irene weiter. „Er behauptet, Bobby hätte ihre wilde Phase bereits mit 15 durchgemacht, in den ersten Monaten, nachdem sie bei ihm eingezogen war, aber ich bin mir da nicht so sicher.“

„Ach, wer weiß“, sagte Bella und winkte ab. „Die Kinder heutzutage sind manchmal viel konservativer, als wir es waren.“

„*You wish*!“, sagte Irene und alle lachten.

Julia hörte den Frauen zu, wie sie weiter scherzten und Irene mit ihren eigenen Dramen als junge Erwachsene unterhielten (und schockierten). Julia selbst hatte gar keine so euphorischen Erinnerungen an die ersten Jahre nach der Schulzeit. So sehr sie es während der Schuljahre kaum erwarten hatte können, endlich dem engen Stundenplan-Korsett und den drangsalierenden Methoden mancher Lehrer zu entkommen, umso enttäuschender war es dann später tatsächlich, zu entdecken, wie wenig „frei“ sie nach dem Ende der Schulzeit in Realität gewesen war. Statt der lästigen Schulverpflichtungen war plötzlich eine ganz andere Verantwortung auf sie zugekommen: Sie hatte Miete zu bezahlen, sich um eine angemessene Vorlesungs- und Prüfungsleistung zu kümmern, dazu musste sie die passenden Praktika finden und, weil sie in einer neuen Stadt studierte, neue Freunde finden. Der verstörend enge, aber schlussendlich sichere Kokon der Schuljahre war plötzlich weggefallen und hatte Julia relativ unvorbereitet in den Ernst des Erwachsenenlebens entlassen.

Und auch wenn sie sich in den vergangenen Wochen ein wenig Auszeit von ihren Verpflichtungen gegönnt hatte, ließen sich diese einfach nicht mehr länger ausblenden.

Ja. Nein. Ja. Sie hatte definitiv richtig entschieden.

22. Kapitel

Als Julia am Freitag das „Adventkränzchen" öffnete, war Emily noch nicht zum Dienst erschienen, was ungewöhnlich war. Üblicherweise gab Emily Bescheid, falls sie sich verspätete, aber Julia fand keine Nachricht auf ihrem Telefon.

In der ersten Stunde kamen einige Gäste zum „Adventkränzchen" und gut zwei Drittel davon erkundigten sich nach Emily, was Julia mit Genugtuung erfüllte, wie sehr sich das Mädchen mittlerweile in der Stadt eingefügt hatte. Aber es erfüllte sie auch mit großer Sorge.

„Wo bist du?", schrieb sie per SMS, aber Emily antwortete nicht.

Nach einer weiteren Stunde fragte Julia bei Bella nach, die ebenso nichts von dem Mädchen gehört hatte.

„Das ist so unüblich für sie", sagte Julia und wählte Emilys Telefonnummer, landete aber sofort auf der Mailbox.

Den ganzen Nachmittag über versuchte Julia immer wieder, Emily zu kontaktieren. Sie rief an, hinterließ Nachrichten auf ihrer Mailbox, schrieb ihr auf allen möglichen Kanälen, aber Emily rührte sich nicht.

Julia bemühte sich so gut es ging, ihre Sorge zu verbergen, was ihr nur mäßig gelang. Viermal gab sie falsches Wechselgeld heraus – zumindest wurde sie viermal darauf hingewiesen. Wer wusste schon, wie oft sie sonst danebengegriffen hatte. Dreimal verschüttete sie so viel Punsch, dass sie neue Getränke anrichten musste. Und fünfmal musste sie Zimtschnecken-Bestellungen korrigieren.

„Es wird schon nichts Wildes sein", versuchte die Frau des Uhrmachers Julia zu beruhigen, aber selbst das zeigte keine Wirkung.

Julia machte sich Vorwürfe, dass sie in den vergangenen zwei Tagen so abwesend und vor allem abweisend gegenüber Emily gewesen war und sie gab sich die Schuld, dass das Mädchen nicht zum Dienst erschienen war.

„Was ist los?", fragte Julia schließlich panisch, als Bella und Otto mit ernsten Mienen bei der Punschhütte erschienen, gerade als Julia für den Tag zusammenpacken wollte.

„Sie ist weg", sagte Otto.

„Was heißt ‚weg'?", fragte Julia.

„Emily hat ihre Sachen gepackt und ist aus der Wohnung ausgezogen", ergänzte Otto und sah Julia scharf an. „Hast du ihr erzählt, dass sie ausziehen muss?"

Julia schüttelte heftig den Kopf. „Ich habe in ihrer Nähe nicht einmal etwas angedeutet, ich habe… –" Julia stöhnte auf, als ihr eine Erinnerung an den vorangegangenen Nachmittag einfiel und sie warf ihren Kopf wütend in den Nacken. „Ich Idiotin!"

„Was?", fragte Bella und zog an Julias Jackenärmel.

„Ich Hornochse!", rief Julia nochmals aus. „Ich habe mit Alex gestern neben der Punschhütte herumgestritten, unter anderem wegen Emilys Wohnsituation."

„Warum habt ihr deshalb gestritten? Ich dachte, du hast mit ihm Schluss gemacht?", fragte Bella stirnrunzelnd.

„Hat sie euch gehört?", fragte Otto gleichzeitig.

Julia antwortete erst ihrem Schwager: „Ja, vermutlich. Sie hat anfangs immer ein bisschen mitgeredet, als wir noch wegen etwas anderem herumdiskutiert haben. Wir sind dann ein Stück weit weg gegangen, aber vielleicht haben wir dennoch zu laut gesprochen."

„Hat sie etwas zu dir gesagt danach?"

„Nein", Julias Stimme klang richtig verzweifelt. „Sie hat kaum mit mir geredet. Aber nachdem ich selbst so in Gedanken war, war ich richtig froh, nicht mit ihr sprechen zu müssen! Ich Idiotin!"

Julia schlug sich mit der Hand auf die Stirn.

„Der Verwalter in der Krisenwohnung hat ihre Abreise gar nicht bemerkt", erzählte Otto, „sie hat einfach einen Zettel hinterlegt, dass der Schlafplatz nun verfügbar sei und sie hat sich dafür bedankt, dass sie so lange bleiben konnte."

„Warum hast du mit Alex wegen Emily gestritten?", fragte Bella ein weiteres Mal und Julia verdrehte die Augen, damit Bella nicht sehen konnte, wie nahe sie bereits den Tränen war.

„Ich weiß es doch nicht!", rief Julia aus. „Ich war so unter Druck! Alex hat sich beschwert, weil ich den Kontakt reduziert hatte. Und dann hatte er diese Idee, dass wir eine Finanzierung für Emilys Wohnsituation auf die Beine stellen könnten." Julia schnaufte auf. „Aber ich bin doch viel zu verliebt in ihn, dass ich mit ihm nur herum-rechnen kann! Und ich muss da auf mich schauen! Also habe ich abgelehnt und irgendetwas davon muss Emily gehört haben und jetzt ist sie weg *und das ist alles ein Albtraum!*"

Julia atmete hektisch ein und aus, aber irgendwie schien ihr die Luft wegzubleiben.

„Es ist alles okay", sagte Bella beschwichtigend und hielt ihr die Hand auf den Rücken. „Atme ein … drei, vier, fünf … –"

„Nichts ist in Ordnung!", stieß Julia hervor.

„… und jetzt atme wieder aus", setzte Bella fort.

Julia bemühte sich darum, Bellas Anweisungen zu folgen und nach zwei, drei holprigen Atemzügen schien sich ihr Brustkorb wieder zur gewohnten Weite auszudehnen.

„Danke", murmelte Julia.

„Du bist also verliebt in Alex", sagte Bella, ohne mit der Wimper zu zucken.

„*Das* ist es, wo du als erstes nachhakst?", fragte Julia mit hochgezogener Augenbraue.

Bella zuckte mit der Schulter. „Warum sollten wir lange um den heißen Brei herumreden? Das haben wir ja gestern Abend bei Irene bereits gemacht", sagte Bella und drehte sich zu Otto. „Nicht, dass wir nicht ohnehin schon wussten, dass Julia sich verliebt hatte", erklärte sie ihm wissend.

Otto sah sie nur milde an. „Das weiß doch schon die gesamte Stadt", antwortete er und klang dabei fast gelangweilt.

Julia stöhnte genervt auf. „Bitte!", rief sie aus. „Mein nicht vorhandenes Liebesleben ist doch wirklich nicht so wichtig wie Emily!"

Bella sah tatsächlich ein wenig schuldbewusst drein. „Wir diskutieren später noch mal über die falsche Verwendung von ,nicht vorhanden', aber gut: Was machen wir nun wegen Emily?" Bella klatschte motivierend in die Hände und Julia fischte ein weiteres Mal ihr Telefon aus ihrer Manteltasche.

Wiederum keine Nachricht von Emily.

Resigniert ließ sie ihre Schultern hängen.

„Ich weiß einfach nicht mehr, was ich tun soll", sagte sie zu Bella und Otto. „Den ganzen Nachmittag schon habe ich sie mit SMS und Whatsapp und Mailbox-Nachrichten bombardiert, aber sie meldet sich einfach nicht. Ihr Telefon läutet nicht einmal, wenn ich anrufe!"

Otto sah sie einen Moment lang nachdenklich an. „Schlussendlich ist sie volljährig", sagte er dann langsam. „Sie kann tatsächlich allein entscheiden, wohin sie geht."

„Aber …", begann Julia, stoppte dann ab, weil sie nicht wusste, was sie sagen sollte. „Soll ich das jetzt einfach so hinnehmen?", fragte sie schließlich.

„Nein, natürlich nicht", beschwichtigte Bella. „Aber vielleicht sollten wir nichts überhasten und uns morgen in Ruhe nochmals überlegen, was wir tun können."

„Vielleicht hat sie woanders einen Job gefunden", sagte Otto und hüstelte dann verlegen.

„Aber dann hätte sie sich verabschiedet!", rief Julia aus.

„Oder sie hat ein Jobangebot, von dem wir nicht wussten, angenommen, nachdem sie dich und Alex gehört hat."

Wieder stöhnte Julia frustriert auf. „Das kann doch alles nicht wahr sein!"

So kamen sie nicht weiter.

Sie drehte sich von Bella und Otto weg und kümmerte sich darum, dass die Punschhütte für den Abend abgeschlossen wurde.

Dann beschloss Julia, ins Gästehaus zu fahren, etwas zu essen (vor allem sehr viel Marzipanschokolade) und währenddessen einen Plan zu entwerfen, wie sie dieses von ihr verursachte Chaos wieder entwirren konnte.

Julias Telefon läutete, als noch mehr Dunkelheit als Tageslicht über dem neuen Morgen lag. Erschrocken fuhr sie aus dem Schlaf hoch und sie brauchte einige Momente, um sich zu orientieren. Ihre Wangen waren nass und einige Tränen kitzelten sogar an ihrem Hals entlang, als Julia nach ihrem Telefon tastete.

„Ja?", keuchte sie ins Telefon. Hoffentlich war das Emily!

„Guten Morgen", klang eine bekannte fröhliche Stimme in ihr Ohr.

„Guten Morgen", antwortete Julia, um etwas Zeit für ihr Hirn herauszuschlagen, die Stimme zuzuordnen.

„Wir möchten Ihnen gerne die Position anbieten!", trällerte die Stimme weiter und Julia erkannte sie endlich als jene Frau, die sie vor einigen Tagen „richtig, richtig gerne" zum Bewerbungsgespräch eingeladen hatte. Die Frau klang, als hätte sie Julia gerade über einen Millionengewinn informiert, als sie weitersprach und ihr anbot, dass der Arbeitsvertrag kommende Woche unterschrieben werden könnte. Danach zählte sie noch einige Informationen auf, die Julia „richtig, richtig bald" übermitteln sollte, von der Sozialversicherungsnummer über die Wohnadresse bis hin zu weiteren Daten.

„Aber ich fasse das für Sie noch in einem E-Mail zusammen", jubelte die Personalbeauftragte in den Hörer.

„Vielen, vielen Dank", stammelte Julia, vollkommen überwältigt von dem Gespräch, ihrem verschlafenen Kopf und ihren tränennassen Wangen.

„Ich wünsche Ihnen ein richtig, richtig schönes Wochenende", schloss die Dame am Telefon das Gespräch.

Und erst da fiel Julia auf, dass heute ja eigentlich Samstag war.

Nachdem sie aufgelegt hatte, kontrollierte Julia ihr Display und alle Apps, über die man ihr Nachrichten schicken konnte, aber Emily hatte sich während der wenigen Stunden, die Julia geschlafen hatte, nicht gemeldet.

Am Vorabend hatte Julia noch hin und her überlegt, wie sie Emily am besten davon überzeugen konnte, wieder zurückzukommen. Sie hatte vier unterschiedliche SMS formuliert und drei Entwürfe an Nachrichten, die sie auf die Mailbox sprechen wollte, aber keine davon fand Julia überzeugend genug, weshalb es bloß bei den Entwürfen blieb.

Schlussendlich hatte sie für sich beschlossen, die Sache ruhen zu lassen. Die Situation war, wie sie war und Julia konnte sie nicht ändern. Emily hatte ihren eigenen Kopf und auch wenn sich Julia schuldig fühlte, dass Emily offenbar einem Missverständnis aufgesessen war, so war sie auch nicht letztgültig verantwortlich für die Entscheidungen des Mädchens. Trotzdem hoffte sie, dass sie die Sache bald aufklären konnten.

Julia wickelte sich in ihre Strickweste und stieg von der Schlafgalerie hinunter in den großen Raum des Gästehauses, vor dessen riesiger Glastür langsam ein neuer Tag begann. Dunkelgraue Wolken hingen tief über den Hügeln und Julia erinnerte sich, dass die Frau des Uhrmachers am Vortag weiteren Schneefall angekündigt hatte. Vom Schnee der vergangenen Woche waren nur mehr einzelne kleine Eisfelder an besonders schattigen Stellen übrig geblieben, dazwischen dominierten grüne und braune Wiesenflecken.

Julia warf sich noch die Wolldecke, mit der sie sich üblicherweise auf der Couch zudeckte, um die Schultern und schob die Glastür auf. Die Luft war schneidend kalt und roch nach verbranntem Holz sowie bevorstehendem Schneefall. Julia nahm drei tiefe Atemzüge. Während ihrer Kindheit war dieser Geruch stets präsent gewesen. So hatte es gerochen, wenn sie in der Morgendämmerung zur Schule losgegangen war, so hatte es gerochen, wenn sie und die Nachbarskinder nachmittags Schlitten gefahren waren. So hatte es gerochen, wenn Julia in der einbrechenden Abenddämmerung ins gut beheizte Haus zurückgekommen war und sich mit Kakao aufgewärmt hatte.

Das abrupte Aufwachen an diesem Samstagmorgen hatte ihren ohnehin schon chaotisch herumlaufenden Gedanken, die nicht mal während des Schlafens richtig zur Ruhe gekommen waren, weiteren Auftrieb gegeben. Julia atmete ein weiteres Mal die kalte Dezemberluft ein.

Nun hatte sie also den Job.

Nun hatte sie die Nachricht erhalten, auf die sie die ganze Woche schon gewartet hatte. Auf die sie sich soweit vorbereitet hatte, dass sie sowohl Alex als auch Emily vorsorglich verprellt hatte.

Im Kopf überschlug Julia, was sie alles zu tun hatte. Heute würde sie am Vormittag wieder die Zimtschnecken für den Tag aufbacken sowie weiteren Vorrat für die kommende Woche anlegen und danach im „Adventkränzchen" die Gäste bedienen. Am Abend würde sie dann die Informationen für den neuen Job zusammensuchen, sie musste den Mietvertrag ihrer Wohnung kündigen, sich eine neue Wohnung in Graz suchen … –

Julias Bauch zog und zwickte bedenklich, als hätte sie Hunger und einen Schub Nervosität gleichzeitig zu verdauen. Und sie fühlte sich müde.

Der Gedanke, dass sie sich heute nach einem langen Tag in der Punschhütte nochmals an den Computer setzen musste, ermüdete sie plötzlich zu ihrer großen Überraschung. Das war neu.

Denn eigentlich war sie unerwartete To-dos am Wochenende gewöhnt.

Wie viele Samstage zuvor war sie um 7:00 Uhr morgens von Kalle oder einem

Kollegen aus der Bank aus dem Schlaf gerissen worden, um ihr mitzuteilen, dass sie an diesem Wochenende „leider, leider" arbeiten würde müssen?

Zu viele, um sie zählen zu können.

Doch Julia hatte es immer gerne gemacht, es hatte ihr Sinn gegeben. Sie war sich nützlich vorgekommen, in diesen Notfällen aushelfen zu können.

Julia war sich immer sicher gewesen, dass ihr all dieser Einsatz, die zusätzlichen Stunden im Büro, die nicht vorhandenen Wochenenden, irgendwann einmal nützen würden. Dass es sich bezahlt machen würde, wenn sie auf Freizeit verzichtete.

Und auch wenn ihr die Firma, in die sie so viel investiert hatte, dieses Engagement schlussendlich nicht gedankt hatte, hatte Julia heute doch die Zusage zu jenem Job bekommen, der sie auf der Karriereleiter ein Stück weiter nach oben pushen würde.

Also hatte es sich doch bezahlt gemacht.

Zu ihrer großen Überraschung fühlte sich Julia nicht zufrieden. Irgendetwas stimmte nicht. Natürlich, Emilys Abtauchen lag ihr immer noch im Magen. Und sie war sehr irritiert davon, dass sie heute – nach mehr als einer Woche ohne Tränen – wieder auf einem durchnässten Kissen aufgewacht war.

Die Kälte des Morgens kroch langsam unter Julias Pyjamabeine und sie schloss die Glastür zum Gästehaus wieder. Bedächtig richtete sie sich ihr Frühstück, achtete auf all ihre Handbewegungen und versuchte, sich nur auf die jeweiligen Handgriffe zu konzentrieren: den Teebeutel im Häferl mit heißem Wasser aufzugießen. Die Haferflocken in die Milch zu rühren. Die Früchte kleinzuschneiden.

Julias Atem wurde von Minute zu Minute ruhiger, ihr Körper schien sich wie automatisiert an die vielen Yogaübungen der vergangenen Wochen zu erinnern und Julia spürte, wie sich ihre Gedanken so nach und nach verlangsamten.

Während sie aß, beschloss Julia, vor dem Weg ins „Kaffeekränzchen" im Yogastudio vorbeizuschauen. Sie würde in den kommenden Stunden und Tagen jedes Atem- und Entspannungstraining benötigen, das sie bekommen konnte.

Es war schlussendlich Luis Kramer, der kurz bevor Julia das „Adventkränzchen" für den Tag schloss, zu ihr kam. Den ganzen Nachmittag über hatte Julia mit sich selbst Wetten abgeschlossen, wer aus dieser erweiterten, hartnäckigen Clique rund um Bella und Otto den kürzeren Strohhalm ziehen würde, um Julia ins Gewissen zu reden – sei es wegen Emily, sei es wegen Alex.

Über die Jobzusage wusste noch niemand Bescheid. Wer wusste schon, was den Leuten einfiel, wenn sie erst davon erfuhren?

Julia begrüßte den Schriftsteller neutral und mit der immer gleichen Bescheidenheit, die sie seiner Prominenz gegenüber empfand. Er konnte wohl noch so oft Punsch und Zimtschnecken bei ihr kaufen, sie würde in den ersten Minuten des Gesprächs mit ihm immer erst den berühmten Schriftsteller sehen und dann erst den guten Freund von Otto und Bella sowie Aminas große Liebe.

„Sie haben dich geschickt, um mit mir zu reden, oder?", fragte Julia, nachdem sie ihre Schüchternheit mit ein bisschen Small Talk abgelegt hatte.

Luis hob eine Schulter entschuldigend. „Ich habe mich angeboten", sagte er schließlich und lächelte leicht schief.

„Warum?", fragte Julia, ehrlich neugierig.

Wieder zuckte er leicht mit den Schultern. „Ich bin als Letzter neu zu dieser Runde dazugestoßen. Mein Stadtleben ist am wenigsten lange her."

„Also ist das deine Mission? Mir das Stadtleben auszureden?", fragte Julia.

Aber Luis schüttelte den Kopf. „Nein", sagte er streng, „ich will dir gar nichts ein- oder ausreden. Aber ich will dir anbieten, dir zuzuhören, falls du reden möchtest."

„Ich möchte gar nicht reden", behauptete Julia.

Luis sah sie eine Zeitlang schweigend an.

Julia räumte die Punschhütte fertig zusammen, schenkte sich und Luis noch jeweils eine Tasse Punsch ein, teilte eine Zimtschnecke und legte jede Hälfte auf eine Serviette. Sie prosteten sich mit erhobenen Tassen, jedoch schweigend zu.

„Ich habe ein Jobangebot erhalten", platzte Julia schließlich zu ihrer eigenen Überraschung heraus. „Es ist in Graz, also nicht ganz so weit weg wie bisher. Ich könnte mit Beginn des neuen Jahres dort starten. Es ist besser bezahlt als jeder meiner bisherigen Jobs, ich habe viel mehr Verantwortung als jemals zuvor, es ist genau das, was ich schon seit Jahren machen wollte."

Luis nickte. „Herzlichen Glückwunsch", sagte er ruhig.

„Danke", antwortete Julia. Sie atmete tief durch. „Es fühlt sich …" Sie suchte nach Worten.

„Ich fühle mich …" Wieder pausierte sie. „Ich freue mich nicht so, wie ich mich eigentlich freuen sollte", sagte sie schlussendlich.

Wieder nickte Luis.

„Ich *will* mich eigentlich freuen!", setzte Julia fort. „Ich sollte jubelnd durch die Stadt laufen. Ich habe so, so, so, so viel geopfert – Zeit, Freundschaften, Beziehungen …", mit Mühe verhinderte sie ein leises Schluchzen, das sich beinahe aus ihrem Brustkorb herausgekämpft hatte, „… ich habe so viel *nicht* gemacht, um endlich diesen Job machen zu können. Um endlich so viel Geld verdienen zu können."

„Aber jetzt ist das gar nicht der Gipfel, den du erreichen wolltest", mutmaßte Luis und Julia nickte leicht.

„Das kommt vor", sagte Luis tröstend. „Manchmal geht man unbeirrt auf ein Ziel zu und erkennt erst dort, dass man da eigentlich gar nicht hinwollte." Wieder zuckte er mit den Schultern und Julia lachte bitter auf.

„Aber wer gibt mir denn meine Zeit wieder?", fragte sie und klang fast ein wenig hysterisch. „Es ist, als hätte ich alles, was ich bisher gemacht habe, umsonst gemacht."

„Nichts ist umsonst", behauptete Luis und Julia sah ihn skeptisch an. „Manche Dinge, manche Entwicklungen haben auf den ersten Blick keinen offenkundigen Nutzen, aber irgendwann später einmal stellt man fest, dass man genau dieses Erlebnis, dieses Wissen, diese Bekanntschaft benötigt hat, um einen bestimmten Weg einzuschlagen."

Julia sah ihn ratlos an.

Luis lächelte ihr zu. „So ist das Leben", sagte er schulterzuckend. „Es macht immer erst in der Rückschau Sinn. Dadurch, dass wir dazu neigen, alles nur mehr fürs nächste Social-Media-Posting zu erleben und zu dokumentieren, eilen wir von einem quasi-historischen Ereignis zum nächsten. Dabei vergessen wir oft darauf, jene Erfahrungen zu sammeln, die uns eigentlich die Bewertung dieser Ereignisse in der Rückblende ermöglichen. Manchmal muss man das Leben auch einfach geschehen lassen."

Julia schnaufte einmal kurz auf. „Vielen Dank für die Philosophiestunde", sagte sie lächelnd und Luis lächelte schief zurück.

„Ich war nicht immer so weise", grinste er verschmitzt, „ich weiß nicht, ob man dir erzählt hat, wie ich Amina kennengelernt habe …?"

Julia schüttelte den Kopf.

„Mir ging es damals nicht gut", erzählte Luis und seine Stimme krächzte leicht. „Ich wollte so unbedingt schreiben, so unbedingt das nächste Buch beginnen, aber es ging einfach nicht. Ich war so fokussiert auf dieses eine Ziel, dass ich alles rundherum abgelehnt habe – so sehr, dass ich körperliche Beschwerden hatte. Nun jedenfalls war mein Tiefpunkt, dass ich am Ende meiner Kräfte hier in der Stadt gelandet bin, es hatte frisch geschneit und ich bin direkt vor dem ‚Seitenweise' ausgerutscht. Und Amina findet mich, fluchend auf dem Boden liegend. Und ich weiß noch, wie ich mir dachte: *Das* ist jetzt der Tiefpunkt. Schlimmer kann es nicht mehr werden.'" Luis seufzte und lächelte dann aber gleich wieder. „Worauf ich hinaus will: Letzten Endes habe ich hier nicht nur eine neue Idee für ein Buch gefunden, sondern auch Amina. Und ein Leben, ein *sehr schönes* Leben mit Amina. Ich habe neue Bekanntschaften und Freundschaften geknüpft und so weiter." Er lächelte Julia ein weiteres Mal zu. „Hatte ich das erwartet, als mich mein Agent gezwungen hat, hierher zu fahren? Hatte ich in den ersten Wochen hier in der Stadt damit gerechnet, dass ich genau hier zur Ruhe kommen würde? Dass ich hier bleiben würde und so befreit meine Bücher schreibe wie noch nie zuvor?" Er schüttelte den Kopf. „Und: Musste es mir erst so schlecht gehen, damit ich diesen Weg einschlage oder wäre ich sowieso hier gelandet? Wäre ich anderswo ähnlich zufrieden geworden?"

„Das weißt du doch gar nicht!", warf Julia ein.

„Genau das meine ich!", rief Luis enthusiastisch aus. „Man weiß es einfach nicht! Es weiß niemand, ob Amina und ich ewig hierbleiben. Vielleicht wollen wir in zwanzig Jahren nach Apulien ziehen."

„Als ob dich Otto wegziehen lassen würde!", unterbrach ihn Julia gespielt entrüstet und Luis lachte auf.

„Das stimmt", er grinste. „Dass Otto auf ewig Bürgermeister bleibt, ist wohl die einzige Sache, von der man tatsächlich sicher ausgehen kann." Luis zwinkerte und Julia lachte auf.

„Ich verstehe, was du meinst, glaube ich", sagte sie nachdenklich. „Aber willst du mir sagen, dass ich auch hierbleiben soll?"

Luis schüttelte den Kopf. „Ich will dir gar nichts raten", sagte er vehement, dann dachte er kurz nach. „Ich wollte dich eigentlich nur trösten und dir sagen, dass sich manchmal Dinge erst entwickeln müssen, damit man ihren Sinn versteht."

Julia schluckte. „Ich dachte, ich mache etwas Richtiges und Wichtiges für uns alle, indem ich mich von Alex und Emily zurückgezogen habe", seufzte sie. „Nun ja, Emily wollte ich gar nicht zurückweisen. Aber ich war so überfordert mit allem. Ich wusste nicht, was ich will, also habe ich gemacht, was ich immer gemacht habe: Ich habe mich auf meinen Ehrgeiz konzentriert."

„Das war sicher nicht falsch", sagte Luis.

„Aber ich habe zwei Leute auf unterschiedliche Weise verprellt und ich weiß nicht, wie ich es wieder gutmachen soll", raunzte Julia.

„Warum kümmert es dich überhaupt, wenn du ohnehin bald wieder wegziehst?", fragte Luis provokant und sie sah an seinen Augen, dass er sie mit dieser Frage bewusst herausforderte.

Und Julia schluckte erneut. Gegen den Schmerz in ihrer Magengegend, der immer dann auftrat, wenn sie daran dachte, Emily und auch Alex nie wieder zu sehen.

Nie wieder zu sehen.

Plötzlich klarte sich Julias Hirn auf: *Das* war die Ursache des Schmerzes, *das* war ihre Sorge. Ja, sie fühlte sich schlecht, weil sie mit beiden halb streitend, halb unfreundlich verblieben war. Aber das war gar nicht der Hauptgrund für den Felsbrocken, den sie auf ihren

Schultern spürte. Nein, Julia wollte eigentlich weder
Emily noch Alex gänzlich aus ihrem Leben streichen. Der
Gedanke, beide nicht mehr sehen zu können, war ihr
noch unangenehmer, als der Gedanke, in naher Zukunft
wieder samstags kurz nach Tagesanbruch wegen irgend-
eines „Notfalls" in der Arbeit geweckt zu werden.

Aber was machte sie jetzt bloß mit dieser Erkenntnis?

„Das ist wirklich gar nicht so einfach, dieses Leben",
seufzte Julia schließlich und lächelte Luis dankbar zu.
„Vielen Dank für deine weisen Gedanken", sagte Julia
und Luis nickte ihr zu.

„Jederzeit", grinste er. „Wir Schriftsteller neigen ja dazu,
unsere eigene Geschichte so kontrollieren zu wollen, wie
wir die Geschichten, die wir uns ausdenken, kontrollieren
können. Aber sowohl das echte Leben als auch die Leben
unserer Charaktere machen oftmals unerwartete
Wendungen", sagte er.

23. Kapitel

Julia verschlief den Sonntagmorgen und wachte am späten Vormittag zu einer tief verschneiten Landschaft vor dem Fenster des Gästehauses auf. Sie fühlte sich ausgeruht und zufrieden, als sie sich genüsslich streckte und für ein paar Minuten die schneebedeckte Stille im Gästehaus genoss.

Julia war schon einige Minuten munter, als ihr der frühmorgendliche Anruf vom Vortag wieder einfiel. Für einen kurzen Moment hatte sie ein schlechtes Gewissen, weil sie am Vorabend nicht mehr auf das E-Mail der Personalabteilung geantwortet hatte, aber Julia schob den Gedanken schnell wieder zur Seite.

Ich will mich nicht mehr so unter Druck setzen lassen.

Julia setzte sich überrascht im Bett auf, um den Gedanken und das Gefühl dazu etwas länger festhalten zu können.

Tatsächlich! Sie *wollte* das nicht mehr. Sie wollte nicht mehr am Wochenende im Morgengrauen kontaktiert werden. Schon gar nicht wegen Dingen, die ohne Weiteres bis Montag warten konnten und so oder so einfach gar nichts zum Weltfrieden beitragen würden.

Sie wollte diesen Druck nicht mehr spüren, ständig etwas erledigen zu müssen. Ständig die To-do-List vor Augen zu haben, ständig irgendeine Deadline einhalten zu müssen. Sie hatte genug von dem Stress, der stets mit den Jobs, die sie machte, einherging.

Und zum ersten Mal erlaubte sich Julia das Gedankenspiel, das Jobangebot vielleicht doch nicht anzunehmen und keinen weiteren Job dieser Art in nächster Zeit auszuüben. Für einen Moment fühlte sie sich, als würde sie etwas Verbotenes machen: Durfte sie überhaupt so denken? Sie hatte doch ihr gesamtes Erwachsenenleben darauf aufgebaut, nach der nächsten Sprosse auf der Karriereleiter zu greifen.

Mit leichter Überraschung erkannte Julia jedoch, dass sie sich beim Gedanken an ein Leben *ohne* den neuen Job fast wohler und entspannter fühlte als nach einer intensiven Yogastunde. Julia lachte auf.

War das die Lösung?

War es das, was Luis gemeint hatte?

Julia schüttelte verwirrt den Kopf. Ihr war nicht ganz klar, warum sie sich plötzlich erleichtert fühlte, wenn die Hoffnung auf einen neuen Job ihr bisher immer Sicherheit gegeben hatte.

Julia ließ sich wieder zurück auf ihren Polster fallen und starrte an die Decke.

Einzelne Gesprächsfetzen aus ihrer Unterhaltung mit Luis fielen ihr wieder ein: vom Nutzen, der sich erst später erschloss, bis zu unerwarteten Wegen, die sich eröffnen konnten.

Julia hatte vor sich immer nur diesen einen fixen Weg gesehen, den sie unbeirrt beschritten hatte. Wenn sie diesen nun *nicht* mehr weiterging …, welche Weggabelungen würden sich denn dann auftun?

Sie dachte nach.

Auf der einen Seite konnte sie natürlich hierbleiben und für Bella Zimtschnecken backen.

Julias Bauch zwickte leicht, zufriedener als beim Gedanken an den Job in der Bank, aber auch nicht so, als würde sie damit eine richtige Entscheidung treffen. Sie dachte weiter nach.

Was, wenn es noch einen weiteren Weg gäbe? Eine Abzweigung, die sie bisher noch gar nie bedacht hatte, von der sie noch gar nicht wusste, dass es sie gab?

Julia schlug die Decke zurück, wickelte sich wie jeden Morgen in ihre Strickweste und mitsamt der Wolldecke von der Couch um die Schultern stellte sie sich für ein paar Minuten zur geöffneten Schiebetür. Die kühle Luft, die hereinströmte, ließ die drei entzündeten Kerzen auf ihrem Adventkranz leicht aufflackern.

Vereinzelte Schneeflocken lösten sich aus den grauen Wolken über dem Tal vor ihr und legten sich auf die zentimeterhohe Schneedecke.

Wie sollte sie bloß diese eine neue Abzweigung finden, wenn sie sie bis jetzt noch nie gesehen hatte?

Julia atmete tief durch und zerbrach sich den Kopf, aber so spontan wollte ihr nichts einfallen.

Weil sie sich dennoch rastlos fühlte, beschloss sie, sich fürs Erste auf andere Baustellen zu konzentrieren. Und sie wusste auch schon, wo sie beginnen würde.

Nach dem Frühstück hatte Julia bereits einen groben Plan entworfen. Über Bella organisierte sie sich Irenes Telefonnummer, die ihr wiederum den Kontakt zu Nana gab. Und ein weiteres Gespräch später hatte Julia mit Nana alles fixiert.

„Wieso ist uns das nicht früher eingefallen?", hatte Bella sie gefragt.

„Daran hätten wir ja gleich denken können", hatte Irene gelacht.

„Und damit kommt ihr erst jetzt daher?", hatte Nana irritiert gemeint.

Julia lächelte beim Gedanken an die soeben geführten Gespräche und lenkte sich damit davon ab, dass sie leichte Nervosität verspürte, als sie schließlich Emilys Telefonnummer wählte. Zum ersten Mal seit Freitag sprang nicht sofort die Mailbox an, was Julia – in ihrer Not – als gutes Zeichen wertete.

Aber Emily hob auch diesmal nicht ab.

„Hallo Emily", sagte Julia, nachdem der Piepston in ihrem Ohr die Aufnahme auf der Mailbox gestartet hatte. „Ich weiß nicht, was genau du am Donnerstag gehört oder verstanden hast, weil du daraufhin so abrupt verschwunden bist, aber was auch immer es war, das dich so sehr gekränkt oder beleidigt hat: Es tut mir wirklich leid!"

Julia holte tief Luft. „Vielleicht unterhalten wir uns ausführlicher, wenn du wieder da bist und ich erkläre dir, dass ich selbst grad in einer eher wirren Lebensphase bin. Aber das ist jetzt im Moment nebensächlich. Die Sache ist nämlich die: Du wirst in wenigen Minuten einen Anruf von Nana erhalten. Du kennst sie vielleicht aus dem ‚Seitenweise' oder als Quasi-Ziehmutter von Irene? Jedenfalls ist Nana eine ältere Dame, eine passionierte Klimaschützerin – und sie hat ein freies Zimmer in ihrem Haus, das sie dir kostenfrei zur Verfügung stellt. Oder gegen eine kleine Miete, was auch immer du dir leisten willst." Julia lächelte. „Du wärst nicht die erste, die dort Zuflucht findet und … und … ich hoffe wirklich, dass du das Angebot annimmst und zurück kommst. Ich mache mir nämlich Sorgen um dich und ich hätte gerne, dass du einen warmen Ort hast, an dem du wohnen kannst. Für alles Weitere lassen wir uns auch etwas einfallen, wenn du wieder hier bist."

Julia holte nochmals Luft. „Es tut mir leid, dass du das Gefühl hattest, du musst abhauen. Es tut mir leid, dass du das Gefühl hattest, nicht mit mir drüber reden zu können. Es tut mir leid, dass ich deine Gefühle verletzt habe."

In Julias Ohr piepste es ein weiteres Mal, weil sie das Ende der Aufnahmezeit erreicht hatte, also legte sie auf.

Nun hieß es abwarten.

„Alles organisiert. Wir holen E. jetzt in Graz ab", schrieb Nana am Sonntagnachmittag in einer Whatsapp-Nachricht und Julia hätte am liebsten die letzten Gäste im „Adventkränzchen" auf eine Runde Punsch eingeladen, so erleichtert war sie.

„Danke", schrieb Emily am frühen Abend, als Julia bereits wieder auf der Couch im Gästehaus lag und gerade an ihrer E-Mail an die Bank formulierte. Es war vermutlich zu frech, wenn sie schrieb, dass es ihr „richtig, richtig" leid tat, den Job doch nicht annehmen zu können, aber es wäre vor allem nicht ehrlich gewesen.

Je länger Julia sich nämlich mit dem Gedanken anfreundete, desto sicherer wurde sie sich in ihrer Entscheidung. Auch wenn damit gleichzeitig diese nervöse, erwartungsvolle Unruhe einherging, was sie nun anstelle dieses Jobs machen würde.

Nachdem die Mail abgesandt war, war Julia viel zu aufgeregt, um zu lesen oder einen Film zu schauen, also ließ sie ihren Gedanken freien Lauf. Emily war wieder in Sicherheit, der Job war abgesagt, damit war sie auf einen

Schlag zwei große Felsbrocken in ihrer Magengrube, die sie so belastet hatten, losgeworden.

Nun musste sie nur mehr die Sache mit Alex klären, was sich als wesentlich schwieriger herausstellte als gedacht – vor allem wegen all der Schmetterlinge, die bei jedem noch so kleinen Gedanken an Alex in ihr aufflogen.

Ihr fiel ihr letztes Gespräch wieder ein, der unangenehme Streit, aber auch, dass Alex sie gebeten hatte, über die Finanzierung eines Not-Wohnprojekts – oder wie immer er es nennen würde – nachzudenken.

Julia überschlug im Kopf ein paar Zahlen, öffnete dann ein Excel-Sheet auf ihrem Computer und fing damit an, die Zahlen aus ihrem Kopf in einige Spalten zu übertragen. Daneben öffnete sie ein Word-File, in dem sie offene Fragen und Ideen notierte.

Es war kurz vor Mitternacht, als Julia ihren Computer gähnend schloss. Sie hatte einige Daten online recherchieren können, hatte aber ebenso eine umfangreiche Liste mit offenen Fragen angelegt. Einige Werte konnte sie nur schätzen, vor allem was das Haus von Alex selbst betraf. Für einen Moment überlegte Julia, ihm eine Nachricht zu schreiben, aber verwarf den Gedanken mit einem Blick auf die Uhrzeit wieder. Vielleicht hatte er ja morgen eine Stunde Zeit und würde sich mit ihr die offenen Punkte ansehen.

Schließlich war das ja eines seiner Hauptinteressen an ihrer Freundschaft gewesen …

. . .

Montagfrüh wartete Julia vor dem Schulgebäude auf Alex. Sie zappelte in der Eiseskälte und konnte die Gesichter der Kinder, die an ihr vorbei ins Schulgebäude gingen, fast nicht erkennen, so dicht und nebelig waren die Atemwolken, die alle Personen ausstießen.

Der Schneefall hatte in der Nacht nachgelassen, die Minustemperaturen würden aber dafür sorgen, dass die Schneedecke etwas länger liegen bleiben würde.

Alex erschien hinter eine Gruppe Teenager, die sich gehend über drei Handys beugten und sich währenddessen einzelne Wortsilben und Lachsalven zuwarfen. Alex trug eine dicke Winterhaube und seine Augen blitzten leicht, als er Julia erkannte und mitten im Schulhof stehen blieb.

Sie winkte ihm verlegen zu und überbrückte dann die wenige Schritte, bis sie vor ihm stand.

„Ist alles in Ordnung?", fragte Alex und runzelte besorgt seine Stirn.

Julia nickte. „Jetzt wieder", antwortete sie. Dann informierte sie ihn kurz über Emilys Verschwinden und dass das Mädchen derzeit bei Nana untergebracht war.

„Ich habe gerechnet", erzählte Julia schließlich, „gestern Abend." Sie holte Luft. „Ich habe mir ein paar Zahlen angeschaut, Förderungen rausgesucht. Was du brauchst, um tatsächlich Platz für Emily und andere Leute zu schaffen. Wir könnten mit ein paar Financiers sprechen, es gibt Leute, die solche Projekte unterstützen, sogar hier in der Nähe."

Alex hob überrascht seine Augenbrauen. „Du hast …
warum?"

Julia stieß Luft aus, die wiederum in einer großen Dampf-
wolke rund um sie herum zu sehen war. „Emily kann
nicht für immer bei Nana bleiben. Und die Idee ist gut."

„Aber ich dachte, du kannst das alles nicht machen",
sagte Alex und klang fast so eisig wie die Luft es heute
war. „Du müsstest auf dich schauen."

Julia winkte ab. „Ja, das stimmt schon", lenkte sie ein,
„aber ich will das in Ordnung bringen."

Alex nahm seine Mütze ab und fuhr sich mit den Fingern
durch die Haare.

„Was ist nun?", fragte Julia ungeduldig. „Machen wir
das?" Sie hielt ihm die Papiermappe hin, in der sie die
wichtigsten Infos notiert hatte. „Wenn du mir deine Mail-
Adresse gibst, schicke ich dir meine ersten Schätzungen.
Wir könnten heute Abend … –" Julia stoppte ab, als Alex
seine Hand hob, um sie abzubremsen.

„Danke", sagte er leise, „vielen Dank." Dann seufzte er.
„Ich weiß nicht, was ich sagen soll."

„Kein Herumschmusen am Schulhof!", rief plötzlich ein
besonders vorlauter Schüler in Julias und Alex' Richtung
und Julia wurde rot.

Alex lachte auf und verdrehte die Augen. „Es gibt noch
keine Weihnachtsamnestie für schlechte Witze, Jakob!",
rief Alex dem Jungen zu und die gesamte Runde um
Jakob lachte lauthals auf.

Julia grinste, aber Alex drehte sich mit einem unergründlichen Blick wieder zur ihr um.

„Woher kommt der Sinneswandel?", fragte er und sah Julia neugierig an.

„Ich habe am Samstag ein Jobangebot erhalten …", begann Julia.

Alex ließ seinen Kopf genervt nach hinten fallen und fuhr sich erneut mit den Fingern durch seine Haare. „Ab wann?", fragte er.

„Ich habe abgelehnt", sagte Julia leise. „Und das ist furchteinflößend, aber auf eine eigenartige Weise fühlt es sich richtig an und ich bewege mich gerade auf sehr dünnem Eis. Aber Luis sagte, alles hat einen Nutzen und vielleicht ist mein gesamtes bisherige Jobwissen dafür da, die Budgets für dein Projekt zu erstellen."

Alex sah sie lang und nachdenklich an. „Heißt das, du bleibst nun doch hier?", fragte er leise.

Julia zuckte mit den Schultern, dann schüttelte sie ihren Kopf, hob nochmals ihre Schultern.

Und Alex nickte.

„Ich muss jetzt langsam hinein", sagte er und deutete in Richtung des Schulgebäudes. Er nannte ihr seine E-Mail-Adresse und Julia versprach, ihm die Unterlagen so schnell wie möglich zu schicken.

„Reden wir später darüber", sagte Alex, bevor er sich umdrehte und sich in die spät eintrudelnde Menge an Schülern reihte.

24. Kapitel

„Ich verspreche dir eines", sagte Julia, nachdem sie Emily zu einer festen Umarmung zur Begrüßung genötigt hatte, „ich werde so lange beharrlich auf dich einreden und dir hinterher laufen, bis du nicht einmal mehr im Scherz auf die Idee kommst, ohne ein Wort zu verschwinden. Okay?"

„Ist das eine Drohung?", fragte Emily amüsiert und Julia nickte grinsend, ließ das Mädchen endlich wieder los.

„Du siehst schmal aus", hielt Julia fest und Emily verdrehte ihre Augen, wie immer.

Julia reichte ihr eine Zimtschnecke und wartete, bis Emily pflichtschuldigst davon abgebissen hatte.

„Es tut mir leid, dass du uns am Donnerstag gehört hast", sagte Julia. „Und es tut mir leid, dass wir es dir nicht direkt gesagt haben, dass du deinen Krisenplatz aufgeben musst. Ich dachte, das sei besser so, wenn wir uns vorher um einen neuen Schlafplatz für dich kümmern, bevor wir dich unnötig aufregen."

„Aber du hast zu Alex gesagt, dass du dich nicht darum kümmern wirst!", erinnerte sie Emily.

Julia seufzte. „Ich habe in diesen fünf Minuten sehr viele Dinge zu Alex gesagt, die ich nicht … ich war so überfordert mit der Situation. Mit ihm. Mit meinen Wünschen. Mit der Sorge um dich …"

„Du musst dich nicht um mich sorgen", sagte Emily und klang fast angewidert.

„Aber ich will das so!", hielt Julia dagegen.

„Das ist doch unnötig!"

Julia runzelte die Stirn. „Ich finde nicht!", beharrte sie. „Jeder braucht mal jemanden, der einem hilft und der einem den Rücken freihält oder eine Schulter zum Anlehnen anbietet."

„Und wer ist das für dich?", fragte Emily leise und fast ein wenig provokant, aber Julia wusste im ersten Moment gar keine Antwort darauf.

Natürlich hatte sie Bella. Und Alex' Umarmungen waren immer sehr … stabilisierend gewesen. Aber wenn sie es sich aussuchen konnte, wäre sie immer am liebsten ohne Hilfe unterwegs, würde sie ihr Leben eher meistern wollen, ohne andere Leute mit ihren Problemen zu belasten.

Aber, und so ehrlich musste Julia zu sich sein, mit diesem Verhalten war sie kein gutes Vorbild für Emily. Und, auch das musste sie sich eingestehen, gerade in jenem Moment, in dem sie entschieden hatte, weder Alex noch Emily mit ihrer *Zuneigung* zu belasten, ist die Freundschaft zu beiden implodiert.

Julia fühlte sich fast schwindlig bei all den Gedanken und Erkenntnissen und bemühte sich, sich weiter auf das Gespräch mit Emily zu konzentrieren

„Wie ist es bei Nana?", fragte Julia schließlich anstatt auf Emilys Frage zu antworten und Emily lächelte fast wissend, ging dann aber darüber hinweg.

„Ruhig", antwortete sie. „Obwohl alle ein wenig aufgeregt sind, weil eine Bobby seit dem Wochenende wieder da ist …?"

„Das ist Toms und Irenes Nichte", erklärte Julia und Emily nickte. Sie unterhielten sich über die Verwandtschaftsbeziehungen der vier und wie sehr Emily in den wenigen Stunden, die sie bei Nana bisher verbracht hat, bereits darin integriert worden war.

„Nana hat gesagt, ich kann bleiben, solange ich will", erzählte Emily schließlich.

„Das ist doch gut!", antwortete Julia

„Ja, natürlich", gab Emily zurück. „Aber ich bin die Almosen schon so leid! Es kann doch nicht so schwer sein, einen Job und eine Wohnung zu finden!"

„Doch, das ist es!", rief Julia aus. „Noch dazu, wenn man eben keinen Backup-Plan wie ein Elternhaus oder andere Unterstützung hat." Sie holte Luft. „Aber wir finden dafür eine Lösung. Das verspreche ich dir."

„Dieser Job hier läuft ja diese Woche aus", setzte Emily fort und deutete im „Adventkränzchen" herum. „Und dann bist du wieder weg, oder?"

Julia zuckte wie schon am Morgen vor Alex mit den Schultern, schüttelte dann den Kopf und zuckte nochmals mit den Schultern. „Ich weiß es nicht genau", sagte sie ehrlicherweise. „Ich muss mir über ein paar Dinge Gedanken machen."

„Etwa, wie es mit Alex weitergehen soll?", fragte Emily lächelnd.

„Zum Beispiel", antwortete Julia, „aber das ist nur *eine* Sache, die total in der Luft hängt. Und ich weiß auch nicht mal, ob Alex …"

„Du bist wieder da!", unterbrach die Frau des Uhrmachers Julia und strahlte Emily versonnen an. „Das ist ja eine Freude! Julia hatte sich schon solche Sorgen gemacht!"

Julia fühlte sich etwas verlegen, vor allem weil Emily sie so eigenartig musterte, aber das Mädchen sagte nichts dazu, versorgte bloß die Frau des Uhrmachers mit ihrer Bestellung und plauderte mit ihr über das Wetter und die Kälte und die bevorstehende Weihnachtsfeier in der Schule.

„Das habe ich ja total vergessen!", rief Julia aus. „Und ich texte Alex so zu heute Morgen! Der hat ja sicher genügend andere Dinge im Kopf."

„Ich glaube, er kann dir stundenlang zuhören", zog Emily Julia auf.

„Ach, das stimmt doch gar nicht!", wehrte Julia ab. „Wann ist denn die Feier?"

„Am Freitag", erzählte die Frau des Uhrmachers und listete dann einige der zu erwartenden Programmpunkte auf.

Julia und Emily plauderten sich mit den Gästen des „Adventkränzchen" durch den Nachmittag. Die Dämmerung brach früh über den Nachmittag herein und die Dunkelheit des Winterabends ließ die Weihnachtslichter, die quer über den Hauptplatz gespannt glitzerten, besonders festlich leuchten.

Um alle Stehtische vor der Punschhütte standen mal mehr, mal weniger Leute, die Punsch tranken und an Zimtsternen knabberten. Immer wieder kamen Gäste vorbei und bedankten sich für die köstlichen Zimtschnecken, ab und zu sprach jemand davon, wie sehr ihn der Geschmack und der Geruch an die Vorweihnachtszeit seiner Kindheit erinnerte. Julia hatte das Gefühl, dass diese kleinen Freuden sie von innen heraus wärmen konnten, sodass sie die tiefen Temperaturen des Nachmittags besser aushalten konnte.

Und irgendwann war Alex wieder da, seine Wollmütze tief ins Gesicht gezogen, aber mit einem freundlichen Lächeln, das sowohl Emily als auch Julia entgegenstrahlte.

Er bestellte und während er auf sein Getränk wartete, unterhielt er sich mit Emily. Alex erkundigte sich, wie schon Julia zuvor, nach ihrer Unterbringung. Dann hüstelte er leicht.

„Es tut mir leid, dass du uns am Donnerstag streiten gehört hast", entschuldigte sich Alex bei Emily und Julias Herz begann ganz ungeniert zu glühen. Direkt hinter dem Brustkorb.

Konnte man noch verliebter sein als sie? Wo sollte das denn alles noch hinführen?

Julia schüttelte kaum merklich über sich selbst den Kopf, während sich Alex und Emily über das Missverständnis der vergangenen Woche unterhielten.

„Es ist so ungewohnt, dass ihr euch alle entschuldigt", sagte Emily plötzlich. „Ich weiß gar nicht, was ich mit dieser ganzen Aufmerksamkeit tun soll!"

„Fühlt es sich gut an oder blöd?", fragte Julia und Emily dachte kurz nach.

„Gut, eigentlich", gab sie schließlich zu. „Ich war tatsächlich sehr gekränkt, als ich euch sprechen gehört habe."

„Es tut mir leid", sagte nun Julia zum wiederholten Male.

„Ich weiß", sagte Emily. „Das weiß ich wirklich."

„Ich habe noch eine Sache, die ich gerne mit dir besprechen möchte, Emily", sagte Alex und sah sie konzentriert an. „Es gibt an der Schule einen Psychologen, der sich mit unseren Schülern über Probleme und Sorgen unterhält, aber auch Berufswünsche durchbespricht. Das ist ein Pilotprojekt, das wir vor Kurzem gestartet haben und mit unterschiedlichem Engagement angenommen wird", erklärte er weiter und verzog leicht den Mund, lächelte dann aber. „Jedenfalls habe ich ihn gefragt, ob er sich mit dir unterhalten möchte. Er könnte dich dabei unterstützen, herauszufinden, wo du arbeiten möchtest und wo du eine Ausbildung machen könntest, was dich überhaupt interessiert und so weiter."

Emily sah Alex sprachlos an.

Und Julias Herz war mittlerweile ein kleiner Ofen, der ihren gesamten Oberkörper beheizte. Nicht zu vergessen die gesamte Schmetterlingspopulation, die unbeirrt in ihrem Bauch herumflatterte.

„Das kann ich mir nicht leisten", flüsterte Emily und sah aus, als hätte sie Tränen in den Augen.

„Ja, das habe ich mir gedacht", antwortete Alex, lächelte ihr aber zu. „Ich könnte …"

„Ich übernehme die Kosten", fuhr Julia dazwischen, unbeirrt davon, dass Alex gerade ein Angebot machen wollte. Er sah sie stirnrunzelnd an.

„Wie viele Stunden braucht man da?", fragte Julia weiter.

„Eine Stunde reicht meistens", meinte Alex, „manchmal zwei."

„Wir buchen fünf", bestimmte Julia.

„Aber …", sagte Emily.

„Willst du das?", fragte Julia und lächelte Emily zu, die jedoch nur die Schultern hochzog.

„Das ist mein Weihnachtsgeschenk für dich", erklärte Julia. „Fünf Stunden …"

„Geh doch erstmal eine Stunde lang zu ihm", unterbrach sie diesmal Alex, „und danach entscheidest du, ob du noch öfters mit ihm reden möchtest." Er schob Emily einen Zettel hin und sah Julia mit Nachdruck an. „Hier steht die Telefonnummer drauf", erklärte Alex Emily, „ruf ihn einfach an und mach dir mit ihm fürs neue Jahr einen Termin aus."

Julia hielt für mehrere Sekunden die Luft an, aber schließlich streckte Emily die Hand aus und packte den Zettel in ihre Manteltasche.

„Danke", presste sie hervor. Dann widmete sie sich den sauberen Tassen, wie sie es immer machte, wenn sie überwältigt schien.

Und Julia strahlte Alex an. „Danke", zeichnete sie lautlos mit ihren Lippen nach.

Alex lächelte ihr schief zu, deutete dann mit dem Kopf zur Seite, damit sie sich außerhalb der Hütte kurz unterhalten konnten.

„Vielen Dank", wiederholte Julia, als Alex vor ihr stand. Ein leichter Vanillehauch legte sich über den Zimt- und Punsch- und Schneegeruch am Hauptplatz und Julias Schmetterlinge flatterten erneut hyperaktiv herum.

„Das hättest du nicht machen müssen", sagte Alex und meinte Julias Angebot, die Kosten für Emily zu übernehmen.

„Aber sie hätte sonst abgelehnt", meinte Julia.

„Wer weiß", überlegte Alex, „ich hatte mit ihm darüber gesprochen und er war sich sicher, dass wir eine Lösung finden würden. Er kennt genügend Therapeuten und

Coaches, die gerade noch in Ausbildung sind und deshalb kein Honorar verlangen dürfen. Vielleicht hätte er Emily nach einiger Zeit an eine dieser Personen weitervermittelt."

Julia dachte kurz nach. „Das wäre gut, diese Kontakte für dein Haus mitzuplanen", sprach sie ihren Gedanken aus. „Vielleicht nimmst du ja mal jemanden auf, der ebenso Beratung benötigt. Oder psychologische Unterstützung."

Alex lächelte leicht. „Du bist völlig in die Idee eingetaucht, hm?", sagte er und zog leicht an ihrem Jackenärmel.

Julia nickte. „Es ist doch eine gute Idee!"

Alex sah sie stirnrunzelnd an. „Du stürzt dich da aber gerade in etwas, das du wiederum nicht für dich machst", sagte er. „Jetzt machst du es mir zuliebe."

„Ich mache es eigentlich Emily zuliebe", behauptete Julia.

Alex legte seinen Kopf schief und sah sie fast zärtlich an, sagte aber nichts weiter.

„Was ist denn daran falsch?", fragte Julia und klang beinahe verzweifelt.

„Nichts! Und alles!" Alex seufzte und warf seine Hände in die Luft. „Es ist nicht notwendig, dass du mir deine Leistung zeigst."

Julia fuhr zurück. „Wie bitte?"

„Deine Mappe und deine Dokumente im E-Mail und die Arbeit an der Idee, das wirkt alles wie eine Leistungsschau auf mich", sagte Alex leise und Julia wich noch einen

Schritt zurück. Sie fühlte sich, als hätte sie einen Schlag in die Magengrube erhalten.

Für einen Moment lang sahen sie sich nur an.

„Ich kenne mich bei dir nicht aus", sagte Julia schließlich. „Einmal bittest du mich, an dem Projekt mit dir zu arbeiten. Und jetzt ist es zu ... zu ... leistungsorientiert?"

„Das ist ja das Entscheidende", sagte Alex ruhig. „Ich wollte *mit dir* an der Idee arbeiten. Ich wollte mir *mit dir gemeinsam* das Haus anschauen und überlegen, was man daraus machen könnte. Ich wollte *mit dir gemeinsam* durchrechnen, ob man so etwas überhaupt finanzieren kann. Ich wollte keine fertige Powerpoint-Präsentation sehen und mich allein durch farblich codierte Excel-Sheets wühlen."

Julia sah ihn ungläubig an.

„Du musst mir nicht beweisen, dass du in deinem Job gut bist", sagte Alex mit Nachdruck. Durch Julia lief es heiß und kalt zugleich und die Schmetterlinge flogen diesmal eher verwirrt umher. Sie fühlte sich, als hätte sie etwas falsch gemacht und genierte sich dafür, auf der anderen Seite wusste sie gar nicht, wie sie mit etwas, das sie *immer so* gemacht hatte, falsch liegen konnte.

„Vor allem ist es ja wieder nur vorübergehend", setzte Alex fort, unbeirrt von dem Tumult, den er in Julia ausgelöst hatte. „Den einen Job hast du zwar abgesagt, aber das heißt ja nicht, dass du bleibst."

„Ich dachte, du willst ohnehin nur die Zeit bis Weihnachten überbrücken!", warf ihm Julia vor, endlich wieder der Sprache mächtig.

„Ich bin zu alt für einen Adventflirt, wie du es nennst", sagte Alex und sah tatsächlich plötzlich um Jahre gealtert aus. „Ich habe das mit uns auch nie als Adventflirt bezeichnet."

„Was willst du denn dann?", gab Julia zurück. „Du warst doch derjenige, der immer so unverbindlich klang!"

Alex schüttelte den Kopf. „Jules", sagte er zärtlich und ließ seine Hand über ihre Wange streichen. „Ich habe nie … so unverbindlich … das liegt mir doch gar nicht." Er lächelte traurig. „Ich war immer da", setzte er fort. „Ich bin immer da."

25. Kapitel

In der darauffolgenden Nacht schlief Julia so schlecht wie schon seit Jahren nicht mehr. Nicht einmal in jener Nacht, nachdem Emily verschwunden war, hatte Julia derart wilde Träume gehabt wie diesmal. Mehrmals erwachte sie schweißgebadet, vollgefüllt mit wirren Gedanken, in der Hoffnung, dass schon bald Morgen sei, aber bei jedem weiteren Blick auf die Uhr sah sie, dass sie seit dem letzten Aufwachen kaum mehr als eine Stunde geschlafen hatte.

Mehrmals tastete Julia ihr Gesicht ab, ob sie eventuell Fieber hatte, aber obwohl ihr Körper zu glühen schien, fühlte sich ihre Haut normaltemperiert an.

Also schlief Julia wieder ein.

Sie träumte von ihrer Schulzeit, von ihrem ersten Jahr in der Oberstufe und plötzlich war Julia so alt wie sie jetzt war, saß jedoch mit den Schülern von damals im Klassenzimmer. Ihr alter Mathelehrer, der in diesem Jahr die

Klasse übernommen hatte, erschien ebenso im Traum und rief Julia nach vorn an die Tafel. Der Traum war fürchterlich real und dann wieder nicht. Julia musste Aufgaben lösen, die sie nicht lösen konnte, ein Teil der Schüler lachte hinter ihr, aber am eindringlichsten war der Blick des Lehrers, der sie voller Hass fixierte.

Wieso hasst der mich so?, fragte sich die Traum-Julia, so wie sie sich damals als Fünfzehnjährige schon immer gefragt hatte.

„Du kannst nicht einmal diese einfachen Aufgaben lösen?", fragte sie der gehässige Lehrer nun im Traum. „Wie willst du denn jemals dieses Schuljahr schaffen? Oder die Oberstufe? Wie willst du jemals einen Beruf finden, wenn du nicht einmal das kannst?"

Und mit seiner Stimme im Ohr fuhr Julia aus dem Schlaf hoch, tränenüberströmt und schnappte nach Luft.

Es war Jahre her, seit sie das letzte Mal vom Matheunterricht geträumt hatte. Meistens tauchte der Lehrer immer nur in jenen Nächten auf, wenn Julia besonders angespannt vor einer beruflichen Herausforderung gewesen war – vor wichtigen Präsentationen oder entscheidenden Dienstreisen zum Beispiel. Aber im Laufe der Jahre hatten sich die Stressträume verringert und leicht verändert. Julia träumte nun häufiger davon, zu spät zu kommen, als davon, sich vor der gesamten Klasse mit Nicht-Wissen zu blamieren.

Julia wischte sich hektisch die Tränen ab und sah sich um. Draußen war es immer noch stockfinster, aber der Schnee erhellte die Nacht ein wenig und so schnappte sie sich ihre Strickweste und tappte langsam in die Küche. Sie vermied es, Licht einzuschalten. Mittlerweile kannte sie sich gut genug im Gästehaus aus, um ihren Weg ohne Beleuchtung zu finden. Sie füllte Wasser in den Wasserkocher und schaltete ihn ein. Dann öffnete sie die Schiebetür des Gästehauses und blickte hinaus in die eiskalte, schneebedeckte Winternacht.

Der Himmel hatte offenbar aufgeklart, jedenfalls waren einzelne Sterne zu sehen. Und trotz der Kälte, die binnen Sekunden durch Julias Kleidung kroch und ihren von den Träumen überhitzten Körper abkühlte, stiegen ihr beim Anblick des Sternenhimmels Tränen in die Augen.

Wie klein wir doch alle sind, dachte sich Julia. Wie schön die Welt doch war!

Wie viele Sorgen wir uns doch Tag für Tag machten!

Wie viele Sorgen wir über Jahre mit uns mit schleppten!

Der Mathelehrer aus ihrem Traum erschien wieder in ihrer Erinnerung und Julia wusste, dass die Sätze, die der Lehrer am Ende des Traums zu ihr gesagt hatte, tatsächlich so gefallen waren. Am Ende eines Schultages, zwar nicht vor der gesamten Klasse, aber vor zwei ihrer Freundinnen, die ähnlich erschrocken und sprachlos die Tiraden hingenommen hatten, die Julia sich anhören musste.

Julia dachte an Alex. Sie konnte sich kaum vorstellen, dass er mal mit einem Schüler oder einer Schülerin so sprechen würde.

Julia überlegte, wie sie reagieren würde, wenn eine fünfzehnjährige Emily ein ähnliches Erlebnis haben würde.

Und mit einem gewissen Gefühl der Beruhigung dachte Julia daran, dass nicht nur sie jederzeit Emily zur Seite springen würde, sondern ebenso Alex, Bella und Otto, Irene, Lucy und Amina, vermutlich auch Luis und Nana sofort und ohne zu zögern für sie Partei ergreifen würden.

Weil man sich auf all diese Leute verlassen konnte. Nicht nur Emily. Sondern auch Julia selbst.

Hier in der Kälte der Dezembernacht fühlte sich Julia zwar klein unter dem Sternenhimmel, dabei beinahe mächtig im Wissen um die Freundschaft der soeben aufgezählten Personen. Auch wenn es heute kein Mathelehrer mehr war, gegen den Julia zu kämpfen hatte, so waren es doch genügend Herausforderungen im Laufe eines Tages, die sie stets allein zu bewältigen hatte. Seien es Chefs und Kollegen wie Kalle und Silvia, seien es ihre eigenen inneren Dämonen, angefangen vom sie stets antreibenden Ehrgeiz bis hin zu ihrem beständigen, immer wiederkehrenden Rückzug in sich selbst.

Und sogar bei Alex war sie in dieses vertraute Muster gefallen, nicht wahr? Sie hatte es erst mit Rückzug probiert und als das nicht funktioniert hatte, glaubte sie, ihn mit ihrer Leistung überzeugen zu müssen.

Julia wich vor Überraschung einen Schritt zurück und spürte in der Bewegung, dass sich ihre Pyjamabeine fast gefroren anfühlten. Schnell schloss sie die Schiebetür des Gästehauses und bereitete ihren Tee fertig zu. Mit der dampfenden Tasse in der Hand ließ sie sich auf der Couch nieder und sah nach draußen in die Dunkelheit, ihren Gedanken freien Lauf lassend.

Sie konnte ihr Erstaunen über Alex und seine treffsichere Reaktion und Analyse kaum abschütteln. Deswegen hatte sie sich gefühlt, als hätte sie einen Hieb abbekommen, als er sie mit ihrem Leistungsdruck konfrontiert hatte?

Julia schüttelte den Kopf, die Gedanken rasend von einem Ende zum anderen. Was für verrückte Wochen das doch waren! Angefangen von den kleinen und großen Katastrophen in ihrem Leben in Wien bis hin zu den neuen Freundschaften hier in ihrer alten Heimat, die sie – bei näherer Betrachtung – gar nicht so gerne wieder loslassen wollte.

Julia konzentrierte sich auf ihren Atem und nippte an ihrem Tee, eingewickelt in ihre Strickweste und die Decke auf der Couch. Am Horizont zeigte sich langsam und so nach und nach ein wenig Licht, das die Sterne behutsam zu überstrahlen begann und den neuen Tag anbrechen ließ. Julia beobachtete das sich herannähernde Morgengrauen und ließ die Ruhe des Dezembermorgens auf sich wirken.

Bis sie immer entspannter atmete, bis ihre Gedanken in weniger bunten Bahnen verliefen.

Irgendwann später stand sie auf, um sich zu duschen. Ihr Körper fühlte sich schwer an von der unruhigen Nacht, aber auch auf eine bestimmte Art gestärkt.

Vor dem Spiegel im Badzimmer blieb Julia stehen und beobachtete sich mit neuen Augen, als sie sich auszog. Sie entdeckte neue Muskeln in ihren Oberarmen und strich sich sanft über den Bauch, dort, wo immer die Schmetterlinge aufflogen. Heute sah die Haut besonders ruhig und gleichzeitig stark aus. Ähnlich stark wie ihre Beine wirkten, als sie die Pyjamahose auf den Boden fallen ließ.

Julia fand, sie sah verändert aus. Ihre Körperhaltung war aufrechter, ihr gesamter Körper schien stärker, fester und widerstandsfähiger geworden zu sein. Vermutlich lag es an den vielen Yogastunden und auch daran, dass sie nicht mehr zehn bis zwölf Stunden am Tag über einen Computer gebeugt verbrachte.

Und wieder überfiel sie dieses Gefühl von Kraft und Stärke, das sie in der Dunkelheit der Nacht noch als „mächtig" bezeichnet hatte.

Julia ließ das warme Wasser aus der Dusche über ihren Körper laufen, spürte, wo die Tropfen auf ihre Haut trafen und die darunterliegenden Nervenenden noch weiter belebten.

Und plötzlich war eines völlig klar: In welcher Form auch immer ihr Mathelehrer vor ihr erschien – sei es als Chef, sei es als innere Unsicherheit, sei es als unbeirrbarer Karrieretrieb –, Julia wusste, dass sie nun, als Erwachsene, stark genug war, sich dem entgegenzustellen.

Und das gab ihr ein gutes Gefühl.

„Warum bist du so blass?", fragte ihre Mutter nach der dritten Umarmung. Julias Eltern waren unter großem „Hallo" auf dem Hauptplatz aufmarschiert. Fast jeder hier in der Stadt wusste von ihren Reisen und so wurden ihre Eltern mehrmals aufgehalten und zu ihren einzelnen

Stationen befragt, bevor sie es zum „Adventkränzchen" und zu Julia geschafft hatten.

Dann aber fielen sie ihrer Tochter mehrmals um den Hals.

„Ich kann nicht glauben, dass du die ganze Zeit hier warst und wir nicht im Lande waren", wiederholte ihre Mutter zum dritten Mal und beäugte ihre Tochter.

„Warum bist du so blass?", fragte sie schließlich und Julia zog ihre Schultern hoch.

„So blass ist sie normalerweise nicht", verriet Emily aus dem Hintergrund, was Julia die Augen verdrehen ließ und den Blick ihrer Mutter noch kritischer werden ließ.

„Ich habe schlecht geschlafen", gab Julia schließlich zu und ergänzte zu ihrer eigenen Überraschung: „Ich habe vom Mathelehrer geträumt."

„Von Alex?", fragte Emily neugierig und mit einem Grinsen.

Julia schüttelte den Kopf. „Bedauerlicherweise nicht", sagte sie. „Von *meinem* Mathelehrer. Damals. Als ich noch in der Schule war."

Da seufzte ihre Mutter und drückte Julia noch einmal an sich.

„Wir gehen jetzt einen Kaffee trinken", bestimmte Julias Mutter dann und deutete in Richtung „Kaffeekränz-chen", dann teilte sie ihren Mann dazu ein, Emily in der Punschhütte zu helfen, während sie sich mit Julia unter-halten würde. „Und ich will alles über diesen Alex wissen", ergänzte sie mit einem Augenzwinkern.

. . .

Sie nahmen in einem ruhigen Eck im „Kaffeekränzchen"
Platz, zwei Cappuccinos vor sich.

„Ich habe nicht lange Zeit", sagte Julia, „Emily …"

„… kommt gut allein zurecht. Und dein Vater hält die
wartenden Gäste sicher bei Laune", bestimmte die
Mutter. „Wir reden jetzt!"

Julia seufzte. „Ich habe einfach zu wenig geschlafen",
sagte sie, „und es sind nur wenige Stunden Tageslicht
zurzeit. Kein Wunder, dass ich blass bin!"

„Weinst du wieder im Schlaf?", fragte die Mutter direkt
und Julia wich erschrocken zurück. Sie nahm einen
Schluck aus ihrer Kaffeetasse und unterdrückte damit den
Impuls, ihre Mutter anzulügen.

„Du weißt davon?", fragte sie schließlich. Die Mutter
nickte traurig.

„Es hat erst vor Kurzem wieder angefangen", beeilte sich
Julia zu sagen. „Ich hatte das jahrelang nicht mehr."

„Du musst dich nicht rechtfertigen", sagte ihre Mutter
beschwichtigend und seufzte dann. „Eigentlich ist es an
mir, dass ich mich mal dafür entschuldige."

„Aber du hast doch gar nichts damit zu tun!", sagte Julia
verwirrt.

„Nicht direkt", antwortete die Mutter, „aber wir haben
dieses Weinen so spät bemerkt! Damals, als du 15 warst.
Und als es uns dann aufgefallen war, dass du immer im
Schlaf weinst, dachten wir, es sei wegen eines Jungen."

Julia schluckte. Dann schüttelte sie den Kopf. „Ich weiß
gar nicht genau, warum das immer so ist", sagte sie leise.
„Die Tränen kommen jedes Mal überraschend. Ich
dachte, es sei ein Stresssymptom."

Die Mutter nickte. „Das ist es vermutlich auch", meinte
sie. „Aber was dich damals in der Schule so gestresst
hatte, haben wir nie besprochen. Wie gesagt, wir dachten
anfangs, es sei Liebeskummer. Und wir wussten, dass
Teenager-Liebeskummer recht schnell wieder verfliegen
kann. Und nach einiger Zeit hatte es wieder aufgehört."
Die Mutter schluckte. „Oder wir haben es nicht mehr
mitbekommen."

„Es hat aufgehört, wenn ich mit meinen Noten zufrieden
war", gab Julia leise zu. „Aber das Weinen hat wieder
angefangen, wenn ich sehr nervös war. Gestresst eben."

„Ja. Und das war der nächste Fehler, den wir gemacht
haben", sagte die Mutter und tastete nach Julias Hand
über den Tisch. Die wärmende Handfläche der Mutter
auf Julias Handrücken war beruhigend und tröstend
zugleich.

„Ich weiß noch, dass ich mit deinem Vater darüber
gesprochen habe, weil du so viel gelernt hast", erzählte
die Mutter, „aber man ist als Elternteil so froh, wenn das
Kind selbständig lernt. Ich wusste nicht, dass ich damals
eingreifen hätte sollen."

„Warum hättest du eingreifen wollen?", fragte Julia irritiert. „So habe ich die Lehrer von mir ferngehalten. So
haben sie begonnen, mich nicht mehr wahrzunehmen,
nicht an die Tafel zu rufen."

„Vor allem nicht in Mathe", ergänzte die Mutter leise.

Julia nickte beschämt. „Nicht immer", sagte sie leise. „In Mathe hat es nicht immer funktioniert. Der war einfach … der hat mich einfach nicht in Ruhe gelassen."

„Was hat er zu dir gesagt?"

Julia zuckte mit den Schultern. „Dass aus mir nichts wird, wenn ich dies oder das nicht kann", erzählte Julia. „Er hat es nie so direkt gesagt, aber impliziert."

Die Mutter schnaufte wütend auf, ließ Julias Hand aber nicht los.

„Dieser alte …," sie schluckte die Beleidigung hinunter. „Und wir alte Narren!"

„Ihr hättet die Situation doch nicht ändern können", warf Julia ein. „Den Lehrer hatte ich vier Jahre lang. So jemanden wird man ja nicht los, nur weil er eine Schülerin ein bisschen unter Druck setzt."

„Natürlich nicht!", sagte die Mutter aufgebracht. „Aber wir, dein Vater und ich, wir hätten besser gegensteuern können, wenn wir die Situation ernster genommen hätten!"

„Aber aus mir ist eh was geworden", hielt Julia fest. „Quasi. Jetzt auf der Zielgeraden ist der Motor ein wenig ins Stottern geraten." Sie erzählte kurz vom abgelehnten Jobangebot und die Mutter hörte aufmerksam zu. Dann sah sie Julia plötzlich herausfordernd an.

„Und?", fragte sie und ihre Augen blitzten auf. „Bist du nun fertig damit?"

„Womit?"

„Etwas zu werden!", sagte die Mutter.

Julia sah sie verwirrt an. „Naja, nein. Ja. Nein", sie seufzte. „Ich weiß es nicht. Ich muss doch Geld verdienen!"

Die Mutter verdrehte leicht die Augen. „Natürlich, aber Geld verdienen und sich in undankbaren Jobsituationen ausbeuten zu lassen sind zwei Paar Schuhe!"

„Was meinst du?", fragte Julia irritiert.

Die Mutter dachte kurz nach. „Ich sage dir jetzt, was ich dir damals, mit Fünfzehn oder Siebzehn oder kurz nach der Schule gerne gesagt hätte, wenn ich aufmerksamer gewesen wäre", erklärte die Mutter und beugte sich vor. „Du kannst alles machen, was du willst. Aber das Wichtigste ist, dass du es tatsächlich *willst*. Und nicht nur *glaubst*, es zu wollen."

Julia runzelte die Stirn und wollte schon etwas entgegnen, aber die Mutter war noch nicht fertig.

„Julia, du bist ein Mensch, der immer gerne gegeben hat. Der immer gerne gibt", die Mutter deutete nach draußen in Richtung Punschhütte. „So wie du Emily binnen kürzester Zeit zu deiner Verantwortung erklärt hast, so hast du schon als Kind immer anderen geholfen. Du hast immer vor allem jene Kinder zu uns nach Hause eingeladen, mit denen sonst niemand gespielt hat. Oder die gerade wegen irgendetwas eine schwere Zeit durchgemacht hatten. Du hast immer deine Jausenbrote mit anderen Kindern geteilt!" Die Mutter lachte kurz auf. „Über Wochen hinweg habe ich mich gefragt, warum du so viel Jause in die Schule mitnehmen willst, aber trotzdem stets unheimlich hungrig nach Hause gekommen bist. Bis mir deine Lehrerin erzählt hat, dass du immer dein Essen mit anderen teilst."

Julia schluckte. Daran hatte sie schon sehr lang nicht mehr gedacht.

„Du hast immer schon mehr gegeben, als du zurückverlangt hast, Julia. Vor allem in deinen Jobs", sagte die Mutter leise. „Du hast dich immer eher zurückgezogen, wenn du mal Schwierigkeiten mit etwas hattest. Und, wie gesagt, dass ich dich damals so sehr in Ruhe gelassen hatte, tut mir heute sehr leid. Aber …" Wieder sah sie die Mutter fast herausfordernd an. „… aber vielleicht ist es jetzt an der Zeit, dir diese Frage zu stellen." Sie holte Luft. „Julia, was forderst du für dich ein?"

Zufriedenheit.

Julia schluckte. Woher kam denn dieser Gedanke?

Ruhe.

Ein Lächeln von Emily.

Ein Cappuccino in der Früh mit Bella. Nach der Yogastunde.

Julias Bauch fühlte sich warm an.

Eine Schlittenfahrt im Schneefall und mindestens zwei Monate lang Zimtgeruch.

An. Jedem. Einzelnen Tag.

Eine Umarmung von Alex.

Julia spürte, wie sich ihre Augen mit Tränen füllten. Ihre Mutter drückte ihre Hand, als konnte sie ihre Gedanken lesen und sah ihr freundlich zu.

„Ich hoffe, du bleibst bis zu den Feiertagen hier", sagte die Mutter leise.

Julia schluckte.

„Vielleicht auch länger", flüsterte sie dann und lächelte ihrer Mutter zu.

26. Kapitel

Es war kurz nach 09:00 Uhr morgens, als Julia, Bella und ihre Mutter am nächsten Tag bei Irene und Tom vor der Tür standen.

Eine hübsche dunkelhaarige junge Frau im Studierendenalter öffnete ihnen und Bella fiel ihr erfreut um den Hals. „Bobby!", rief Julias Schwester aus. „Frohe Weihnachten!"

Bobby lächelte und verdrehte gleichzeitig die Augen, erwiderte aber die Umarmung.

Julia, die das Mädchen bisher nur aus Erzählungen gekannt hatte, stellte sich vor. Bobby sah etwas blass um die Nase aus und Julia dachte an Irenes Horror und Sorge, was Bobbys allfällig ausschweifende Studentenpartys betraf.

· · ·

Irene thronte, wie schon bei den vorangegangenen Besuchen, auf der Couch im Wohnzimmer und winkte ihnen zur Begrüßung zu.

„Ich bin so froh, dass ihr vorbeikommt!", rief sie ihnen gleich aus der Entfernung zu. „Ich könnte schon wieder die Wände hochlaufen, wenn ich dürfte!"

Die Frauen nahmen Platz und tauschten sich kurz aus, vor allem die Reise von Julias und Bellas Eltern stand anfangs im Fokus von Irenes Fragen. Bella half in der Zwischenzeit Bobby in der Küche bei der Zubereitung einiger Getränke und natürlich hatten sie einige frische Zimtschnecken mitgebracht.

„Was ist es nun, das ihr mit mir besprechen wollt?", fragte Irene, als sich alle mit Tee oder Kaffee und einer Zimtschnecke gemütlich gemacht hatten.

Julia richtete sich auf. „Ich arbeite da an einer Idee", begann sie und sah zu Bella und ihrer Mutter. „*Wir* arbeiten an einer Idee", korrigierte sie sich dann.

Bella, Julia und ihre Mutter hatten am Vorabend noch mehrere Stunden über Julias Projektplänen, die sie für Alex ausgearbeitet hatte, gebrütet. Angefangen hatte es eigentlich damit, dass Julia in einem Nebensatz erwähnt hatte, diese Berechnungen gemacht zu haben. Sie hatte von Alex' ursprünglicher Idee berichtet und davon, dass er ihre Projektpläne vor Kurzem fast zurückgewiesen hatte.

Ihre Mutter und später auch Bella hatten sich Julias Überlegungen angehört, Fragen gestellt, mit ihr ihre Ideen gewälzt, bis die Mutter plötzlich gefragt hatte: „Und was

ist, wenn du das Haus aus der Gleichung herausnimmst?"
Julia hatte überrascht ihren Kopf gehoben und die
Mutter hatte ihr zugelächelt. „Würdest du das Projekt
unabhängig von Alex, unabhängig von seinem Haus auch
machen wollen?"

Und in diesem Moment war Julia ein Licht aufgegangen.

Bis spät in die Nacht hatten Bella, Julia und ihre Mutter
die Pläne adaptiert und rundum neu überlegt und berech-
net. Irgendwann hatte Bella an Irene geschrieben, ob sie
ihr eine Idee vorstellen konnten – und so saßen sie nun
hier.

„Bella meinte, es wäre gut, dich von vornherein in unsere
Überlegungen miteinzubinden", erklärte Julia nun Irene.
„Wir möchten von Anfang an gut genug kommunizieren."

Irene lächelte ihr geduldig zu. Also begann Julia zu erzählen: von den Krisenschlafplätzen im Ort, von Emilys
Wohnungsnot und dieser tristen Dauerschleife aus Jobnot,
mangelnder Ausbildung und zu wenig Geld für eine
sichere Wohnung.

„Ich will den Frauen, ich will den Leuten einen Ort
geben, an dem sie durchschnaufen können", sagte Julia
nun und sie spürte richtig, wie sich ihr Körper aufrichtete,
damit der gesamte Enthusiasmus, der in ihrer Idee
steckte, Platz hatte. Und zum Ausdruck kam.

„Ich möchte den Frauen, den Personen, die es brauchen,
einen Ankerplatz geben", sprach Julia weiter und aus den
Augenwinkeln nahm sie das strahlende, ermutigende
Lächeln ihrer Mutter und ihrer Schwester wahr. „Sie
sollen mit der Hilfe des Vereins, den wir gründen wollen",

Julia deutete zu ihrer Familie neben ihr, „sie sollen mithilfe des Vereins zumindest an einer Schraube drehen können, vielleicht auch an zweien: Brauchen sie einen Schlafplatz? Brauchen sie Hilfe bei der Jobsuche? Brauchen sie Hilfe bei der Ausbildung oder Umschulung? Wir denken an Förderungen, Schulungen, Kurse, Einzelcoachings und so weiter."

Irene hörte aufmerksam zu, nickte immer wieder und stellte Fragen. Sehr kluge Fragen, wie Julia fand. Sie überlegten gemeinsam, ob sie sich – anfangs – nur auf Frauen in der Ansprache richten sollten oder auch an Männer.

Julia machte sich Notizen, um mit Otto über den tatsächlichen Bedarf in der Stadt und in der Region zu sprechen.

Irene brachte den Gedanken auf, dass es am Land einen anderen Bedarf an Unterstützung geben würde als in urbaner Umgebung. Frauen blieben am Land oft unbemerkt ohne Ausbildung in Mehr-Generationen-Haushalten, kümmerten sich um die anfallende Care-Arbeit in Kindererziehung und der Pflege von älteren Angehörigen. Sie rutschten so durch, immer beschäftigt, aber selten gut bezahlt und gerieten deshalb aufgrund der mangelnden materiellen Absicherung häufiger in Notsituationen, vor allem im Alter.

Die vier Frauen unterhielten sich gute zwei Stunden lang, bis Bella schließlich plötzlich aufsprang und alle zum Aufbruch mahnte. „Irene braucht ihre Ruhe", verkündete sie.

Irene, die eigentlich gerade eine Idee laut überlegt hatte und mit rosigen Wangen so frisch aussah, wie schon lang nicht mehr, sah Bella überrascht an.

„Wie bitte?", fragte sie.

„Ja, du musst dich schonen", behauptete Bella. „Bobby hat auch schon so blass ausgesehen, vielleicht geht ja was rum."

Irene lächelte erst, runzelte dann aber die Stirn. Sie beugte sich leicht nach vorn. „Euch ist das auch aufgefallen mit Bobby, oder?", fragte sie und die anderen drei Frauen nickten.

„Sie kam am Wochenende frisch und fröhlich wie das blühende Leben zurück nach Hause, voller Tatendrang", erzählte Irene leise, „und von ihrem ersten Treffen mit Felix kommt sie auf einmal völlig aufgelöst zurück. Seither spricht sie kaum mit uns und hört die ganze Zeit nur Taylor Swift." Irene sah sie alle mit Nachdruck an. „Die Herzschmerz-Lieder."

„Wer ist Felix?", fragte Julia verwirrt.

„Felix ist Hans' Sohn, sozusagen der Stiefsohn von Lucy, quasi …", erklärte Bella.

„Bobby und Felix sind seit Jahren unzertrennlich", erzählte Irene weiter, „Bobby ist ein Jahr vor ihm mit der Schule fertig geworden. Die beiden waren stets ‚nur' befreundet. Aber irgendetwas muss in den vergangenen Wochen vorgefallen sein." Irene sah richtig betroffen aus.

„Das wird sich schon wieder einrenken", sagte Julia, ohne die beiden Personen, um die es ging, überhaupt zu kennen.

Irene hob ihre Schultern. „Ich hoffe sehr! Ich fand es immer so toll, dass Bobby jemanden hatte, mit dem sie sich sozusagen ohne große Schwierigkeiten austauschen konnte. Der ihr gegenüber immer loyal war."

Julia nickte. Für einen Moment schwiegen alle nachdenklich und tatsächlich hörte man im plötzlich ruhigen Haus gedämpft Taylor Swifts Stimme singen:

„I've found time can heal most anything

And you just might find who you're supposed to be

I didn't know who I was supposed to be

At fifteen"

Julia grinste unbewusst. Dieser Song hatte ihr schon an ihrem ersten Tag in der Backstube zu denken gegeben. Wie viel sich seither verändert hatte …

„Du hast immer noch keinen Ersatz für Irene gefunden", fiel Julia plötzlich ein und sah Bella streng an, die ihr einen schuldbewussten Blick zuwarf. Der Aushang in der Auslage des „Kaffeekränzchen" war schon vor Wochen mysteriöserweise verschwunden, aber Julia hatte sich nicht weiter darum gekümmert, sich auf Bella verlassen, dass sie sich schon um die Suche kümmern würde.

„Du könntest ja …", begann Bella, aber Julia schüttelte ihren Kopf.

„Du siehst, dass ich mit dem neuen Projekt hier mehr als genug zu tun habe", erklärte sie.

„Du hast immer noch keinen Ersatz für mich?", fragte Irene ungläubig.

„Du hast es ihr gar nicht erzählt?", ergänzte Julia, ebenso ungläubig.

Bella wurde auf der Couch immer kleiner und zog ihre Schultern hoch.

Julias und Bellas Mutter sah zwischen den dreien amüsiert hin und her.

„Ihr Kinder", seufzte sie und verhielt sich dennoch kaum das Lachen. „Auf alles muss man euch hinweisen." Dann sah sie zu Irene: „Mutter bleibt man ein Leben lang, das kann ich dir versprechen."

Irene wurde leicht rot, warum auch immer, aber sie schien sich irgendwie zu freuen.

Bella sah ihre Mutter stirnrunzelnd an, aber diese lachte nur auf. „Nun sag schon, dass es dir Angst macht, dass Irene *gar nicht mehr* wiederkommt", sagte die Mutter und nun runzelten auch Julia und Irene die Stirn.

„Warum sollte ich nicht mehr zurück ins ‚Kaffeekränzchen' kommen?", fragte Irene überrascht.

Bella zog ihre Schultern hoch. „Weil es dir zu Hause besser gefällt und du dir denkst, du hast hier ein besseres Leben als beim täglichen Kuchenbacken?"

Irene lachte auf. „Ach, Bella!", seufzte sie. „Du hast doch gar keine Ahnung, wie sehr mich dieses Kuchenbacken damals gerettet hat. Jetzt auch retten würde, *wenn ich mich bewegen dürfte*!" Sie lachte. „Wolltest du deshalb so schnell aufspringen?"

„Damit wir dich nicht überanstrengen", sagte Bella leise, „damit deine Karenz nur ganz kurz dauert."

„Du bist so eigenartig", platzte es aus Julia heraus.

„Selber eigenartig", gab Bella sofort zurück.

„Niemand ist eigenartig", warf sich ihre Mutter reflexartig dazwischen, dann lachten alle vier Frauen lauthals auf.

„Umarm mich mal kurz, Bella!", forderte Irene Bella schließlich auf, nachdem sie sich die Lachtränen aus den Augen gewischt hatte.

„Du suchst dir jetzt einen Ersatz für mich und ich verspreche dir, ich komme ein Jahr nach der Geburt zurück. Und vielleicht floriert das ‚Kaffeekränzchen' dann noch mehr und wir brauchen die zusätzliche Arbeitskraft ohnedies weiterhin. Okay?"

Bella nickte in Irenes Schultern. Julia hörte ein gedämpftes „Versprochen?" ihrer Schwester und lächelte ihrer Mutter verschwörerisch zu. Offenbar hatte nicht nur Julia mit inneren Dämonen zu kämpfen, sondern auch ihre Schwester.

„Jeder hat mal schwache Momente", sagte ihre Mutter leise zu Julia, als hätte sie ihre Gedanken gelesen.

27. Kapitel

Bereits am tief verschneiten Schulhof war die Aufregung zu spüren. Vereinzelt liefen Schülerinnen und Schüler durch den Schnee in ihren hübschen Kleidern und Anzügen, bereit dafür, mit der Weihnachtsfeier die bevorstehenden Weihnachtsferien einzuläuten.

Julia eilte auf direktestem Wege zur Eingangstür, wo ihre Mutter bereits auf sie wartete. Sie hatten die vergangenen Tage durchgearbeitet. Neben der weihnachtseuphorischen Meute, die sie weiterhin Tag für Tag mit Punsch und Zimtsternen und Zimtschnecken im „Adventkränzchen" versorgte, war Julia in Recherchen und Ideen zu ihrem neu zu gründenden Verein versunken.

Seit Kurzem flogen wieder Schmetterlinge durch ihren Bauch, aber diesmal aus einer anderen Aufregung heraus: Selten hatte sie sich so sicher und so wohl und vor allem so sinnvoll gefühlt, wenn sie einer Arbeit nachgegangen war, wie während der Planungen für den Verein.

Gestern Abend hatte sie, eine Marzipanschokolade im Mund, nochmals über ihr Gespräch mit Luis Kramer nachgedacht, vor allem darüber, dass sich immer alles irgendwann als nützlich erwies. Selbst wenn sie weiterhin mit leichtem Bauchweh an ihre Bankenkarriere zurückdachte, hatte sie sich in all den Jahren doch außerordentlich *nützliches* Wissen über die Finanzierung von Projekten sowie die Erstellung von Budgets angeeignet.

Julia waren sogar einige Kontakte eingefallen, die sie zu organisatorischen Unklarheiten rund um die Vereinsgründung befragen konnte.

Irene hatte zudem die Idee gehabt, die Weihnachtsstimmung auf der Weihnachtsfeier der Schule zu nützen, um die ersten groben Ideen zu präsentieren und E-Mail-Adressen von Interessierten zu sammeln. Vor allem von jenen, die eventuell mithelfen wollten, sobald der Verein aktiv war.

Und deshalb standen Emily und Julia nun gemeinsam mit Julias Mutter in der weihnachtlich dekorierten Aula der Schule neben einem Klapptisch, auf dem ein auffallendes Schild positioniert war:

„Wir starten ein Neustart-Programm", prangte in großen Lettern darauf und Irene hatte tatsächlich recht gehabt damit, dass die Stadtbevölkerung neugierig genug sein würde, um sich davon anziehen zu lassen und die Frauen mit Fragen zu bombardieren.

Und so unterhielten sich die drei mit unterschiedlichsten Gästen der Weihnachtsfeier, während das restliche Publikum eintrudelte und sich Plätze in den vielen Sesselreihen suchte. Julia entdeckte Lucy und Hans unter ihnen sowie Nana, Amina und Luis Kramer. Auch Bella und Otto waren bereits eingetroffen und Julias Schwester eilte gerade auf ihren Tisch zu.

„Hi", sagte da plötzlich eine bekannte Stimme hinter Julia, kurz nachdem das erste Mal die Hinweisglocke ertönt war, um den baldigen Start der Weihnachtsfeier anzukündigen.

Julia wirbelte herum und schnappte im ersten Moment nach Luft. Alex stand vor ihr, strahlend wie eine Christbaumkugel, gekleidet in einem Anzug, der ihn noch … also noch viel mehr … ja, ihr blieben nach der Luft schließlich auch die Worte weg.

„Du siehst gut aus", sagte Alex und lächelte ihr zu.

„Du auch", krächzte Julia und bemühte sich ebenso um ein Lächeln.

„Es gab da plötzlich so ein Gerücht hinter der Bühne", sagte Alex leise und Julia sah ihn neugierig an.

„Ja?", fragte sie.

Alex nickte. „Man erzählt sich, dass die ‚Zimtschnecken-Frauen' jetzt einen Verein gründen würden", sagte er.

Julia lachte. „Zimtschnecken-Frauen?", wiederholte sie ungläubig.

„Das wäre doch ein Name für den Verein!", tönte Emily amüsiert aus dem Hintergrund.

Julia grinste. „Wird es irgendwann einmal einen Tag geben, an dem niemand aus dem Off unsere Gespräche kommentieren wird?"

„Nein", hörte Julia dreifach hinter sich, gefolgt vom Gelächter von Bella, ihrer Mutter und Emily.

Alex lachte ebenso auf.

„Das ist mein Leben", sagte Julia und winkte nach hinten.

Alex zuckte mit den Schultern. „Ist doch okay so", sagte er. „Heißt das …?", begann er und tastete langsam nach Julias Hand.

Julia nickte leicht.

„Und habt ihr eigentlich schon ein Vereinslokal?", fragte Alex.

Julia schüttelte den Kopf, nahm dann aber ihren gesamten Mut zusammen und verschränkte ihre Finger mit jenen von Alex.

Die Hinweisglocke ertönte erneut und Alex sah sich hektisch um.

„Ich muss langsam auf die Bühne", sagte er bedauernd.

„Ich bin später auch noch da", antwortete Julia und bemerkte erst, als Alex schon wieder unterwegs hinter die Bühne war, wie vieldeutig der Satz eigentlich war.

Die Lichter im Saal wurden gedimmt und das aufgeregte Gemurmel legte sich. Die ersten Schülerinnen und Schüler traten auf die Bühne und stolperten sich durch die Ankündigung des Auftakt-Showacts.

Julia lachte und applaudierte sich durchs Programm, das aus Gesang, kurzen Sketches und musikalischen Interpretationen bestand.

Die gesamte Aula war festlich geschmückt und die Kinder auf der Bühne trugen ihres dazu bei, dass sich alle Anwesenden auf den bald bevorstehenden Heiligabend freuen konnten.

Nach fast zwei Stunden Unterhaltung, nur unterbrochen von einer viertelstündigen Pause dazwischen, in der Julia und Emily noch mehr Kontaktdaten von Interessierten sammelten, entspannte sich die Situation auf der Bühne. Fast alle Kinder und Jugendlichen waren schon mal dran gewesen und die Stimmung im Saal wurde gelöster.

Schlussendlich wurde der große Flügel auf der Bühne mit einem einzelnen Spot beleuchtet und ein etwa elfjähriger, sehr dünner Junge mit rotblonden Haaren trat in einem Anzug mit Fliege um den Hals auf die Bühne.

Nach den ersten drei gespielten Tönen musste Julia ihr Lachen unterdrücken. Es war, als würde die Melodie nur für sie erklingen, als Abschluss einer herausfordernden Vorweihnachtszeit, deren einzige Beständigkeit wohl das sie ständig begleitende „Last Christmas" gewesen war.

Doch der Junge unterbrach sein Spiel gleich nach den ersten bekannten Takten, als Alex – offenkundig so verabredet – mit einem Mikro in der Hand lächelnd auf die Bühne trat.

Emily und Bella schnappten neben ihr nach Luft und Julia fühlte sich für einen Moment fast ein wenig schwindlig.

„Frohe Weihnachten", eröffnete Alex seine Rede und der halbe Saal antwortete mit einem enthusiastischen „Frohe Weihnachten".

„Sie alle kennen diesen Song, nehme ich an?", setzte er fort und wiederum reagierte der halbe Saal, Julia mittendrin, indem einige Leute heftig nickten. „Nun, ich erzähle Ihnen eine kurze Weihnachtsgeschichte, meine persönliche Weihnachtsgeschichte, wenn Sie mir zwei Minuten Ihrer Zeit schenken." Alex holte Luft und in der Sprechpause sah sie, wie er über das Publikum hinwegsuchte.

Bis sich ihre Blicke trafen.

Und er Julia ein leichtes, privates Lächeln schenkte. Jenes Lächeln, das sie verschlafen in seinen Armen an ihren gemeinsamen Morgen erhalten hatte und jedes Mal ihre Schmetterlinge auffliegen hatte lassen.

So auch jetzt.

„Es gibt doch tatsächlich Menschen, die dieses Lied nicht mögen", erzählte Alex schließlich dem Publikum und hielt Julias Blick, nunmehr sein verschmitztes Lächeln auf den Lippen. „Können Sie sich das vorstellen?" Er grinste. „Nun ja, Weihnachten ist nicht für jeden von uns die beste Zeit des Jahres: Viele Leute sind gestresst, wir Lehrer und Lehrerinnen sowieso. Die Kinder sind unaufmerksam und ferienhungrig, Sie kennen das ja. Heuer hatten wir noch zusätzlich zu all dem Schnee so viel Freizeitstress: Der Eislaufplatz war bereits so früh bereit wie schon lang nicht mehr und dann mussten wir ja alle täglich Zimtschnecken essen."

Der Saal lachte auf, so auch Julia.

„Aber trotz all der Feierlichkeiten, trotz all der lukulli-schen und üppigen, glitzernden Genüsse, die wir Jahr für Jahr zu Weihnachten anstreben, möchte ich uns alle an die nicht-materiellen Geschenke erinnern, die wir uns ebenso unter den Christbaum legen können: Zeit zum Beispiel oder Unterstützung, Freundlichkeit, Menschlich-keit, Friede, Güte."

Julia legte ihren Arm um Emilys Schultern, die sich – zu Julias Überraschung – näher an sie lehnte.

„Und natürlich Zimtschnecken", schloss Alex mit einem Augenzwinkern und wieder lachte der Saal, wenn auch etwas nachdenklicher als zuvor.

„Wir haben noch einen Programmpunkt", sprach Alex weiter und lächelte ins Publikum, „und auch wenn es zu Weihnachten kaum kontroversiellere Debatten gibt als über den perfekten Zeitpunkt, wann man dieses Lied das erste Mal hören sollte, lade ich Sie ein, gleich hier mit dem Friedenstiften anzufangen. Indem Sie alle mitsingen."

Mit einem Nicken zum rotblonden Jungen am Piano zog sich Alex wieder zurück und der Vorhang öffnete sich ein weiteres Mal, gerade als der Junge erneut die ersten Takte von „Last Christmas" spielte.

Hinter dem Vorhang erschienen alle an der Weihnachts-feier beteiligten Personen, zum Teil noch in ihren Kostü-men, zum Teil einfach in Jeans und T-Shirt und stimmten gemeinsam die ersten Zeilen des Songs an.

Vom Rand der Bühne winkte Alex ins Publikum, forderte die anwesenden Gäste damit auf, mitzusingen und natürlich war Bella eine der ersten, die lauthals mitanstimmte.

Julia schmunzelte über ihre immer weihnachtseuphorische Schwester, die nach dem Gespräch mit Irene offenbar zu ihrer alten Frische zurückgefunden hatte.

Und Julia freute sich schon jetzt darauf, nach den Feiertagen ihre morgendlichen Cappuccino-Termine, jeden zweiten Tag nach der Yogastunde, wieder aufleben zu lassen.

Als sich das Lied dem Refrain näherte, stimmten auch Julia und Emily in den riesigen Chor mit ein und Julia suchte auf der Bühne nach Alex. Der stand weiterhin am Rand, sang lauthals mit und – als hätte er ihren Blick gespürt – drehte sich zu ihr und lächelte Julia zu.

Ja, es würden tatsächlich frohe Weihnachten werden in diesem Jahr. Dessen war sie sich nun völlig sicher.

28. Kapitel

E s war eisig kalt im Haus, als Julia eine Kerze entzündete und auf einen Kaminsims aus dunkelbraunem Holz, der schon bessere Tage gesehen hatte, stellte.

„Es schneit schon wieder", tönte Alex' Stimme aus dem Nebenzimmer und während sich seine Schritte langsam näherten, hob Julia ihren Blick, um durch die französischen Türen, die auf die Terrasse und den dahinter liegenden Garten führten, zu sehen. Und tatsächlich tanzten wiederum dicke Schneeflocken vor dem Fenster und unterstrichen den romantischen Effekt, den das Kerzenflackern im Raum ausgelöst hatte.

„Nächstes Jahr zu Weihnachten wird dieses Haus mit Leben gefüllt sein", sagte Alex leise und umarmte sie von hinten, ließ seine Hände unter ihre Daunenjacke wandern und dieser leichte Druck auf ihren Bauch, dazu die Wärme, die Alex über ihren gesamten Rücken verströmte, gaben Julia ein noch ungewohntes Gefühl: Sicherheit. Und Aufbruchsstimmung.

Am Abend nach der Weihnachtsfeier hatte Julia auf Alex gewartet, als alle an der Show beteiligten Kinder zu ihren Eltern gestürmt waren, die sich wiederum mit Sektgläsern und Brötchen in ihren Händen über das Programm und die bevorstehenden Feiertage unterhalten hatten. Alex war irgendwann später entspannt und lächelnd in die Aula geschlendert, hatte einige Leute begrüßt und kurz mit ihnen gesprochen, bis er irgendwann vor Julia stehen geblieben war.

„Tolle Rede", hatte Julia zu ihm gesagt.

„Ich hatte eine tolle Inspiration", hatte Alex grinsend geantwortet.

„Ich wollte …", hatte Julia begonnen, als Alex ein weiteres Mal Luft geholt hatte, um etwas zu sagen.

„Ich habe einiges zu erzählen", hatte Julia ein weiteres Mal angesetzt. „Aber nicht hier." Sie hatte sich kurz umgesehen. „Brauchst du heute eventuell eine Übernachtungsmöglichkeit?", hatte sie dann gefragt und Alex hatte sie angelächelt, strahlend, als wäre er der glücklichste Mensch der Welt.

Später, im Gästehaus, waren sie unter der dicken Bettdecke gelegen, eng umschlungen und ineinander verwickelt, sich gegenseitig wärmend. Und – unterbrochen von einigen Küssen und Umarmungen – hatte Julia von den

Erlebnissen der vergangenen Tage erzählt, vom Gespräch mit ihrer Mutter, von Irenes Ideen und von ihren eigenen Plänen, allen voran jenem, länger hier zu bleiben und ihre Karriere – unter dem Schutzmantel ihrer Familie – umzuorientieren.

„Wie gut, dass ich nun doch noch dieses Haus gekauft habe", hatte Alex schließlich gesagt und Julia hatte überrascht aufgelacht.

„Tatsächlich?"

„Tatsächlich", hatte Alex bestätigt. „Nach unserem Gespräch am Montag hatte ich mir gedacht, es war doch wirklich gemein von mir, dich so unter Druck zu setzen, wenn *ich selbst* seit Wochen keine Entscheidung treffen konnte. Und mir ist klar geworden, dass ich erst dann bereit dazu gewesen wäre, das Haus zu kaufen, wenn ich gemeinsam mit dir dieses Projekt auf die Beine stellen hätte können."

„Nun hast du den Kauf aber abgewickelt, ohne dass du von meinem Projekt wusstest!"

„Ich dachte mir schließlich, ich will dieses Haus unbedingt haben", hatte Alex erklärt, „aber ich hatte ständig nach einem Grund gesucht, *um* diese Entscheidung zu treffen. Und dann habe ich noch den Druck auf dich erhöht, *damit* ich endlich den Kauf durchziehen kann."

„Schlussendlich habe ich wiederum den Druck benötigt, damit ich endlich aufhöre, meinen alten Mathelehrer zu widerlegen", hatte Julia zugegeben, dann aber verschmitzt gegrinst. „Und um zu erkennen, dass ich vom *neuen*

Mathelehrer in meinem Leben nicht genug kriegen kann."

„Tatsächlich?", hatte Alex grinsend gefragt und sie geküsst und geküsst, als würden sie keinen Sauerstoff und keine Nahrung benötigen.

Nun waren sie also hier in diesem Haus, während vor dem Fenster ein tief verschneiter Heiligabend seinen Lauf nahm.

Alex hatte den Kauf des Haues in die Wege geleitet, aber all die organisatorischen Details würden wohl erst im neuen Jahr abgewickelt werden können. Die bisherigen Besitzer hatten ihm jedoch bereits einen Schlüssel für das Haus überlassen, damit er mit der Planung für allfällige Umbauten beginnen konnte.

„Ich mag dieses Haus", sagte Julia nun und lehnte sich in Alex' Umarmung.

„Ich mag dich", murmelte Alex in ihren Nacken. „Und ich mag deinen Zimtgeruch." Er sog tief Luft ein und kitzelte mit seiner Nase die wenige Haut, die unter Julias Schal hervorlugte.

„Ich mag dich auch", flüsterte Julia und drehte sich um, sodass sie sich in die Augen schauen konnten. „Ich bin …", begann sie und Alex nickte.

„Ich auch", flüsterte er zurück. „Ich bin verliebt in dich und in diesen Weihnachtszauber und in dein Lächeln und in deine Freundlichkeit. Du weißt ja gar nicht, wie sehr der Stadt deine Zimtschnecken-Freundlichkeit bisher gefehlt hat."

Julia wollte schon abwehren, grinste dann aber nur zufrieden und schmiegte sich an Alex, der beide Arme fest um sie wickelte.

„Zum Glück habe ich auch jetzt ein paar Zimtschnecken eingepackt", sagte Julia und Alex lachte leise und zufrieden auf.

Julia hatte ebenso etwas Punsch in einer Thermoskanne mitgebracht und so tranken sie den warmen Apfel-Zimt-Punsch, während sie an ihren Zimtschnecken knabberten und dem Schneefall vor dem Fenster zusahen.

„Von mir aus kann jeder Heiligabend so sein", murmelte Alex irgendwann und Julia küsste ihn zärtlich als Antwort.

„Emily hat übrigens ein Geschenk für die Frau des Uhrmachers besorgt", erzählte Julia weiter und lächelt gerührt, wie schon seit dem Vortag, als sie davon erfahren hatte. „Sie hat sich doch tatsächlich ausführlich von Amina beraten lassen, welche Bücher die Frau des Uhrmachers gerne las und dann aus einer ihrer Empfehlungen ausgewählt." Julia lächelte glücklich. „Ich weiß nicht, warum mich das so rührt, aber dass Emily ein Zeichen setzt … dass sie sich jemandem verbunden fühlt … irgendwie freut mich das ungemein."

„Emily feiert heute mit euch, oder?", fragte Alex zum wiederholten Male nach und Julia nickte.

„Sie hat etwas Überredung benötigt, aber schlussendlich hat Nana sie irgendwie überzeugt, dass Emily den Abend bei uns verbringen würde", erzählte Julia.

Julia und Alex würden den Abend getrennt mit ihren jeweiligen Familien verbringen, was mit ein Grund war, warum sie sich zu dieser kleinen improvisierten Zimtschnecken-Weihnachtsfeier hier im Haus verabredet hatten.

Alex drückte Julia leicht an sich und küsste ihren Scheitel.

„Und Emily bleibt bei Nana, obwohl du wieder bei deinen Eltern einziehst?", fragte Alex weiter.

Julia nickte und verzog leicht den Mund. Nach etwas mehr als einem Monat im Gästehaus gab sie die verträumte Stille und den Blick in den verschneiten Obstgarten nur sehr ungern auf. Aber Lucy und Hans sollten das Gästehaus bald wieder weitervermieten können und Julia brauchte einen Ort, von dem aus sie die zahlreichen neuen Projekte angehen konnte. Nach den Weihnachtsfeiertagen würde sie ihre renovierungsbedürftige Wohnung in Wien aufgeben und alles, was daraus zu retten war, in die Steiermark bringen lassen. Vorübergehend fanden ihre alten Möbel wohl Platz in der Garage ihrer Eltern, aber sie würde sich auf Dauer etwas Neues suchen müssen.

Julia hatte mit Bella vereinbart, den gesamten Januar weiterhin im „Kaffeekränzchen" auszuhelfen. Unter der Bedingung, dass Bella endlich ernsthaft nach einer Vertretung für Irene suchte. Neben all dem sollte genug Zeit bleiben, um Julias Verein auf die Beine stellen zu können und Emily bei ihren nächsten Schritten zu unterstützen.

Es kam ein ereignisreiches neues Jahr auf Julia zu – und sie konnte es kaum erwarten, bis es begann.

Julia schenkte ihnen beiden noch etwas Punsch nach. „Gehen wir nochmals eine Runde durchs Haus?", fragte sie und Alex nickte glücklich. Er griff nach ihrer Hand und gemeinsam schlenderten sie zum breiten Treppenaufgang, der sich mitten im weitläufigen Eingangsbereich nach oben schlängelte. Das Haus ließ sich tatsächlich wunderbar in zwei Bereiche einteilen – einen privaten Rückzugsort für Alex („Und auch für dich", wie er mehrmals insistiert hatte) sowie einen offenen Bereich für das Tagesgeschäft des Vereins sowie mehrere Schlafzimmer, die man weitervermieten konnte.

„Und das hier ist dann unser Schlafzimmer", wiederholte Alex wie schon bei ihrer ersten Tour zuvor. Ein alter, knirschender Parkettboden erstreckte sich durch den großen Raum, in dessen Mitte ein matt glänzender Kronleuchter von der Decke hing. Auch hier führten französische Türen hinaus ins Freie, auf einen mittelgroßen Balkon, von dem aus man den gesamten Garten überblicken konnte. Am Geländer sammelte sich weiter Schnee und Julia sah verträumt nach draußen, während sie an ihrem Punsch nippte.

Alex trat ganz nah hinter sie, legte einen Arm wiederum um ihren Bauch.

Davon werde ich niemals genug bekommen, dachte Julia.

„Vom Schnee?", fragte Alex und Julia lachte auf. Offenbar hatte sie ihre Gedanken gerade laut ausgesprochen.

„Von den Umarmungen", gab sie schließlich zu. „Von *deinen* Umarmungen werde ich niemals genug bekommen."

„Und somit ist mein Weihnachtswunsch soeben wahr geworden", flüsterte Alex in ihr Ohr und zog sie noch enger an sich.

Epilog

Ziemlich genau ein Jahr später

Da waren sie wieder, jene Takte Musik, diese soften 80er-Jahre-Keyboardklänge, die auf der ganzen Welt Weihnachten ankündigten.

„Ba bada dam", sang Julia leise und schob ein weiteres Backblech ins Rohr.

Alex blieb stehen und lehnte sich an den Türstock, während Julia summend und leicht mit den Hüften wackelnd weiterarbeitete. Sie hatte ihn noch nicht bemerkt.

Sie hatten bereits einen gemütlichen Morgen hinter sich, nachdem sie sich – wie fast jeden Morgen seit einigen Monaten – einige Minuten zu zweit genommen hatten. Alex liebte die morgendlichen Umarmungen, die manchmal einfach Umarmungen blieben, manchmal zu innigen Küssen führten und manchmal zu etwas mehr.

Dieses gemeinsame Aufwachen hatte ihn bereits in ihrer ersten gemeinsamen Nacht, damals im Gästehaus, vor gut einem Jahr, verzaubert. Und er konnte seither nicht genug davon bekommen.

Deshalb war es auch Alex gewesen, der schon während der monatelangen Renovierungsarbeiten am Haus beständig dafür lobbyiert hatte, dass Julia mit ihm gemeinsam in das Haus ziehen sollte.

Julia hatte, wie er es von ihr gewohnt war, ausgiebig darüber nachgedacht, mehrere Listen und Projektpläne erstellt sowie Budgets entworfen, nebenher den gesamten Marzipanschokoladenvorrat der Stadt konsumiert – und schließlich eine Entscheidung getroffen.

Seither wachte Alex jeden Morgen lächelnd auf. Mit Julia in seinen Armen.

Und sobald er seine Augen öffnete, empfing ihn ein freundliches „Guten Morgen" oder ein Lächeln oder eben eine Umarmung von Julia.

An diesem Morgen hatten sie einander umarmend den Tag besprochen: Otto hatte am Vorabend überraschend angerufen und gefragt, ob Julia und Alex im Haus einen weiteren Schlafplatz zur Verfügung hatten.

Da Alex an diesem Tag bis zum Nachmittag Unterricht hatte, würde Julia die Neuankömmlinge allein begrüßen. Und sie würde sie gleich begrüßen wie alle bisherigen Übergangsmieter: mit Selbstgebackenem.

Bella war tatsächlich im Laufe des vergangenen Winters über ihren Schatten gesprungen und hatte – noch bevor Irenes und Toms Sohn auf die Welt gekommen war – eine neue Mitarbeiterin im „Kaffeekränzchen" eingestellt. Im Laufe des Sommers kamen noch zwei weitere Teilzeit-Mitarbeitende dazu, weshalb es in diesem Jahr wieder Zimtschnecken und Punsch im „Adventkränzchen" gab.

Julia buk seither nur mehr in privaten Mengen, aber mit der gleichen Hingabe wie schon vor einem Jahr. Alex hatte den Verdacht, dass Julias Backen ähnlich meditativ auf sie wirkte wie ihre regelmäßigen Yoga-Stunden, die sie mit beinahe religiösem Eifer besuchte.

Gelegentlich dachte er noch an jene Julia, die er an eben diesem ersten gemeinsamen Morgen im Gästehaus tränenüberströmt in den Armen gehalten hatte. Alles an ihr war knochig und blass und erschöpft gewesen. Angesichts der Umstände damals war das natürlich kein Wunder.

Aber die Julia, die er nun jeden Morgen in den Armen hielt, hatte rosige Wangen, feste Muskeln am gesamten Körper und vibrierte beinahe vor lauter Tatendrang.

Gemeinsam mit ihrer Mutter und Bella hatte Julia in nur wenigen Monaten ihren „Neustart-Verein" aus dem Boden gestampft und nach intensiven Verhandlungen mit Alex (bei denen Alex mehr Pro-Argumente geliefert hatte und Julia stets dagegen argumentiert hatte) waren sie sich auch darüber einig geworden, dass Julia den Verein tatsächlich im Haus ansiedelte.

An Hilfsbereitschaft mangelte es in der Stadt ohnehin nicht, insofern hatten sie seither schon einige sehr erfolgreiche Fundraising-Events auf die Beine gestellt, in Bellas „Kaffeekränzchen" stand eine prominent platzierte Spendenbox und Julia nahm auch Kleider- und Möbelspenden an, solang es Platz und Verwendung dafür gab.

Als George Michael ein weiteres Mal über „Last Christmas" sang, näherte sich Alex langsam und legte seine Arme um Julias Bauch.

Ohne zu zögern, hielt Julia in ihren Bewegungen inne und ließ sich zurückfallen, direkt in seine Umarmung. Es gab kaum ein besseres Gefühl.

„Ich muss nun los", murmelte er in ihr Ohr.

„Vergiss nicht, dass wir heute Abend mit Emily essen", erinnerte ihn Julia zum fünften Mal an diesem Morgen.

Alex nickte lächelnd. Natürlich hatte er das nicht vergessen.

Emily war schlussendlich tatsächlich eine ihrer ersten Mieterinnen hier im Haus geworden. Nachdem sie Alex' Angebot, sich vom Schulpsychologen beraten zu lassen, angenommen hatte, hatten Julia, Alex und Emily an mehreren Abenden über Ausbildungsprogramme gebrütet, um Emilys Neustart zu planen.

Die Frau des Uhrmachers hatte mit Emily gemeinsam einige Betriebe besucht, damit sich das Mädchen ein Bild von den jeweiligen Jobs machen konnte. Schließlich hatte sie sich für eine Erwachsenen-Lehre als Floristin in einer auf Nachhaltigkeit spezialisierten Gärtnerei am Stadtrand entschieden. Nach den ersten Monaten der Eingewöhnung in den neuen Job hatte Emily vor Kurzem eine winzig kleine Wohnung gefunden, die sie im neuen Jahr beziehen wollte.

Und seither beharrte Julia darauf, dass sie alle drei immer gemeinsam zu Abend aßen. Außerdem hatten sie beschlossen, Emilys Zimmer als einziges nicht an jemand anderen weiterzuvermieten. „Ich will, dass sie immer einen Ort hat, an den sie zurückkehren kann", hatte Julia festgelegt. „Auch wenn das niemals der Fall sein wird."

Selbst Alex war ein wenig wehmütig, wenn er daran dachte, dass Emily bald ausziehen würde. Emily war ja nicht nur Inspiration für dieses Neustart-Projekt gewesen, sondern ihnen auch eine liebenswerte Freundin geworden.

Es war Tag für Tag spannend zu sehen gewesen, wie sehr Emily mithilfe ihrer regelmäßigen Arbeit und dem bedingungslosen Rückhalt von Julia und den anderen immer mehr und mehr aufblühte.

„Sie erinnert mich manchmal an einen Schmetterling", hatte Julia mal abends kurz vor dem Einschlafen sinniert. „Wir haben an ihren Kokon geklopft und ihr die Zeit gegeben, sich zu entwickeln." Nach ein paar Sekunden des Schweigens hatte Julia ergänzt: „Und sie hat auch an meinen Kokon geklopft. Laut und deutlich."

Julia stellte den Timer über dem Backofen und drehte sich dann in Alex' Armen um, drückte ihn leicht, küsste ihn sanft und Alex verlor sich für einen Moment in ihrem Zimtgeschmack.

„Ich bin gespannt auf die neuen Mieter", sagte Julia plötzlich und riss ihn aus seinen Gedanken.

„Ich auch", gab Alex zu.

„Glaubst du, wird es jemals weniger aufregend werden, jemand Neuen aufzunehmen?", fragte Julia und Alex schüttelte den Kopf.

„Hoffentlich fühlen sie sich hier wohl", sinnierte Julia weiter.

„Bestimmt", gab Alex zurück und küsste sie zärtlich. „Du hast noch jedem hier ein gutes Gefühl gegeben."

„Ja?", fragte Julia und klang dennoch etwas unsicher dabei.

„Ja", antwortete Alex bestimmt. „Dein Rezept ist ganz einfach: Du schenkst ihnen Entwicklungszeit in ihrem Kokon und einen Raum, um ihre Flügel langsam auszustrecken", erklärte er lächelnd. „Und natürlich ganz viel Zimtliebe."

*** E N D E ***

Vielen Dank

Ein Buch entsteht nur mit Hilfe anderer Personen, deshalb danke ich meiner Lektorin Renate Rosner und meiner Grafikerin Sibylle Exel-Rauth für ihre ausdauernde und andauernde Unterstützung!

Vielen Dank aber vor allem auch an Dich dafür, dass Du Dich auf diese vorweihnachtliche Reise in die Steiermark eingelassen hast! Ich freue mich sehr, dass Du das Buch gelesen hast!

Du willst nicht verpassen, wenn es weitere Geschichten von mir gibt? In meinem Newsletter informiere ich, sobald neue Bücher von mir erhältlich sind. Zur Überbrückung der Wartezeit verschicke ich monatlich eine kurze Alltagsszene – zur Unterhaltung und als Lesegenuss für unterwegs. Als Dankeschön für Deine Anmeldung erhältst Du sofort eine Kurzgeschichte zum Download von mir. Weitere Infos dazu findest Du unter www.katrinaverde.at

Ich freue mich jedenfalls auch immer über Feedback, Inspiration oder ein schlichtes „Hallo" per Mail an schreibtisch@katrinaverde.at.

Wir lesen voneinander!

Alles Liebe, Katrina

Über Katrina Verde

Katrina Verde schreibt unterhaltsame Liebesromane mit gutem Geschmack. Ihre Geschichten drehen sich ums Essen, um den Genuss - und natürlich um die große Liebe mit Happy End.

Ob in den steirischen Weinbergen oder nahe der Wiener Innenstadt, die Hauptdarsteller*innen in Katrinas Büchern finden ihr Glück in kleinen Gesten, guten Freundschaften und zahlreichen Wohlfühlmomenten. Katrina behandelt die großen Fragen zwischenmenschlicher Beziehungen. Aber auch Fußball. Oder den Klimaschutz. Jedenfalls aber immer auch die Schönheiten der Jahreszeiten und die Sinnlichkeit des kleinen Moments.

Katrina ist selbst stets in Bewegung, immer auf der Suche nach der Magie zufälliger Begegnungen - und gutem Kuchen. Man findet sie daher häufig in der Weststeiermark. Oder in Wien. Und auch hier: www.katrinaverde.at